사람이 주인이라고 누가 그래요?

게으른 농부 이영문의 자연에서 일군 지혜

사람이
주인이라고
누가 그래요?

이영문 지음

한문화

여는 글

 나는 자연을 스승으로 흙과 함께 살아가는 농부다. 농사를 짓는 농부는 흙에서 생명의 본질을 찾아가는 자연인이다. 요즘 세상에 바로서야 할 것이 어디 한두 가지일까마는 그 중 가장 시급한 것이 농업이 아닌가 한다. 이것은 비단 농업전문가나 농부들만의 문제가 아니다. 사람으로 살아가는 우리 모두에게 중요한 과제다. 농사는 삶의 근본이며 생명체를 존속시키는 지구 생태계의 원동력이기 때문이다. 뿐만 아니라 더 건강하고 행복하게 살기 위해서는 농업이 본래의 자리를 찾고 시대에 맞게 거듭나야 한다.

 지금까지 우리 농업은 생산량에 치중하면서 조기早期 재배를 정착시켰고, 땅을 무리하게 경운하고 비료와 농약을 과다하게 사용하는 것을 당연시 해왔다. 그 결과 농산물 증산에는 기여한 바가 크다. 그러나 그 이면에는 돌이키기 힘들 만큼 심각한 환경오염으로 자연생태계가 무자비하게 파괴되었다. 또한 오염된 농축산물과 유해한 가공식품의 소비도 증가했다. 우리들의 밥상은 국적을 잃어버렸고, 급기야 생명을 살려야 할 먹을거리로 오히려 목숨을 위협받기에 이르렀다. 옛날보다 살기가 좋아졌다고는 하지만 농업은 고비용, 고투입으로 경제력을 상실한 지 오래다. 이것이 현행 농업의 실상이다.

호랑이는 죽어서 가죽을 남기고, 사람은 죽어서 이름을 남기며, 식물은 씨를 남기는 것이 자연의 순리다. 손바닥만 한 텃밭이라도 가꾸어본 사람들은 알 것이다. 어디에 우리 종자가 있기나 하던가. 품안에 있어야 할 내 자식을 잃어버리고도 잃은 줄 모르는 부모가 있다고 하자. 남의 손에서 장성하도록 키워진 자식은 부모 품으로 다시 돌아온들 알아보지 못한다. 그러니 부모 자격은 말할 주제도 못 된다. 오히려 등골을 빼 먹히면서도 굽실거리기에 바쁘다. 지금 시중에 넘쳐나는 씨앗과 농업인들의 관계가 꼭 이와 같다.

우리 땅에 자생하던 그 많은 종자는 다 어디로 갔기에 '원산지 한국'이란 말을 들어보기가 이렇게 어려울까. 자연스럽게 산다면 갈수록 식물 종은 다양화되고 번성해야 옳다. 그러나 현실은 이와 반대로 사라지는 종이 부지기수다.

나는 젊어서 우리 씨앗을 찾아 방방곡곡을 헤매고 다녔다. 지금이야 어딜 가도 알아보는 이가 많지만 그때는 '미친놈' 소리도 심심찮게 들었다. 그 덕에 수많은 씨앗이 흙과 만나고, 땅을 살리고, 우리 밥상에 올라 건강을 지켜준 걸 생각하면 그까짓 욕먹는 일쯤 아무것도 아니다. 몇 년 전에는 작물을 실험재배하고 태평농을 보급하기 위해 '고방연구원'을 설립했다. 여기에서 하는 중요한 일 중 하나가 바로 종자에 관한 것이다. 복원시켜 보존해온 종자를 널리 확산시키기 위한 교육도 겸하고 있다. 연구원 내의 식물자원팀이 활성화되면서 혼자서만 속 태우던 종자 보급에 그나마 숨통이 트이고 있다. 올 가을, 태평농 회원들의 모임인 태평농진흥회도 발족되어 교육과 농산물 유통에도 박차를 가하게 되었다.

건강한 사람에게 약이나 병원 처방은 필요 없듯이, 건강한 종자는 인위적인 약제나 사람의 간섭이 필요 없다. 오히려 해가 될 뿐이다. 사람의 몸은 어떤 음식을 먹느냐에 따라 달라진다. 먹을거리가 자연에서 멀어지면 우리 몸은 병원과 가까워질 수밖에 없다. 건강한 식생활은 행복의 기본이다. 행복에 한 발 가까이 가는 방법은 아주 간단하다. 자연의 너른 품 안에서 살아가는 것이다. 제아무리 첨단과학 운운해봐야 자연생태계의 존속 없이 인류의 미래는 물거품이다.

태평농법, 그 먼동이 트는 날을 기다리며 첫 번째 책을 펴낸 지구 년 가까이 됐다. 그동안 소책자까지 합쳐서 네 권의 저서로 독자들을 만났다. 그 책들을 통해 자연을 배우고 자신의 삶을 되돌아보게 되었다는 소식을 전해들을 때마다 고맙고 뿌듯하기 이를 데 없었다. 우리의 생태환경이 이나마 유지되고 있는 것은 친환경적인 삶의 방식에 소신을 갖고 꾸준히 실천해온 사람들이 있었기 때문이다. 시간과 돈을 들여 내 책을 기꺼이 읽어주신 분들도 그런 분들이 아닐까 한다. 그분들께 보답하는 마음으로 또 한 권의 책을 내게 되었다.

이번에 내는 책은 태평농법에 대한 내용들은 이전의 책들에서 가져오고 새로운 내용들을 추가했다. 흙을 밟고 작물을 가꾸면서 자연에서 배우다보면 우리 몸에 대해서도 자연히 알게 된다. 사람도 자연의 일부인지라 그 이치가 다르지 않기 때문이다. 섭생과 건강의 문제에 대해 나름대로 깨우친 바를 그동안 회원들과만 나누다가 이번 책에 정리해서 싣게 되었다. 그리고 별학섬에 고방연구원을 설립한 이후 농사뿐만 아니라 이전부터 관심을 가져오던 환경친화적인 기계를 연구·개발하기 시작했는데 아직 미미하나마 그 내용들을 담았다. 여기에 관심 있는 독자가 있다면 이 책의 내용이 작은 단초라도 제공할 수 있기를 바란다.

태평농은 공생의 원리를 바탕에 둔 생태지속농업이다. 사람이든 동·식물이든 본래 갖고 있는 자생력으로 살게 하는 것이다. 본래의 우리를 찾아가는 길에 이 책이 작은 등불이나마 될 수 있다면 더할 수 없는 기쁨이겠다.

2007년 12월

남해안 작은 섬에서 이영문

차 례

1장
흙이 살아야
사람이 산다

농부는 겸허한 마음으로 씨를 뿌리고,

자연이 키운 먹을거리를 취한 후

그 나머지는 다시 자연에게 돌려주어야 한다.

빼앗기만 하고 돌려주지 않는다면

그것은 농사가 아니라 '약탈'일 뿐이다.

농사는 사람의 도리를 깨우치는 일

내게 농사는 그냥 '농사'가 아니다. 사람이 살아가는 바른 도리를 심고 다듬고 가꾸는 일이다. 그 사람살이의 근간을 이루는 것이 바로 자연이다. 사람들이 애써 갈아주지 않아도, 물을 주지 않아도 그저 저 좋을 대로 두기만 하면, 저절로 보드랍게 숨 쉬는 찰진 흙을 가슴에 품어내는 것이 자연의 오묘한 생명력이다.

농부는 그 땅 위에 겸허한 마음으로 씨를 뿌리고, 자연이 키워낸 부산물들을 먹을거리로 잠시 취하는 것뿐이다. 우리에게 필요한 만큼만 깨끗하게 사용하고 나머지는 다시 자연에게 돌려주어야 한다. 그저 빼앗기만 하고 돌려주는 것이 아무것도 없다면, 그것은 농사가 아니라 '약탈'일 뿐이다.

땅이나 물이 오염되건 말건 독한 제초제 뿌리고, 땅속에 토착 미생물들을 죽이는 비료를 뿌려대면서 뿌리는 약하고 모가지만 길어지는 벼를 만들어내는 사람들은 자연에 기생해서 살아가고 있는 것이다. 내가 농사를 짓는 것은 가장 평화롭게 자연과 더불어 공생하며 살아가는 방법을 찾기 위한 것이다.

나 역시 처음부터 자연농법을 염두에 두고 농사를 시작한 것은 아니다. 처음은 농기계 개발에서부터 시작되었다. 칠십년대에 우리나라에 일본 농기계가 들어오기 시작했는데, 워낙 비싸고 고장도 잦아서 농사짓는 사람들이 애를 먹는 것을 보고 '내가 우리 실정에 맞는 싸고 품질 좋은 농기계를 개발해야겠다'는 야무진 꿈을 갖게 되었다.

처음에는 순전히 농기계 실험을 위해서 농사를 짓기 시작했는데, 점차로 이 일제 농기계란 것들이 선조들로부터 대대로 전해 내려오는 전통농법을 파괴하고, 우리 토양을 망치고 있다는 걸 알게 되었다. 어떻게 하면 이 농기계의 해악을 사람들에게 알릴 수 있을까. 새로운 고민이 시작되었고, 오랜 고민과 실패를 거듭하는 연구 끝에 얻은 결론이 갈지 않고 제초제도 뿌리지 않는 자연주의 농법이다.

이 결론은 어느 날 하늘에서 뚝 떨어진 것도 아니고, 듣도 보도 못한 새로운 농사법도 아니다. 바로 가깝게는 오륙십 년 전까지, 그리고 수백 년 전부터 우리 선조들이 가르쳐왔던 전통농법을 모방한 것일 따름이다.

고민이 거듭되면 될수록 내가 알게 된 것은 우리 선조들의 농사법이 우리가 이르러야 할 궁극적인 지점이라는 것이었다. 천석꾼, 만석꾼 땅을 순전히 사람의 힘으로만 농사지었던 경험 속에 모든 답이 들어 있었다. 그 이치를 깨닫기까지 십여 년 동안 나 역시 화학비료를 뿌리며 이 땅의 숨기운을 조이기를 서슴지 않았던 사람이다. 지금도 크게 달라진 것은 없지만, 그 시절의 농촌은 정말 가난의 때에 겹겹이 찌들어 있었다.

내 고향인 경남 사천시 곤명면 사람들도 그랬고, 그 속에서 농사마저 짓지 못하는 우리 부모님들은 더욱 가난했다. 농촌에서 나고 자랐지만 농부가 되겠다는 생각은 전혀 해보지 않을 정도로 농사에 관심이 없었다.

읍내로 학교를 다니기 시작하면서 내 관심은 온통 기계로 쏠렸다. 기기묘묘한 기계들이 서로 맞물려서 돌아가는 모습이 그렇게 신기하게 느껴질 수가 없었다. 별 것 아닌 것처럼 보이는 저 작은 쇳덩이들이 어떻게 트럭도 되고 농기계도 되고 조그만 라디오 속에 들어앉아 소리도 낼 수 있을까. 틈만 나면 읍내 농기계 수리소 앞에서 살다시피 했다. 내 손에 들어오는 기계만 있으면 달려들어 뜯고 이어붙이기를 즐겨했다.

하도 가게 앞에 턱을 받치고 앉아 있으니까 가게 주인아저씨는 처음에는 "거치적거리니 저리 가서 놀아라" 하면서 쫓아내더니, 나중에는 "허허, 어린 녀석이 그리도 놀 거리가 없냐"면서 가게 안에 들어와서 구경하는 것을 허락했다.

얼마 안 지나서 나는 기계 부품 이름도 척척 알아맞히게 되었다. 수리소에서 얻어온 부품들을 하나 가득 쌓아놓고, 이리저리 궁리를 하고 있노라면 지나가던 마을 어른들이 "농사지을 녀석이 아니구먼. 기술자로 한몫 크게 볼 놈이구먼" 하셨다. 마을에서 나는 '손재주 좋은 아이'로 소문나게 되었다.

한번은 이런 일이 있었다. 초등학교 육학년쯤이었을 것이다. 친구들과 학교에서 돌아오는데, 미군 지프차 한 대가 뽀얀 먼지바람을 일으키며 우리 곁을 횡허케 지나 달려갔다. 당시에는 차도 많지 않았지만, 더구나 군인들이 타고 다니는 지프차는 우리 같은 아이들에게는 대단한 구경거리이자 선망의 대상이었다.

먼지를 마셔서 캑캑거리면서도 나와 친구들은 지프차 뒤꽁무니를 따라서 '와와' 소리를 지르며 뛰어갔다. 그런데 신나게 달려가던 지프차가 한두 차례 소화불량 걸린 개처럼 쿨룩거리며 멈칫멈칫 뒤척이더니 저만치 앞에 섰다. 얼굴이 시뻘게지며 달려가던 우리들도 덩달아 멈추어 섰다.

운전기사가 내리더니 뭐라고 투덜투덜하며 차 앞쪽으로 가서 보닛을 열었다. 차가 갑작스러운 고장으로 길 한가운데에 멈추었던 것이다. 행여 귀찮게 쫓아온다고 혼쭐을 내려고 그러는 줄 알고 졸아들어 있던 우리들은 "야, 차가 고장 났나 보다" 그러면서 다시 차쪽으로 우르르 몰려갔다. 운전기사는 여기저기 들여다보고 만져보면서 애를 쓰는데 도무지 고장 원인이 뭔지 모르는 것 같았다.

잠시 후, 운전석 옆자리 문이 열리더니 미군 장교 한 사람이 내렸다. 운전기사와 그 미군 장교가 영어로 얘기를 나누는 소리가 신기해서 넋을 잃고 쳐다보고 있는데, 짜증이 났는지 운전기사가 아이들에게 냅다 소리를 질렀다.

"야, 이놈들아! 저리들 가. 빨리 가란 말이야!"

그 소리에 놀란 아이들 몇몇이 가버렸지만 나는 호기심에 눈을 빛내며 보닛 안으로 길게 목을 빼고 들여다보고 있었다.

내 눈에는 아까부터 얼기설기 얽혀 있는 전선 가운데 하나가 끊어져 있는 게 눈에 들어왔다. 내 생각으로는 저것만 다시 연결하면 차가 움직일 것 같았다. 그런데 운전기사는 그쪽으로는 눈을 줄 생각도 하지 않고 자꾸 엉뚱한 다른 곳만 만지고 있는 게 아닌가. 내심 너무나 안타까웠다. 그래서 용기를 내서 말했다.

"아저씨, 제가 한번 고쳐 볼까예?"

그러나 운전기사는 들은 척도 안 했다. 다시 조금 더 큰소리로 말했다.

"아저씨예, 지가 고쳐 볼랍니더."

그제야 운전기사는 땀범벅이 된 얼굴로 잔뜩 인상을 쓰며 나를 쳐다보더니 귀찮다는 듯이 내뱉었다.

"조그만 녀석이 뭘 안다고 나서고 그래. 임마, 저리 못 가!"

그 말에 기분도 상하고, 머리를 쿡 쥐어박는 바람에 '그래 어디 고치나 보자' 하는 오기도 나서 나도 마주 노려보며 씩씩거리고 서 있었다. 그러자 미군 장교가 내 쪽을 손짓하며 뭐라고 영어로 운전기사에게 물어보았다. 아마도 내가 뭐라고 그러는지 물어본 것 같았다. 둘이서 영어로 몇 마디 주고받더니 운전기사는 어쩔 수 없다는 듯이 퉁명스럽게 말했다.

"이 녀석, 너 일루 와서 한번 고쳐 봐. 아무거나 만지면 터질 수도 있으니까 조심해."

막상 와서 해보라고 하니까 가슴이 콩닥콩닥 뛰었다. 내가 왜 그런 말을 하며 나섰는지 한순간 후회도 되었다.

'만일 저 선을 연결했는데도 차가 안 움직이면 어떡하지? 그냥 됐다고 하고 가버릴까?'

순간 그런 생각도 했지만 어느새 마음과 달리 이미 몸은 차 쪽으로 한 발 성큼 다가서고 있었다. 두려운 마음을 누를 만큼 호기심이 더 컸던 탓이다. 나는 조심스럽게 선을 잡아 쥐고 전선 피복을 이빨로 물어뜯었다. 그러고 나서 끊어져 있는 다른 쪽 선과 연결했다.

"다 됐씸니더. 이제 시동 걸어 보이소."

"뭐, 벌써 다 됐다고? 임마, 너 장난하는 거냐?"

믿기지 않는다는 듯 운전기사는 눈을 한번 부라리더니 운전석으로 가서 시동을 걸었다. 부르릉 쿨쿨 소리가 한 차례 요란하게 나더니 시동이 걸렸다.

지금 생각해 보면, 그 지프차는 심한 비포장도로를 달리다가 점화 코일 1차 접점선 코드가 빠져버린 것으로 고장 축에도 못 드는 사소한 장애를 일으킨 것이었다. 미군 장교는 장하다는 듯이 내 머리를 쓰다듬더니 종이에 뭔가를 싸서 안겨 주었다.

집에 와서 보니 도장이 찍혀 있는 밀감 비슷한 노르스름한 과일이었다. 껍질을 벗겨서 한 입 베어 무니 새콤하면서도 달짝지근한 맛과 향이 배어 나왔다. 그날의 기억은 그 낯선 과일의 은은한 향기와 함께 오래도록 잊혀지지 않고 남아 있었다.

자연이 살아야 사람도 산다

자연농법을 연구하기 위해 전국 각지를 돌면서 우리의 옛 농법을 연구한 결과, 다음과 같은 두 가지 과제를 얻을 수 있었다.

첫째, 논가에 미루나무를 심고 길가에는 무궁화를 심어야 한다.

논가에 미루나무 같은 큰 나무를 심을 때는 볕 쪼임이 좋지 않지만 그보다도 더 많은 이득이 있기 때문에 하루빨리 전국적으로 시행되는 것이 바람직하다. 이 나무들은 병충해의 천적인 무당벌레, 거미류의 서식처로 이용되고 있기 때문이다. 미루나무에 서식하는 무당벌레는 성충이 되기 전에는 무궁화나무의 진딧물을 먹고 자란다. 이 진딧물로 포식하고 완전한 성충으로 자란 무당벌레는 비로소 벼멸구, 매미충 등 벼의 해충들을 왕성하게 잠식하는 능력을 갖추게 된다.

이렇게 무궁화와 미루나무를 함께 심으면 평화로운 공생이 이루어지면서 해충도 없애는 방제 효과를 동시에 얻을 수 있다. 그러므로 전국 도로의 가로수로는 무궁화나무를 심고, 논가에는 미루나무를 심어서 자연농법을 실현할 수 있는 여건을 조성해야 한다.

둘째, 화학 농약 살포를 최대한 억제하지 않으면 이제 우리 산천은 더 이상 살아남을 수가 없는 위험한 지경에 이르렀다. 화학제를 줄이고 생태적 농법을 시행하기 위해서는 지금까지 수입된 인공 농법으로 농사를 지어오던 농지를 생태적 농법으로 농사지을 수 있도록 개량하는 것이 필요하다. 특히 전국적으로 '시한영농'이란 기치 아래 조기 재배로 인한 피해가 심각하므로 자연적 파종을 해야 한다. 생태적 농법을 시행하기에 앞서 일이 년 동안은 제초제를 무분별하게 살포하지 않고 화학비료도 사용량을 차츰 줄여가면서 토양 미생물의 활동을 활성화해야 한다.

우리 선조들이 즐겨 심었던 미루나무에는 농작물의 해충들을 잡아먹는 거미류 등이 많고, 무당벌레도 미루나무를 서식처로 삼고 있다. 그래서 미루나무는 전통적으로 매우 소중하게 여겨왔던 나무다.

옛 농부들은 미루나무 잎이 모두 피면 옆 가지를 잘라주어서 곧게 자랄 수 있도록 환경을 만들어주고 잘라낸 가지를 잘게 썰어 논에 넣어서 벼 모판을 했다. 그 이유는 미루나무 잎을 물 속에 넣으면 질소가 만들어지고 잎에 있던 무당벌레가 모판에 있는 벼멸구 등을 잡아먹어 자연 관리 효과가 있다는 것을 알고 있었기 때문인 것 같다.

무궁화는 진딧물이 많고 모양이 볼품없다는 이유로 우리의 자랑스럽고 소중한 국화임에도 불구하고 그에 걸맞은 대접을 받지 못하고 있다. 일부에서는 무궁화를 터무니없이 품종 개량하고, 정부에서는 산림청에서 관장하도록 해서 심고 재배하는 데에도 여러 가지 문제가 있는 형편이다.

농학계에서는 벼농사 시기에 관한 연구를 면밀하게 할 생각은 안 하고 관행농법만 답습하고 있으므로 벼 조기 이앙으로 인한 한발을 부추긴다. 그러다보니 장마철 홍수도 부추기고 저온성 해충의 피해도 막지 못하고 있다. 현재 우리 농법에서 실시하고 있는 벼농사 시기는 우리 기후와 잘 맞지 않아서 해충 피해를 늘리고 있다는 것을 알아야 한다. 또한 벼를 조기 재배하면 미질이 떨어지고 증수가 안 되면서 제초도 더욱 어려워진다. 근본적인 원인을 해결할 생각 없이 무조건 예방 방제하려고 지도함으로써 해충을 죽인답시고 천적까지 모조리 없애는 문제점을 불러일으키고 있다.

태평농법은 이런 모든 문제점을 넘어서서 우리 환경을 살리고, 농촌을 살리면서 건강한 먹을거리를 국민들에게 공급하기 위한 대안적인 농법이다. 비록 시작은 무지렁이 농부인 나 홀로 아무것도 모르고 혼자 전국을 떠돌고 자료를 수집하고 농사에 실패를 거듭하면서 했다. 이렇게 연구해서 얻은 작은 성과였지만, 지금은 뜻을 함께하는 농민들과 대학의 연구자들이 있어서 마음이 든든하다.

특히 몇 년 전부터 자연농법을 확산시켜야 한다는 의지를 지닌 진주 경상대 농대의 연구진들이 태평농법을 근간으로 한 다양한, 지속 가능한 농법을 연구하고 있어서 큰 힘이 되고 있다. 지속 가능한 농법을 연구하고 개발하자는 취지로 자연농법을 지지하는 농민들과 연구자들이 만든 모임인 한국지속농업산학연구회 회원들도 쓰러져 가는 우리 농업을 일으켜 세우고 밝은 빛을 비추려는 선구자들이다.

자연이 살아야 인간도 건강하게 살아나갈 수 있다. 이 평범한 진리가 지켜져야 우리 농업과 농촌이 살아날 수 있는 것이다.

씨앗주머니가 있는 풍경

고방연구원의 봄은 일 년 중 가장 바쁜 때다. 씨 뿌리고 준비해야 할 게 많을 때라 각지에서 문의가 쏟아지고, 단체 방문객도 끊이질 않는다. 게다가 회원들을 대상으로 농사법에 관한 교육도 연다. 저녁이면 목이 칼칼해지고 잦은 통화 때문에 귀에 염증이 심해진다. 보다 못한 안사람은 휴대전화의 자동응답기능을 이용하라고 성화다.

농사짓는 분들 중엔 아직도 컴퓨터를 사용할 줄 모르고 인터넷에 서툰 분들이 많다. 논밭에 깃들여 살다 보면 조금 과장된 말이지만 이랑을 한 번 넘을 때마다 궁금증이 생긴다. 씨 뿌리다 말고 흙 묻은 손으로 휴대전화를 찾아 들거나 풀만 우거져버린 밭에 망연자실하다가 지푸라기라도 잡는 심정으로 나를 찾는 경우가 대부분이다. 그러니 나 편하자고 자동응답기 타령하며 늑장을 부릴 순 없는 노릇이다.

올해도 변함없이 삼월 말에 1박2일 동안 신입회원 교육을 가졌다. 고방연구원이 있는 별학섬은 교육장과 숙박 시설이 마련되어 있지 않아 부득이 서포면에 적당한 장소를 빌려 진행했다. 전날까지 맑기만 하던 하늘은 새벽부터 비를 뿌렸다. 전국에서 모인 회원들은 궂은 날씨도 마다 않고 자리를 채워주었다. 마주하고 인사를 나누자니 콧날이 시큰해졌다. 자신이 찾던 농사가 바로 태평농에 있다며 기대와 반가움을 안고 온 이들에게 어떻게든 희망과 가능성을 열어주고 싶은 마음이 앞섰다.

첫날은 자정을 넘기고 말았다. 예정된 교육 일정을 훨씬 넘겨 해산하고도 모두 자리를 쉽게 뜨지 못했다. 못한 얘긴 내일 하자고 단상에서 내려왔다. 피곤하지 않았다. 둘째 날도 교육 후 질문이 끊이질 않아 점심을 뒤로 미루었다. 경기도 여주에서 온 삼십대 중반의 한 남성은 강의 내내 열심히 메모하고 눈을 반짝였다. 다른 회원들의 질문과 토론을 듣다가 어느 순간 잔뜩 긴장한 목소리로 그가 물었다.

"저는 씨앗이나 묘목을 처음 사서 농사지으면 다음부터는 제가 수확한 종자로 농사를 짓는 줄 알았는데 그게 아닌가요?"

좌중이 일순간 침묵 속으로 잠겨들었다. 잠시 후 내가 대답하기도 전에 회원들이 이구동성으로 한마디씩 건넸다.

"저도 처음엔 그런 줄만 알았지 뭐예요."

"씨 걱정만 안 해도 농사 절반은 지은 거죠."

"여기에 온 것도 실은 선생님이 가지고 계신 토종 씨앗이 궁금해섭니다."

"서울서 살면서 주말농장 왔다 갔다 할 땐 아무 생각 없었는데 막상 내 땅에 농사를 지으려고 보니 너무 막막하더라고요."

그러자 여주에서 온 젊은 남성이 당황한 얼굴로 나를 쳐다보았다. 마지못해 내가 나섰다.

"여러분들 일회용 물건 많이 사용합니까?"

"아뇨."

"왜 안 쓰죠?"

"그야……"

신입회원들은 지금 씨앗 걱정하다가 뭐 그런 쓸데없는 걸 묻느냐는 표정이었다.

"일회용품은 말 그대로 일회용이죠? 쓰지 말아야죠? 그런데 지금 시중에 나와 있는 씨앗들이 모두 일회용이라는 겁니다."

누군가 작은 소리로 "글쎄, 개량종이라던데"라며 말끝을 흐리자 고개를 끄덕이는 이들이 적잖았다.

개량종을 일회성 씨앗이라고 하는 이유는 한 해 농사만 가능하기 때문이다. 이듬해 종자 구실을 하지 못해 해마다 씨앗을 새로 구입해야 한다. 씨앗 값도 문제지만 이런 씨앗은 본래의 기능을 거세하고 사람이 만든 기억을 심어 놓은, 말 그대로 '기형 종자'다. 인위적으로 주입해 놓은 프로그램대로 재배하지 않으면 제대로 자라지도 않는다.

모든 종자가 '개량' 되었다. 하나같이 비료를 쏟아 부어야 무탈하게 자란다. 이 기형 종자는 비료와 농약은 필수품이고, 피복용 비닐이 없으면 자생초와의 경합에서도 지고 만다. 더욱 무서운 건 이 작물을 먹는 사람에게도 화학적이고 기형적인 유전 인자를 안겨준다는 것이다.

유기농이니 친환경재배니 해봐야 유전자가 고정되지 않는 개량된 품종일 뿐, 인위적으로 만든 종자는 이듬해 다른 종으로 퇴화된다. 우리가 먹는 농산물은 씨앗 구실도 못하는, 한 번 쓰고 버릴 일회용품이라는 것이다. 언제쯤이면 우리 종자로 농사지을 수 있을까. 내 생전에 그런 날이 오기는 할까. 그 많던 우리 씨앗들은 다 어디로 갔을까.

연구원에 있는 내 작은 방엔 씨앗주머니가 매달려 있다. 다들 쳐다보고는 감탄사를 연발한다. 옛날 한약방 생각도 나고 어린 시절로 되돌아간 것 같다며 오래도록 눈을 떼지 못한다.

씨앗주머니는 말 그대로 '씨앗을 담아둔 주머니'다. 창호지나 광목 또는 내용물이 보이는 흰 천으로 주머니를 만들어 놓은 거다. 많을 땐 육백 개가 넘었지만 지금은 보존하고 관리하는 비용의 부담으로 많이 줄었다.

이삼십 년 전만 해도 시골집 마루 기둥에 고추며 옥수수를 매달아 둔 풍경을 흔히 볼 수 있었다. 연구원에서 본 대로 씨앗주머니를 만드는 회원들이 하나 둘 늘어나지만 주머니가 있어도 거기에 담을 씨앗이 없다면 소용없다. 이제 씨앗주머니가 매달린 풍경은 추억이 돼버린 걸까.

봄이 깊어지면 주머니가 열리고 씨앗은 흙으로 돌아간다. 태평농 4년차인 회원으로부터 지금 완두콩을 심어도 되느냐는 전화를 받았다. 무슨 소린가 어리둥절했다. 완두콩은 가을에 심어 노지에서 겨울을 나고 이듬해 봄에 수확하는 작물이다. 그런데 사월에 심겠다니.

지금 연구원은 흰색과 붉은색 완두꽃이 한창이다. 겨우내 낮게 웅크린 완두콩 줄기가 어느새 깡마른 수숫대를 감고 오르느라 분주하다. 지난 가을 수수를 수확하기 삼 일 전, 완두콩을 심고 수수는 이삭만 거둔 채 수숫대는 그대로 두었다. 완두콩의 지지대 역할을 할 수 있기 때문이다. 이 분도 내가 가르쳐준 대로 작년 가을에 옥수수는 따고 대는 넝쿨 지지대로 쓰이게 두고 완두콩을 심었다는데 대부분 얼어 죽었다고 하소연이다.

  "선생님 계신 곳은 남쪽이라 중부지방보단 온도가 높지 않겠어요? 아무래도 여기선 완두가 겨울 나긴 힘든가봅니다. 동네사람들도 겨울에 얼어 죽기 때문에 봄에 심는다고 하네요. 그래서 지금 이웃집에서도 완두콩을 심기 시작했는데 심어도 될까요? 지금 준비한 씨앗은 미국산입니다만."

  그럼 그렇지. 작년 가을에 완두콩을 심어 보겠다고 하기에 국산 종자가 없다고 해서 유럽이나 미국산 종자를 사용하진 말라고 일렀다. 대신 중국산 중에서 중·북부 지방의 종자를 심으라고 권했으나 그때 그가 구한 완두콩은 이태리, 프랑스, 미국산이었다. 이들 수입 종자는 맛은 둘째 치고 영양가도 없다.

  "가을에 완두콩을 심었는데 죄다 얼어 죽었다"는 그의 투정은 내가 있는 남쪽에 비해 자신이 사는 곳의 겨울 온도가 더 낮아서가 아니라 수입 종자를 심었기 때문이다. 아열대 품종은 우리 종자와 이름만 같을 뿐 같은 품종으로 착각하면 안 된다.

  요즘 시중에서 흔히 구할 수 있는 완두콩은 유럽이나 미국에서 들여온 것이다. 대개 봄에 심어 오뉴월에 수확한다. 그런 씨앗을 가을에 심었으니 겨울에 얼어 죽을밖에. 우리 완두콩은 봄에 심으면 잠시 초기 성장만 좋을 뿐 이후 자라지 않고 시들어버린다. 좀 춥다 싶은 이른 봄에 파종해야 한다.

남부지방은 중·북부 지역에 비해 따뜻하지만 남부지방이라도 수입 종자는 겨울을 나기가 힘들다. 또한 비료와 농약으로 토양에 과다 축적된 화학염료가 장애를 주면 우리 종자라 할지라도 살아남지 못한다.

지리산 자락에 위치한 경남 하동 옥종의 최저온도는 다른 지역보다 낮다. 또한 남해안 섬 중에서 유일하게 지리산과 마주보는 별학섬 역시 겨울 최저온도가 작년엔 영하 10도, 재작년엔 영하 19도까지 내려갔다. 추운 곳이지만 월동 작물은 겨울을 잘 견뎌낸다.

흔히 강원도라면 추운 곳인 줄 알지만 강릉의 한겨울 온도는 하동보다 높은 편이다. 해안이다, 내륙이다 구분 지을 게 아니라 토양의 오염 정도와 종자의 생산지를 먼저 살펴봐야 한다. 우리의 자연 생태를 제대로 헤아리고 종자의 특성을 정확히 안다면 우리 종자의 자생력과 영양학적 가치가 더 소중하게 다가올 것이다.

해마다 파종할 때가 되면 종묘상으로 달려갈 텐가. 가기만 하면 그만인가. 문제는 파종할 때 한 번으로 끝나지 않는다. 인위적으로 육종된 종자를 구입하면 비료와 농약도 필수 구매품이 된다. 의식을 갖고 농사를 짓기 시작하고 보면 제일 걸림돌이 종자다. 단 몇 알이라도 손에 들어와야 키워보고 씨를 받을 텐데 시작부터 막막해진다. 이것이 우리 농업의 현주소다. 이 얼마나 애 터질 일인가.

좋은 종자의 자격 요건은 여러 가지가 있다. 그 중 가장 중요한 건 유전자가 변형되지 않고 고정되어 언제 심어도 동일한 작물을 볼 수 있어야 한다는 것이다. 척박한 환경에서도 자생력이 있고, 기후나 흙의 상태, 주변 상황이 달라지더라도 농약이나 비료 없이 스스로 자라나고, 필요한 만큼 충분한 결실을 맺을 수 있어야 한다. 너무 모범답안인가. 실험실에서 화학약품을 이용해 우리 환경에 맞는 종자를 육성한다고 하는데 이는 시작부터 어긋난 것이다. 모래로 밥 지어본들, 뒷간에 단청해본들 모래가 밥이 되고 뒷간이 안방 될까.

집집마다 씨앗주머니가 매달린 풍경을 그려본다. 부디 그런 날이 하루빨리 오길 바란다. 주머니에 담긴 씨앗이 흙과 만나 자연의 품으로 돌아가는 그날이 우리 농업이 꿋꿋하게 사는 길이다.

유기농법 유감 🖊

해마다 발생하는 산불 때문에 여의도 면적의 몇 십 배에 달하는 생
태계가 파괴되어 가고, 초목과 함께 사라진 다람쥐, 고라니, 토끼를
다시 보려면 오십 년을 기다려야 한다는, 산불 예방을 촉구하는 공
익 광고가 있다. 오십 년. 내가 살아온 오십사 년을 생각하면 결코
짧지 않은 시간이다. 작년에 산불이 난 곳의 생태계가 다시 살아나
려면 내가 이 세상을 떠나고도 한참이나 세월이 더 흘러야 한다는
얘기다.

산불이 난 뒤 생태계는 초토화라고 표현해도 좋을 만큼 황폐해진
다. 나무와 풀은 말할 것도 없고 토양 속에 살던 미생물까지 전멸한
다. 생태계 전체가 파괴되는 것이다. 그러니 장맛비가 조금만 내려
도 토양이 유실되고 산사태가 발생하는 것이다. 그 죽은 땅에 식물
이 뿌리를 내리고 미생물이 다시 살아나기까지는 오십 년은 아니더
라도 꽤 오랜 시간이 걸린다.

대규모 산불이 날 때마다 학자들 사이에서는 자연을 하루라도 빨

리 되살리기 위해서는 인공조림을 해야 한다는 의견과 자연이 스스로 복원하도록 내버려두어야 한다는 의견이 엇갈리는 것 같다. 그러나 내 생각은 조금 다르다. 나는 산불로 황폐해진 땅에 곡물 씨앗을 뿌리라고 권하고 싶다. 즉, 식물의 특성을 적용시키면 자연 상태로 방치하거나 인공조림을 하는 것보다 더 빠르게 복원시킬 수 있다는 것이다.

앞에서도 얘기했듯이 식물은 무기물을 먹고 자란다. 미생물의 분비물이나 시체가 바로 무기물이다. 그렇다면 산불이 난 곳에는 무기물이 풍부할 수밖에 없다. 적어도 식물의 먹이만큼은 널려 있다. 그런데 산에 자생하는 나무나 식물은 초기 생육 과정이 느려 처음에는 더디게 자라지만 오랫동안 생명을 유지하는 특성을 갖고 있다. 그래서 인공조림으로는 그다지 빠른 효과를 기대하기 힘들다.

대신 우리 농산물은 초기 생육이 매우 빠른 식물이다. 게다가 먹이인 무기물이 많은 곳이라면 그 성장 속도는 더 빨라질 게 틀림없다. 헬리콥터를 동원하여 수수, 옥수수, 조 같은 씨앗을 뿌리면 삭막하던 땅이 초록빛으로 금세 무성해질 것이다. 그 작물들이 뿌리를 내리면 이차식물이 자리 잡기가 훨씬 수월해진다. 외부에서 날아온 자생초나 나무 씨앗들이 바로 이듬해부터 발아할 수 있는 조건이 갖춰지는 것이다. 그러니 첫해에는 엄청난 양의 농산물을 공짜로 수확하는 것과 동시에 토양 유실을 막고 파괴된 자연의 복원 속도를 앞당길 수 있다는 장점이 있다.

이런 원리를 이용한 사람들이 화전민이었다. 그들은 불이 난 땅에서는 적어도 이삼 년 동안 농사가 잘된다는 사실을 알고 일부러 땅에 불을 질렀다. 그런데 요즘에 와서는 그 원리조차 까맣게 잊고 막상 필요한 순간에도 이용하지 못하고 있다.

내가 새삼스럽게 산불과 생태계에 대해 들먹인 것은 아이디어를 자랑하려는 게 아니라 좀 더 다른 뜻이 있어서다. 무기물의 역할을 다시 한 번 강조하기 위한 마음이기도 하고, 한편으로는 유기농법에 대한 유감을 나름대로 표시하기 위한 방편이기도 하다.

산불이 난 지역의 예로 확인할 수 있듯이 식물의 먹이는 단연코 유기물이 아니라 무기물이다. 심지어 내가 그토록 싫어하는 비료조차도 화학 무기물이다. 그런데 일각에서는 유기물이 식물의 먹이인 것으로 알고 유기농법의 우수성을 강조한다. 그것이 굉장히 유감스럽다.

유기농법이 과학농법보다는 그래도 자연을 덜 괴롭히는 방법이기는 하다. 하지만 말 그대로 덜 괴롭히는 것뿐이다. 식물의 생장 조건을 인위적으로 조절하고 간섭함으로써 자연의 법칙을 따르지 않는다는 면에서는 그리 내세울 만한 농법이 못 되는 것이다. 그나마도 외국에서 수입한 유기물이 우리 땅에 얼마나 이로울까. 목초액이니 유기질 비료니 하는 것도 식물 처지에서는 전혀 달가워할 수 없는 먹이들이다. 아니 평화롭게 공존하는 미생물과 식물의 관계를 깨뜨리는 농법이나 다름없다.

사실, 우리 전통 농사에서도 유기물이 전혀 쓰이지 않았던 것은 아니다. 사오십 대 농촌 출신이라면 지금도 기억하는 풍경 하나가 있을 것이다. 서리 내린 가을 아침, 재래식 화장실에서 퍼 담은 유기물을 커다란 똥장군에 담아 지고 논밭으로 나서는 아버지들의 모습. 그 모습을 떠올리면 늘 함께 떠오르는 것이 들판 가득 하얗게 내려앉은 서리와 아버지의 숨결 속에서 뿜어져 나오던 입김이었다.

알고 보면 서리와 입김, 그리고 똥장군은 깊은 연관이 있다. 조상들은 유기질 거름 주는 시기를 따로 잡고 있었던 것이다. 그 시기는 바로 서리가 내린 늦가을부터 초겨울 무렵이었다. 논밭에는 보리나 밀이 파릇파릇 올라오고 밭에는 마늘, 상추가 싹을 내미는 때였다. 인분은 반드시 가을이 끝날 무렵에 주었던 것이다. 왜 가을인가. 봄이나 여름에 인분을 뿌리면 작물이 잘 크지 않았기 때문이다. 잘 크지 않는 정도가 아니라 아예 죽어버린다. 그만큼 인분이 독하다는 뜻이기도 하지만 한편으로는 유기물과 작물의 관계가 그리 원만하지만은 않다는 의미이기도 한 것이다.

그런데 서리 내린 뒤에는 마늘, 보리, 양파, 상추 할 것 없이 인분을 바로 부어줘도 죽지 않았다. 대신 자생초만 말라죽었다. 그 까닭을 알기 위해서는 먼저 서리의 작용을 이해해야 한다.

서리는 일종의 자연 제초제라고 할 수 있다. 서리가 내리면 제아무리 팔팔하던 자생초도 하얗게 말라죽는다. 서리를 분수령 삼아 자연의 동식물은 일대 헤쳐 모여를 감행하는 것이다. 지붕에서 걷어낸 짚, 가축 외양간에서 나온 짚 등으로 만들어 놓은 유기물도 인분처럼 서리 내릴 때를 기다려 이용했다.

서리는 자생초를 제거하는 효과 외에도 곤충류 중에 월동하는 종과 월동을 하지 않는 종을 완전히 분류시키는 작용을 한다. 해충의 경우도 그 시기면 이미 산란을 끝내고 생을 마감한다. 설사 아직 살아 있는 녀석이 있다 해도 서리를 이겨내지는 못한다. 그 신비한 자연의 살균, 제초, 살충 작용으로 말미암아 들판은 잠시 치열한 전투를 중지하고 깊은 휴식에 들어가는 것이다.

관찰한 바에 따르면 짚단 밑에서 겨울을 나는 거미나 보리, 상추, 시금치처럼 서리가 내려도 살아남을 수 있는 동식물은 적어도 사람에게 해를 끼치지 않는 녀석들이라는 사실을 알게 되었다. 참으로 오묘한 자연의 힘이 아닌가 싶다.

이처럼 유기물은 서리가 내리면서 기온이 떨어지는 환경에서만 제 역할을 할 수 있었다. 유기물은 서리를 견디는 작물에 투여하면 좋은 영양분 역할을 한다. 겨울에 유기물은 끊임없이 얼었다 녹기를 되풀이하는 토양 속에 흡수된다. 물론 비가 적게 오는 계절이니 유기물이 유실될 염려도 없다.

서리가 필터 작용을 하여 좋은 균은 스며들게 하고 안 좋은 균은 뽑아내면서 안전망 노릇을 해줄 때에야 비로소 유기물도 제 구실을 하는 것이다. 그것이 우리 땅에 맞는 진정한 유기농법이다. 그 밖의 계절에는 무기물만이 진정한 식물의 먹이라고 할 수 있다. 자칫하면 애써 공급해준 유기물이 토양과 식물에 제대로 흡수되지 못한 채 유실되어 오염원 역할만 하고 말 수도 있다. 여러 가지 상황을 고려해볼 때 유기농법이 아니라 무기농법이 우리 땅에 어울리는 친환경 농법인 것이다.

현재 유기농법으로 농사짓는 사람들을 비난할 생각은 전혀 없다. 그들도 나름대로 자연이 좋아하는 농사를 짓기 위해 분투하고 있다는 사실을 알기 때문이다. 다만, 유기농법을 빙자하여 이런 저런 장삿속을 채우려는 사람들을 경계할 따름이다. 예를 들어, 온갖 산업 쓰레기며 생활 쓰레기로 실효성도 없는 유기물을 만들어 농심을 우롱하는 사람들을. 그리고 그나마 제대로 된 유기농법을 실천하지도 않고 때 되면 농약, 비료 다 쓰면서도 유기농산물이라는 이름표를 붙여 소비자 가격만 올리는 일부 생산자를.

우리 땅의 생리를 알고 식물의 특성을 안다면, 굳이 없는 돈 들여가며 유기물을 공급해줄 필요가 없다는 사실을 알리고 싶을 뿐이다. 그냥 논밭의 순환이 잘 이루어질 수 있도록 도와주기만 하면 굳이 따로 거름을 넣어주지 않아도 된다는 것을 내 경험을 바탕으로 들려주고 싶을 뿐이다. 그리고 이 논리는 나의 독단이 아니라 내 아버지의 아버지, 그 아버지들의 아버지들이 찬 서리를 맞아가며 몸소 보여주신 지혜를 다시 확인한 것뿐임을 밝혀둔다.

별학섬의 귀염둥이 강아지들.
손님이 오면 쪼르르 마중을 나오고, 갈 때면 꼬리를 흔들며 배웅해준다.

공생의 법칙

가을걷이가 끝나고 겨울을 맞이한 들판은 외관상으로는 텅 빈 것처
럼 보인다. 아무런 움직임도 생명력도 없이 그저 평화롭게 잠들어
있는 것 같다. 그러나 차디차게 얼어붙은 땅속에서는 무수한 생명
체들이 한여름 못지않게 왕성하게 활동하고 있다. 수많은 미생물들
이 한 겹 땅 아래에서 먹고, 자고, 싸고, 소멸과 생성을 거듭하면서
맹렬하게 살아가고 있는 것이다. 현명한 농부의 눈에는 칼바람이
스치고 지나가는 황량한 겨울 들판 아래에서 끊임없이 땅을 갈아엎
는 그들의 움직임이 보인다. 그 넘치는 생명력이 요동치는 소리를
들을 수 있다.

　이것이 자연이 지니고 있는 무한한 힘의 근원이다. 아무것도 하
지 않는 것 같지만, 사실은 농부의 손이 미치지 않는 때에도 제 힘
으로 땅을 갈고, 봄이 오면 새 생명을 움트게 할 준비를 철저히 하
고 있는 이 자연의 힘을 안다면 누군들 그 앞에서 경외감을 가지지
않을까.

모든 농사에 꼭 사람의 손과 과학의 원리가 필요하다는 생각은 너무나 오만한 발상이다. 자연 중심이 아니라, 사람 중심의 사고방식이다. 제 혼자 힘으로도 충분히 싹을 틔워낼 능력이 있는 땅에 턱없이 화학비료를 갖다 붓고 갈아엎어서 땅심을 망쳐놓고, 환경을 파괴한 오늘날의 결과를 가져온 것도 이러한 인간들의 오만함이다.

오십여 년을 농촌에 붙박여 살면서, 내가 겨울 들판의 왕성한 생명력을 깨닫기 시작한 지는 고작 삼십여 년 안팎이다. 그동안 과학을 맹신하는 인간들이 만들어낸 화학농법이 아니라, 오직 순수하게 자연의 힘을 빌려 농사짓는 방법을 터득하기 위해서 실패와 좌절을 거듭하면서 자연농법에 몰두했다.

그 결과 깨달은 것이 땅을 갈지도 않고, 물이나 화학비료를 주지 않고 그냥 마른 땅에 씨를 뿌려서 수확하는 태평농법이었다. 아무것도 하지 않는 것 같지만, 사실은 자연이 이미 짓고 있는 농사에 힘을 보태는 태평농법은 그 힘에 대한 무한한 믿음이 없이는 힘든 것이다. 그 믿음은 어디서 나오는가. 자연을 알면 저절로 생길 수밖에 없는 믿음이다.

멀고 먼 길을 돌아왔지만, 깨달음의 지점에 이르고 보니 사실 그것은 전혀 새로운 방법이 아니었다. 어느 날 내 머릿속에 번개 같은 깨달음이 들어와서 터득한 이치가 아니라 원래부터, 아주 오래 전부터 우리 선조들이 사용해 왔던 자연 그대로의 농법이었던 것이다. 나는 거기에 다만 파종기라는 현대식 기계를 만들어서 좀 더 쉽게 농사를 지으면서 수확량을 늘리는 방법을 추가한 것뿐이었다.

오래 전, 선조들의 농사 방법에서 한 가닥 지혜를 얻고자 전국을 헤매고 돌아다닐 때 지리산 운봉 땅에서 만난 초로의 농부는 내게 근본적인 깨달음을 주었다. 그 농부는 논에서 베어낸 풀을 나무 밑동에 깔아서 자생초를 제거했다. 나는 그 모습을 눈으로 보면서도 의미를 깨닫지 못하고 거듭 질문을 해댔다. 나이 많은 농부가 보기에는 "저도 농사를 지은 지 꽤 오래 되었는데요……" 하는 소리를 연발하면서 답답하게 물어오는 젊은 농부가 얼마나 한심했을까.

"풀을 깔아주면 그 아래 잡초 싹이 말라버려. 그리 기본적인 것도 모르나."

한참 동안 담배만 피우다가 심상하게 한마디 일러주는 그 말을 듣고서야 나는 무릎을 치며 탄성을 내질렀다. 제초제를 뿌리지 않으니 논에 자생초들이 기승을 부려서 매번 농사에 실패하고, 농부가 게으르게 풀 농사만 짓는다는 주변의 손가락질을 받으면서도 꿋꿋하게 이 땅을 살리는 농법을 찾겠다고 외롭게 고군분투하던 길에 한 가닥 서광이 비치게 되었다.

자연의 이치에 맡겨서 농사를 지으려면 이런저런 농사 기술을 익히기 전에 우선 자연을 잘 알아야 한다. 자연을 잘 알기 위해서는 그 속에서 살면서 스스로 자연의 일부가 되려고 노력해야 한다. 인간을 인간답게 살게 하는 근원인 자연을 사랑해야 한다.

인간이 체계적인 농법을 만들어서 농사를 짓기 이전부터 자연은 끊임없이 생산물을 만들어냈다. 처음에는 깊은 산속 계곡을 따라 졸졸 흐르던 물이 한 가닥 한 가닥 모여 거대한 줄기를 형성해서 마침내 큰 강을 이루어 바다로 흘러가는 것도, 계절마다 온 산천, 들판, 심지어는 쓰레기더미 위에서도 그 누가 씨를 뿌리지 않아도 알아서 싹을 틔우고 뿌리를 내리고 열매를 맺고 다시 땅으로 돌아가는 수많은 풀들, 꽃들도 다 자연이 알아서 만들어낸 창조물이다. 그 안에서 보면 인간이 인위적으로 씨를 뿌려서 만들어내는 생산물은 아주 적고 미미한 일부분에 불과하다.

그러나 인간들은 농사를 짓기 시작하면서 근원인 자연을 잊어버리고, 인간의 입으로 들어가는 먹을거리를 중심으로 생각하게 되다 보니, 어떻게 해서라도 '더 많이' 생산하고 '더 크게' 만드는 일만 염두에 두게 되었다.

누가 뭐래도 인간은 자연의 한 부분이고, 농작물은 자연의 모방품이다. 모방은 원형에 가까우면 가까울수록 좋은 것이다. 모방이 창조를 향해 나가기 위해서는 원형이 지니고 있는 품격을 훼손하지 않고 이어받으면서 발전시켜야 한다. 지금 우리가 짓고 있는 농사는 그런 원칙을 지키고 있는가. 절대로 아니다.

자연의 입장에서 보면 이 세상에 농약으로 없애야 할 해충도 없고, 제초제로 싹을 죽여야 하는 자생초도 없다. 해마다 우리 농작물에 극심한 피해를 주는 벼멸구도 자연의 생성물로서 다 그 나름대로 존재 이유를 지니고 생겨난 것이다. 이 세상에는 죽을 때까지 이름을 외워도 다 알 수 없는 무수한 풀들이 존재한다. 이들은 인간이 먹는 풀과 먹지 않는 풀로 나누어질 뿐이다. 우리가 주식으로 삼고 있는 벼도 애초에는 산과 들에 그냥 피어나는 이름 없는 풀에 불과했던 시절이 분명 있을 것이다.

자연이 보기에는 인간도 무수한 생성물 중의 한 종에 불과하다. 자연은 이들을 교통 정리하기 위해서 먹이사슬이라는 대순환의 원칙을 만들어두었다. 해충을 없애는 것은 그들의 천적이 할 일이고, 논에서 벼가 잘 자라는 데 걸림돌이 되는 자생초는 미생물들이 해결해 준다. 인간이 오만하게 나서서 농약을 뿌리고 제초제를 주면서 해충과 천적이 동시에 사라졌고, 벼는 더 이상 건강하게 자라지 못하게 되었다.

그동안 사람들은 나름대로 잘 먹고 잘 살았다고 생각하겠지만, 그 결과는 지금 하나하나 재앙이 되어서 돌아오고 있다. 강력한 농약에도 살아남는 해충들이 등장하고 있다. 단시간 내에는 회복하기 힘들 정도로 땅이 황폐해져서 신음하고 있다. 그 땅에서 농약 범벅으로 자란 벼는 조금만 바람이 불고 비가 와도 맥없이 픽픽 쓰러진다.

우리는 그동안 인간의 '입'만 염두에 두고 농사를 짓는 이기적인 농법을 추구하면서 자연을 망쳐온 것이다. 더불어 살아가야 할 이 땅의 모든 생성물들을 위협하고 그 존재를 무시했다. 우리 생태계 곳곳에서 그 결과들이 나타나고 있다.

대표적인 예로 '까치'를 생각해 보라. 우리나라 사람들이 가장 좋아하는 새를 꼽으라면 예로부터 까치를 으뜸으로 쳤다. 그만큼 까치는 예부터 어른, 아이 할 것 없이 정답게 여겼고, 반가운 손님이 찾아오는 길을 밝히는 길조로 일컬어졌다. 그런데 이 까치가 이제는 농사의 애물단지로 여겨져 미움을 받고 있다.

〈삼국유사〉에는 다음과 같은 기록이 있다. 계림의 동쪽 아진포에서 까치 소리를 듣고 배에 실려 온 궤짝을 열어 보니 잘생긴 사내아이가 있었는데, 그 아이가 훗날 신라의 왕이 되었다고 한다. 〈동국

세시기〉에는 설날 새벽에 가장 먼저 까치 소리를 들으면 그 해에는 운수가 대통한다고 해서 까치를 길조로 여겨왔다는 얘기도 있다.

우리 민족과 까치의 인연이 깊다 보니 그와 연관된 설화도 많다. 까치가 부리로 땅을 헤집는 것을 보고 땅을 파 보니 벽돌 수십 장이 나와서 이것을 모아 절을 지었다는 설화도 있고, 구렁이로부터 목숨을 구해준 은혜에 보답하는 살신성인의 설화도 있다. 칠월칠석날 까치가 하늘로 올라가 견우직녀의 만남을 돕고자 오작교를 놓았다는 전설은 너무나 유명하다.

까치를 유달리 좋아하는 우리 민족은 보호에도 남달랐다. 마을에 사는 까치를 죽이면 몹쓸 병에 걸린다고 하여 잡지 못하게 했고, 가을에는 먹이용으로 '까치밥'을 남겼다. 생일, 결혼 등의 잔치가 있을 때에는 맛있는 음식을 담 밑이나 마을 어귀에 놓아두기도 했다.

그러나 이러한 까치도 산림청이 까치를 수렵 조수로 지정함으로써 이제는 길조에서 사냥감으로 전락하게 되었다. 까치가 천대를 받게 된 것은 매나 독수리 등 천적이 줄어들면서 그 수가 폭발적으로 늘어나 농작물이나 전신주에 막대한 피해를 주기 때문이다. 농작물을 잘 쪼아 먹는 바람에 큰 피해를 입은 어느 지역에서는 한 마리당 오천 원의 상금까지 내걸었던 적도 있다니 이쯤 되면 길조가 아니라 흉조로 취급될 수밖에 없지 않겠는가.

누가 민족의 길조인 까치를 흉조로 둔갑시켰는가. 바로 우리들이다. 이렇듯 과학농법의 폐해는 먹을거리만 오염시키는 것이 아니라, 우리 민족의 고유한 정신문화까지 피폐하게 만들고 있다.

우리나라 단위 면적당 농약 사용량은 미국이나 영국 등 선진국과 비교할 때 단연 높다. 자연 생태계에서는 종의 다양성과 먹이사슬의 질서가 유지되어서 어떤 종이 대량으로 발생하기는 쉽지 않다. 그러나 농약이 대량 살포되기 시작하고, 단일 작물 재배가 늘어나면서 천적들의 수가 급격히 줄어들고 농약에 저항성을 지닌 해충들이 늘어나기 시작했다.

지금부터라도 늦지 않았다. 공생의 법칙을 되살리자. 인간이 자연 위에 서 있다는 오만함을 버리고, 겸허하게 자연과 더불어 살아가는 길을 찾자. 천적을 이용한 농사법, 자연의 힘으로 질서를 만드는 먹이사슬의 복원만이 우리가 살 길이고 우리 후손들이 건강하게 살 수 있는 길이다.

논가에 버드나무와 무궁화를 심어서 그 자양분으로 자라난 무당벌레와 거미들이 해충을 잡아먹고, 이것들이 땅의 거름이 되어 건강하게 자란 벼를 겸손하게 수확하는 땅. 또 인간들은 섭생 후 남은 부산물을 깨끗하게 땅으로 돌려보내는 평화로운 농사짓기. 생각만 해도 가슴 떨리고 아름다운 일이 아닌가.

흙에서 생명이 자라게 하자

흙은 살아 숨 쉬는 생물이다. 사람처럼 건강하게 살기도 하고 병들어 죽을 수도 있는 생명이다. 사랑하며 함께 살아야 할 우리 몸의 일부이기도 하다. 그런 생명이 죽어가고 있다. 두말할 필요 없이 사람의 욕심이 빚어낸 결과다. 사랑한다면 지켜보면서 기다릴 줄 알아야 한다. 소생할 기회마저 차단하는 건, 흙을 사랑하는 사람의 도리가 아니다.

깨끗한 흙은 자생초 하나 없는 부드러운 먼지 같은 흙이 아니다. 흙이란 종을 알 수 없는 많은 미생물, 지렁이, 선충 들이 살아가는 곳이다. 비가 내리면 무수한 자생초들이 일어설 수 있는 흙이어야 한다. 흙은 식물에 영양을 공급하고 자라게 하는 살아 있는 생명체다. 그런 토양은 항생 물질처럼 온갖 물질이 다양하게 공생하는 종자의 은행이다.

소나무에이즈라 불리는 선충은 무조건 해를 주는 것으로 알려져 있다. 박멸해야 할 대상으로만 여기는데 소나무의 빠른 쾌유를 바란다면 자연에 맡겨두는 게 가장 현명한 대처다. 화재로 잿더미가 된 산림을 회복시켜 주는 것도 사람보다 자연이 빠르다는 걸 우리는 경험을 통해서 알지 않는가. 흙에는 수 만여 종의 선충들이 살고 있다. 소수의 선충이 있다고 전체가 무너지진 않는다. 오히려 토양 선충이 식물을 살리고 유기물을 무기물로 바꾸어주므로 흙 속에는 수많은 곰팡이와 선충(미생물)이 있어야 한다.

흙에 이런 생명들이 건강하게 살아 있도록 하려면 사람은 어떤 일을 해야 할까. 생명을 잃어가는 흙은 어떻게 다시 살아날 수 있을까.

흙을 살리는 제일 빠르고 정확한 방법은 역시 농사를 짓는 것이다. 화학농법으로 죽어가는 흙을 가을에 시작하는 생태적 농법으로 살려내는 것이다. 서리가 내리면 자생초는 자연스럽게 사라진다. 이때 땅을 갈지 말고 보리, 밀, 귀리 등 맥류나 완두를 뿌려보라. 습도가 높은 곳은 자운영, 낮은 곳은 갈퀴를 파종해 겨울을 나게 하라. 겨우내 작물이 살아 있도록 해주는 것이 중요하다. 그래야 흙 속에 있는 미생물도 살 수 있다.

이렇게만 해도 이듬해 봄이면 흙이 달라진다. 여기에 맥류나 완두를 거두기 며칠 전에 볍씨를 뿌리고, 벼가 자라 거둘 때가 되면 거두기 전에 다시 맥류를 파종한다. 이런 식으로 연 이모작 무경운 재배를 했을 때 이삼 년이면 땅이 온전히 살아난다. 완전 박토거나 작황이 좋지 않을 때도 오 년이면 된다.

진주 근교에 사는 한 회원이 작년 봄 태평농법으로 벼농사를 시작했다. 그전까지는 주변의 논들처럼 경운한 논에 약제를 사용했다. 태평농법을 시작하면서 땅을 갈지 않고 모판을 만들지 않았다. 무경운 논에 볍씨를 직파했는데 생각했던 것보다 수확량이 적었던 모양이다. 태평농의 수확량이 떨어진다고 여겼는지 그는 "매년 이 정도밖에 안 되는 거냐"며 실망한 눈치였다.

그 논에서 첫 해 수확량이 적은 이유가 있다. 가을에 시작했으면 볍씨 뿌릴 때 전작물의 부산물이 남아 있을 텐데 봄에 시작했기 때문에 아무런 부산물이 없었다. 가을에 심은 작물은 겨우내 자라면서 미생물의 먹이를 공급해준다. 먹이가 충분한 미생물은 겨우내 땅을 갈고 배설하여 식물의 먹이를 많이 모아놓는다. 이 효과를 비료나 인위적인 물질이 대신하진 못한다.

매년 땅을 갈고 고르면서 화학 약제를 투입한 논이니 토양도 부실했다. 식물에 영양을 공급해줄 만한 지력이 없었던 것도 수확량이 적은 이유다. 이런 토양에 뿌리 내린 벼는 자생력을 키우기가 힘들다. 태평농법이 무시비라고 해서 아무것도 안 주려다가 비료를 약간씩 준 건 적절한 판단이었다. 워낙 회복을 못하니 초기엔 그 정도로 병행해도 된다.

그는 다음해를 기약하며 지난 가을에 보리를 파종했다. 올봄 보리를 거두기 전에 볍씨를 파종하면서 태평농 2년차를 맞았다. 작년에 비하면 한결 느긋해진 듯 보였다. 확신을 갖고 볍씨가 발아하는 과정에서 보리를 수확했다고 한다. 논흙을 만져보더니 "손으로 흙을 퍼 담을 수 있을 정도로 부드러워졌다"며 대단한 발명가라도 된 듯 신바람이 나 있었다.

그러던 사람이 어느 날 풀 죽은 목소리로 전화를 걸어왔다. 아무래도 벼논이 이상하다는 것이다. "벼는 드물게 올라오고 그 사이사이로 올해 뿌린 것보다 키가 큰 것이 올라와 있다"며 "뭐가 잘못 된 거 아니냐"고 묻는다. 키가 크다면 작년 가을 수확할 때 산파되었다가 발아한 것일 테지. 이렇게 발아되는 종자는 강한 종이 살아남은 것이라 생명력이 강하다.

땅을 갈지 않고 벼농사를 하면 매년 이렇게 자라는 벼가 있는데, 이 경우엔 붉은색 쌀이 나올 가능성이 크다. 맛이나 영양가로는 나무랄 데 없지만 무조건 흰쌀만을 고집하는 이들에겐 그다지 환영받지 못한다.

지속농법으로 농사지으면서 이런 쌀이 나오더라도 잘못된 게 아니다. 유전자가 고정되지 않은 개량종이니 처음 심어서 거둘 때와는 다른 변종이 나오는 것이다.

파종을 어떻게 했기에 드물게 났다는 건지, 그럴 리가 없는데 좀 의아했다. 파종 양을 물어봤더니 그제야 소량 직파했음을 실토한다. 파종 시기에 따라 약간씩 차이가 있지만 오월 중순경이면 파종 양은 삼백 평당 7~10킬로그램이면 된다. 내가 일러준 건 아무래도 많아 보여 백 평당 2킬로그램을 파종했단다. 그러면 삼백 평당 6킬로그램인데 면적에 비해 적은 양이다.

그의 말도 일리는 있다. 화학농법으로 농사를 짓다보면 장마철이면 벼는 문고병(잎집무늬마름병)에 걸리고, 다음 단계는 도열병이다. 일찍 심은 탓에 이미 포기당 줄기 수가 많아져 연약하다. 밀도가 높아 빛이 부족하고 공기가 잘 통하지 않으니 발병 우려도 크다. 이런 경험 때문에 파종 양이 많으면 병이 올 거라고 계산했고,

다시 농약을 칠 마음도 없었으니 아예 파종 양을 줄였던 것이다. 그러나 무경운 논에 직파한 벼는 튼튼하고 세균에 강하며, 파종 시기가 오월 하순이면 장마철에도 줄기 수가 많지 않아 문고병에 잘 걸리지 않는다.

땅을 경운하면 어떤 역효과가 있는지 간척지를 예로 들면 이해하기가 쉽다. 바다를 매립한 간척지는 염분의 피해를 줄이지 않으면 농사짓기가 힘들다고 한다. 그렇다면 염분의 피해를 최소화할 수 있는 방법은 무엇일까. 땅을 갈지 않으면 빗물이나 내수內水(둑 안이나 늪 따위에 고인 물)보다 비중이 높은 해수나 염분은 점점 아래로 가라앉는다. 이렇게 가라앉은 염분은 작물 뿌리에 별 영향을 주지 않거나 주위의 평균 해수면만큼 낮아진다. 그러나 현재의 경운·정지하는 재배법은 아래로 내려간 염분을 쟁기로 갈아엎어 위로 올려놓는 짓이다.

갯벌은 부드러운 흙이다. 여기에 로터리를 치면 부드러운 흙이 아예 죽처럼 돼버린다. 잘 가라앉아가는 소금을 밖으로 끄집어 올려내는 꼴이니 절대 경운을 하지 말아야 한다. 염도를 줄인다고 물을 부어대는 것도 부적절하다.

무경운 땅은 통기성이 좋아 산소가 풍부하다. 흙 속에 공기가 잘 유통되어 산소가 풍부하면 직근이 발달해 뿌리가 곧게 내려간다. 이런 작물은 자생력이 뛰어나 태풍이 와도 견뎌내기가 수월하다. 하지만 인위적인 경운과 화학 약품을 남용하면 토양이 땅심을 잃어 뿌리가 흙 속으로 깊이 내려가지 못한다. 잔뿌리가 옆으로 번지면서 표면 가까이 올라와 조금만 바람이 불어도 쓰러질 염려가 크다.

장마나 태풍이 불어 닥치면 경운한 논과 무경운 논을 적나라하게 비교할 수 있다.

진주에 사는 그 회원은 작년 가을에 무경운 논에다 보리를 심었다. 토양이 살아난 데에다가 피복물까지 충분히 확보했다. 올해 파종 양이 적어 드물게 났지만 작년에 산파된 벼가 다수 올라와 오히려 촘촘해졌으니 수확량도 걱정이 없다. 2년차에 흙이 살아나고 있어 내년이면 그가 부러워하는 옥종면 내 논의 흙과 거의 같아질 것이다. 남들에게 얻은 정보와 자신의 화학재배 경험을 토대로 변형하다보면 삼 년 이상 걸려도 제자리걸음이지만 곧바로 따라하면 땅심을 살리는 길이 그리 멀지만은 않다. 필요한 실험은 그동안 내가 충분히 해왔으니 쓸모없는 실험으로 시간과 품을 낭비하지 않았으면 한다.

흙은 살아 있으면서 변화한다. 수많은 미생물과 생명이 나고 죽기를 반복하는 터전이다. 온갖 생명이 생성되는 자리이며 만물의 모태가 되는 곳이다. 나고 자란 생명이 언젠가는 돌아가야 할 고향이기도 하다. 우리는 흙을 만물의 어머니라 부른다. 우리는 그 어머니의 품에서 살아 숨 쉰다. 이 어머니의 옷을 함부로 벗겨내고 화학약품을 입히는 짓은 하지 말아야지 않겠나. 흙에서 생명이 자라게 하자. 그 생명은 바로 우리 자신이다. 내 몸이 곧 흙이다.

돌중들의 나라

하루 일과를 대부분 섬에서 보내다보니 손님도 섬에서 맞는다. 옥종으로 찾아온 이들조차 섬으로 다시 길을 바꿔 오기도 한다. 내가 옥종과 사천을 오가는지 모르는 이들은 무턱대고 집에서 기다린다. 가끔 지나는 길에 들렀다는 우연한 방문객도 있고 해서 늦은 저녁이 훈훈해질 때가 있다.

그날도 집에 손님이 기다린다고 해서 서둘러 섬을 나섰다. 옥종에 들어설 땐 짧은 겨울 해는 가고 없고, 하늘에 별이 머리 위로 한가득 쏟아질 듯 빛났다.

"어이구 이게 누구신가! 잘 지내십니까?"

"선생님께 축하받을 일이 있습니다. 이 사람이 지금 팔 개월째입니다. 올 여름 수련회 때는 입덧이 심해서 못 왔죠."

"하하하 축하합니다. 농사 잘 지으셨군요!"

"얼마나 좋으실까. 우린 그런 줄도 모르고 농사일에 지치셨나 했죠. 당신이 이름 지어주시면 좋겠대요."

나보다 집사람이 더 싱글벙글한다. 그러고 보니 정 선생 부인의 외투 앞자락이 불룩했다.

삼 년 전인가, 우연히 내 강연장에 참석했다가 귀농을 결심한 정 선생은 며칠 후 부인을 데리고 섬에 왔다. 무자식이 상팔자로 살 건데 서울에 남아 아등바등 살 이유가 없다며 그해 가을 고향인 산청으로 귀향했다. 작년 봄 교육장에 왔을 때도 그냥 이대로 더 바랄 게 없다던 부부에게 아이가 생기다니 참으로 고마운 선물이다.

"선생님 말씀대로 버리고 비우니까 새로운 것이 채워지나 봅니다. 시골로 내려간다고 했을 때 처갓집에서 걱정을 많이 하더군요. 저도 내심 불안했죠. 그런데 지금은 만날 때마다 진작 시골로 갔으면 더 좋았을 걸, 하십니다."

정 선생 부인은 손에 들고 있던 돌감 가지 한 묶음을 내 앞에 내밀어 보여준다. 오는 길에 들른 음식점에서 얻은 것이란다. 잘 익어서 부드럽고도 탱탱해 보이는 돌감은 색깔도 고왔다. 열매 달린 채로 걸어놓으면 보기도 좋고, 시나브로 한 개씩 따먹는 재미 또한 쏠쏠하다.

"이 돌감의 씨를 심으면 이런 돌감이 되는 거죠?"

"그건 아무도 모르죠, 뭐가 나올지. 돌감이 나올 수도 있고, 고욤이 나올 수도 있고."

"그럼 이런 돌감을 보려면 뭘 심어야 돼요?"

"단감이고 홍시고 지금 사먹는 감 있죠? 그거 심으면 이런 돌감이 나와요. 과일나무들 다 접붙인 거랍니다. 사과 씨 심는다고 사과나무가 될 줄 알아요? 사과나무는 해당화에다 접붙인 거예요. 시중에 나와 있는 수박 모종은 수박 씨로 키운 게 아니고 박에다 접붙인 거고요."

실망한 듯한 정 선생 부인에게 집에 가져가 심심할 때 하나씩 따 먹으라고 했더니 펄쩍 뛴다. 이유인즉, 장이 좋지 않은 부인은 감을 먹으면 화장실 가기 힘들다는 말만 믿고 아예 쳐다보지도 않았다는 거다. 감은 덜 익었을 때 씨를 둘러싼 부분에 허연빛이 도는데 이것이 변비를 일으키니 그 부분만 먹지 않으면 된다. 오히려 감 껍질은 변비를 예방하는 효과가 있으니 잘 씻어서 껍질째 먹으면 좋다.

식물은 자기 보호의 수단으로 씨를 퍼트리기 전까지는 독성을 내포한다. 감의 떫은맛 역시 그런 원리다. 잘 익었을 때 먹는다면 식물이나 사람에게 해가 될 리 없다.

내 얘기를 듣고 정 선생 부인은 그럼 먹어도 되는 거냐고 눈을 반짝이며 묻는다. 탁구공만 한 돌감을 나누어 먹는 동안 정 선생 부인은 "아, 달다! 너무 맛있다"를 연발하더니 감이 이렇게 맛있는 줄 몰랐다며 생각할수록 약 올라 죽겠단다. 누군가가 잘못 일러준 탓에 그 맛난 감을 여태 돌멩이 보듯 했으니 그럴 만도 하다.

돌감을 본 김에 '돌종'에 대한 얘길 좀 해야겠단 생각이 들었다. '토종'이니 '신토불이'니 하는 말을 나는 별로 좋아하지 않는다. 어디서 생겨난 말인지 몰라도 우리 고유의 재래종을 이르는 말은 '토종'이 아니라 '돌종' 또는 '돌시'라 해야 옳다. 사람에게 '돌머리'라고 하면 기분 나쁜 말이 되지만, 식물 이름 앞에 붙는 '돌' 자는 원래의 우리 재래종을 일컫는 말이다.

그러나 지금 우리가 아는 돌배나 돌감은 돌종으로 구분될 수 없는 것들이다. 돌감, 돌배는 적당한 이름과 종자가 없어서 퇴화된 품종을 한 차원 낮게 부를 때 쓰인다. 식물이나 동물에 '개'자나 '돌'자를 첫 글자로 넣어 부르는 걸 보면 알 수 있다. 원래 야생이었으나 인위적으로 종의 특성을 바꿔놓은 것, 즉 개량된 품종을 식용으로 재배한 것이 지금 우리가 아는 과실수다. 이런 과실수에서 얻은 씨를 심으면 퇴화되고 변종된 돌감, 돌배가 나온다.

부부는 과실수를 좀 심고 싶은데 어떤 걸 심어야 할지 모르겠단다. 과실수 종류를 선택할 때는 어린아이들에게 무엇을 먹일 것인지를 염두에 두고 심으면 된다. 내 가족 중에서 가장 어린아이가 커서 무엇을 먹으면 좋겠는지를 생각하라는 뜻이다. 거기까진 생각못 했는지 부부는 마주보고 고개를 끄덕이면서 미소 지었다.

그랬던 게 지난겨울 일이다. 정해년을 맞아 정 선생 부부는 복돼지 같은 아이까지 얻었으니 안팎으로 뿌리고 키우느라 얼마나 바쁘고 행복할지 그 좋은 모습이 눈에 선하다.

내가 실험 재배하는 과실수는 접붙이지 않은 실생목이다. 정확하게 따지자면 실생목이라고 하긴 어렵겠다. 있어야 할 씨앗이 아예 없어졌기 때문에 본래 씨에서 묘목을 키워낸 게 아니다. 실생목이라고 하기엔 무리가 있지만 접붙이지 않았으니 이만하면 자연에 가깝다는 의미다. 본래의 씨앗을 심어 키워야 하지만 씨가 없으니 어쩔 도리가 없다.

왕버찌(체리)와 자두, 복숭아나무는 삽목한 지 만 오 년이 된다. 지난해 개화기 무렵엔 바람이 많고 온도가 낮아 꽃이 제대로 피어나질 못했다. 그랬던 것이 올봄 자두꽃이 만발할 때는 바람에 밀려

오는 향기에 별학섬이 그야말로 꽃섬이 되었다. 작년엔 자두 맛을 보는 걸로 만족했지만 올해는 자두며 왕버찌도 만나게 될 것 같아 기대가 컸다. 역시 꽃이 만발하니 열매도 푸짐하다. 왕버찌가 조롱조롱 달려 있는 모습이 어찌나 곱던지 눈으로 먹고 마음으로 먹어 입에 넣기도 전에 배가 불렀다.

한 달째 섬에서 텐트 생활을 하던 영호 씨는 옆에서 삽목 하는 과정을 지켜보더니 한마디 했다.

"처음엔 무조건 잘라다 꽂기만 하면 되는 줄 알았지 뭡니까. 그리 어렵지 않네요. 누구나 할 수 있을 것 같습니다. 그런데 이런 방법을 모르는 사람들이 더 많을걸요. 다들 접붙인 묘목 사다 심으라고 하지 삽목 한다고 하면 정신 나갔다고 할 거예요. 어느 세월에 열매 따먹겠냐고요."

하긴 그렇다. 오십이 넘은 내 나이에 손가락보다 짧은 나뭇가지 꺾어 삽목을 해서 어느 세월에 결실을 볼까. 만일 조금이라도 이런 생각이 들었다면 시작하지도 않았을 테다. 내가 거두지 못하면 어떤가. 후대에 누군가 거두고 나누면서 살면 그로서 좋은 일이다.

"선생님 같은 분만 계시면 사라질 직업이 한둘이 아닙니다. 그 많은 종묘상이며 비료, 농약, 비닐…… 어이구 일일이 열거할 수가 없네요."

그런 말을 들을 때마다 나는 한마디 한다.

"그럼 농사지어서 그런 장사꾼들 먹여 살려야 되겠나?"

시중에서 과실수를 사다 심더라도 가지를 잘라 삽목 하는 방법으로 심으면 접붙인 묘목보다 수명이 길고, 순수 자연산은 아닐지라도 자연에 가까운 과실을 얻을 수 있다. 또한 병충해에 강하고 비바람처럼 거친 자연환경에도 스스로 알아서 적응해간다. 거름이나 화학 약제도 필요 없다. 본래의 성질이 그대로 살아 있고, 품종 고유의 맛이 살아난다. 이런 과일을 먹었을 때 우리 몸에 영양분이 되는 게지 과일이라고 다 몸에 좋은 게 아니다. 그러니 상업 논리를 앞세운 장사꾼들의 욕심이 밉고, 맞장구치는 농업 정책이 야속하고, 묵묵히 따라가는 농민들이 답답하다는 거다.

우리가 물려받은 유산을 관리하고 보존하는 게 그리 어려운 일은 아니다. 농민 한 사람의 의식이 변한다고 될 일이 아니지만 그렇다고 나 하나쯤이야 하고 수수방관한다면 더 위험한 노릇이다. 바르고 체계적인 교육이 절실한 이유가 여기에 있다. 획일화된 교육은 무리를 하나로 통제하며 촘촘한 그물망으로 가두어 이탈하지 못하게 한다. 나는 그런 교육을 받지 않았기에 그물에 걸리지 않는 바람처럼 오늘에 이르지 않았나 싶다.

오렌지꽃 향기가 지나간 자리엔 여름 햇살이 뜨겁게 내려앉는다. 열매를 남겨준 왕버찌는 줄기 가득 잎을 채우고 넉넉한 자태로 나를 부른다. 이에 질세라 복숭아, 자두도 토실토실 살을 찌워간다. 그렇지, 자연 속에서 아름답지 아니한 게 있을쏜가. 그런 맘으로 간절히 빌어본다. 우리 모두 돌종이길. 돌종들이 사는 나라, 돌종들이 살아가기에 좋은 나라가 되길.

너의 이름을 불러주었을 때 🍂

봄이 오면 나는 진분홍 꽃구름 사이를 거닐곤 한다. 내 말뜻을 단박에 알아챈 이는 자운영 꽃물결에 시선을 빼앗겨본 사람일 게다. 자운영은 봄에 꽃을 피워 사람들의 눈을 즐겁게 해주고, 꽃이 지면 벼가 실하게 성장할 수 있도록 흙의 심지를 기름지게 한다. 여린 순은 나물로, 풀은 약재로 쓰인다. 나물로 무치면 그만큼 산뜻한 먹을거리가 없고, 자운영 떡 한 접시면 잃어버린 입맛이 되살아난다. 오죽하면 꽃말이 '관대한 사랑'이랴.

이렇듯 자운영은 인간과 대지에 참 헌신적이다. 자운영은 사람이 참견하지 않아도, 물 한 모금 주지 않아도 스스로 피어나고 살아가는 자생초다. 논밭 한가운데 군락을 이루며 제 살을 태워 땅속을 튼튼하게 만드는 녹비식물이다. 붉다 못해 보랏빛이 선연한 이 꽃을 보노라면 '자운영'이란 이름이 그렇게 절묘할 수 없지 싶다.

불과 십 년 전만 해도 논밭에서 흔히 볼 수 있었던 자운영은 어느새 자취를 감추어버렸다. 화학농법으로 농사를 지으면서 천연비료인 자운영이 사라진 것이다. 모두 다 사람의 잘못이다. 저마다 그 쓰임에 맞게 태어나는 자생초의 가치를 뒤늦게 깨닫고 후회해봐야 소용없다.

피고 지는 풀들이 어디 자운영뿐이랴. 봄이 오면 산과 들 지천에 풀들이 들썩인다. 아름답고 강인하고 끈질긴 이 자생초를 우리는 그저 뭉뚱그려 쓸모없는 풀인 양 잡초네, 잡풀이네 말한다. 몹쓸 짓이다. 차라리 우리를 낮추어 '존경초'라 하거나 이름을 몰라 면구스러우니 '모름초'라 부르는 건 어떨까.

자생초나 작물 같은 식물의 이름을 짓는 게 쉬운 일은 아니다. 식물의 생태, 특성, 품종, 쓰임이 저마다 다르니 제 각각 다른 이름을 붙여줘야 하는데, 일 년 삼백육십오 일 머리를 싸매도 딱 떨어지는 이름이 없으니 적잖이 품이 들어간다.

식물의 모양새에 따라 이름을 붙이는 것도 한 방법이다. 들판에 자운영처럼 진분홍 꽃을 물들이는 식물을 본 적이 있다. 내가 아는 풀꽃박사에게 물어보니 '광대나물'이란다. 물감을 잔뜩 칠한 광대 얼굴처럼 꽃잎이 화려하다 해서 광대나물이지만 이 식물의 이름엔 지천에 널린 듯 흔하니 신분이 미천하다는 뜻이 숨어 있단다.

이름이 별난 건 '며느리밥풀꽃'도 마찬가지다. 꽃잎을 보면 하얀 밥알을 물고 있는 듯한데 이름 속에 담긴 사연을 듣고 나니 볼수록 서글퍼진다. 몰래 밥알을 주워 먹던 며느리가 시어머니께 들켜 밥알이 목에 걸려 숨졌다는 시집살이의 서러움이 담겨 있다나.

식물 종이 같으면 이름을 엇비슷하게 짓기도 한다. '며느리꽃'은 며느리밥풀꽃, 수염며느리밥풀꽃, 애기며느리밥풀꽃, 새며느리밥

풀꽃처럼 며느리가 들어간 식물이 여럿이다. 두벌콩, 메주콩, 올콩, 큰올콩은 다 같은 콩을 말한다. 일 년에 두 번 심을 수 있다고 해서 두벌콩이고 메주를 담글 수 있으면 다 메주콩이다. 메주콩은 용도에 따른 분류이고 두벌콩은 작부 체계에 따른 구분인데, 초보농사꾼들은 "두벌콩하고 메주콩 가운데 어떤 걸 심는 게 좋겠냐?"고 묻는다. 곱씹으면 알아듣기 쉬운데 다들 두벌콩과 메주콩을 헷갈려 한다.

식물 이름을 예쁜 우리말을 놔두고 외국어나 한자로 바꿔 불러 아리송할 때가 있다. '쥐눈이콩' 이면 족한데 굳이 '서목태' 라 하고, '갈퀴나물' 을 '헤어리베치' 라고 부른다. 정서에도 맞지 않을뿐더러 갈퀴와 헤어리베치의 경우는 식물 생태도 다르다. 갈퀴는 우리나라 자생식물이고 헤어리베치는 아열대에서 서식하는 갈퀴 종 가운데 하나다. 숙기熟期가 늦은 헤어리베치는 다음 작물의 성장에 막대한 지장을 주고 있어 우리 갈퀴와 같다고 보기 어렵다. 우리 생태 환경에는 등갈퀴나 큰잎갈퀴가 적합하다.

무화과無花果나무는 '꽃이 없는 과일나무' 란 뜻인데, 좀 자상하게 풀어놓은 글엔 '꽃을 보기 어려운 과일나무' 라고 되어 있다. 그럴 바에야 꽃이 피지만 아주 잠깐 숨은 듯 핀다는 뜻으로 '은화과隱花果나무' 라고 부르는 게 더 옳겠다.

올해 나의 숙제는 고방연구원에서 자란 볍씨에 예쁜 이름 하나씩을 달아주는 것이다. 지난 사월 연구원에서 일차 파종하고 남겨둔 자리에 식물자원팀 팀원들이 벼 17종을 뿌렸다. 많을 때는 817종까지 늘어난 적이 있지만 지금 보존하는 벼는 19종이다. 산고나 다름없는 진통 끝에 얻은 이 소중한 볍씨는 우리 재래종으로 시중에는 파는 곳이 없다. 그러니 당연히 이름도 없다.

볍씨 이름이야 순수한 우리말이나 한자를 빌려와도 잘 어울리지만 섬 이름을 따서 붙여주는 건 어떨까도 싶다. 섬이 가진 이미지와는 같지 않아도 정감 있고 기억하기 쉽지 않을까. 예를 들면 검은색이 나는 건 흑산도, 백색이 특징이면 백령도, 붉은 빛을 띠면 홍도, 녹색이 나면 녹도, 길쭉하면 장흥도……. 그럼 고방연구원이 움튼 이곳 별학섬은 어떤 볍씨와 잘 어울릴까.

우연찮게 밥상머리에서 작물의 특성에 맞고 기억하기 쉬운 이름이 흘러나온 적이 있다. 지난해 고방연구원 1기 식물팀에서 두과식물에 이름 붙이기를 시도했지만 생각만큼 쉽질 않았다. 보기보다 꽤나 방대한 일이었던 게 생태를 끝까지 관찰하고 먹어보기까지 해야 하기 때문이다.

이 가운데 아열대 품종으로 연구원에서 토착화시킨 채소가 있다. 여름이면 회원들과 밥상에 푸짐히 올려놓곤 한다. 심고 관리하기가 쉽고 줄기만 자르면 그대로 먹어도 되는 간편함에 다들 감탄한다. 워낙 번식력이 좋아 오는 손님들에게 인심 쓰기도 좋다. 한 가지 흠이라면 잘라서 실온에 오래 보관하지 못한다는 것. 그래서 늘 먹기 직전에 먹을 만큼만 거둔다.

"볼수록 기특하고 먹을수록 상큼하네요."

"무엇보다 간편하게 요리할 수 있어 좋은데요."

"고추장이나 된장만 있으면 밥 한 그릇이 뚝딱 비워지겠습니다."

"땀 흘리고 갈증 나서 먹었더니 뒤 끝이 시원해요."

긴 장마가 끝나갈 즈음 1기 식물팀원들과 점심식사를 할 때였다. 그날도 연구원에서 관리하는 작물들 중에 밥상에 올릴 만한 반찬으로 인심 쓰기 좋은 그 채소가 푸짐히 올라왔고, 다들 저마다 한마디씩 품평을 아끼지 않았다. 그런데 늘 차분하고 말수가 적은 회원이 "이름을 '다연채'라고 하면 어떨까요?"라며 제안했다. 사람에게 내주는 것도 아낌없이 넉넉하고, 줄기도 잎도 다 부드러운 나물이란 뜻이란다. 역시 식물을 대하는 깊이가 있다고 칭찬이 오가며 즉석에서 '다연채'는 연구원에 등록이 되었다. 사람처럼 호적에 올리는 것은 아니지만 이 씨앗이 보급될 때는 다연채라는 이름으로 나가게 될 것이다.

우리가 먹을거리로 이용하는 작물들은 식용 이전엔 이름 없는 자생초에 불과했던 시절이 있었다. 지금은 우리의 주식인 벼도 사람들의 무관심 속에서 자생하던 옛 시절이 분명히 있었다는 얘기다. 자생초 뿌리는 인간이 생겨나기 전부터 있었고 자연에서 생명을 흡수하고 인간과 함께 공생해 왔다. 그들은 언제나 생명의 본체를 되돌려주려고 재배되는 식물 앞에서 한 발짝 뒤로 물러설 준비를 하고 있다.

자생초도 존엄한 하나의 생명이거늘 그 가치가 사람이 처한 입장에 따라 바뀔 뿐이다. 들에 군락을 지어 피어나는 달개비도 나그네에게는 남빛 고운 꽃이지만 내 밭에 자생하기 시작하면 전혀 달갑지 않은 존재가 된다. 꽃이라고 그대로 두었다간 밭농사를 망칠 정도로 번식력이 강하다. 감자 심은 밭에 어디선가 들깨 씨가 날아와 싹을 틔웠다고 해보자. 들깨밭에 자란다면야 고마운 식물이지만 감자밭에서 감자 줄기를 뒤덮고 커버린다면 그때는 '잡초' 신세로 전락하고 만다.

사람들은 알지 못하는 여러 식물을 다 아는 것처럼 여기고 내게 필요치 않으면 '잡초' 라 하는데 이는 큰 잘못이다. 모르면 모르는 대로 지켜보면 될 것을 성급하게 잡초네 잡풀이네 단정 지을 필요가 있겠는가. 쓰임에 맞는 용도를 찾지 못해 잡초로 보이는 게지 쓸모없는 풀이 세상에 어디 있을까.

참살이, 참살이 하는데 자연과 더불어 살아가는 게 진정한 참살이가 아닐까. 살아 숨쉬는 모든 흙, 풀, 벌레, 날짐승, 들짐승도 세상의 주인이요, 중심이다. 무심히 스쳐 지나간 키 작은 풀들에게 먼저 '안녕' 하고 인사해보라. 귓전에서 우주가 속삭이기 시작할 터이니.

과학농법은 화학농법

몇 해 전 가을에 낡은 농기계를 고치다가 손을 다쳤다. 상처가 깊어서 순식간에 선홍색 피가 손바닥을 적시며 뚝뚝 떨어졌다. 농사일을 하다 보면 이런저런 이유로 다치는 경우가 많다. 손이며 발이며 가릴 것 없이 이리저리 긁히고 뜯긴 상처들은 세월이 흐르면서, 땅을 벗 삼아 살아가는 농부의 자랑스러운 훈장인 양 굵은 옹이로 박혀 있다. 이제까지 이런 흔한 상처 때문에 병원에 가거나 소독약을 사서 바르느라 법석을 떨어본 적은 한 번도 없다. 그저 흐르는 물에 서너 번쯤 흔들며 대충 피를 씻어버린 다음 내 논으로 간다.

눈에 보이지 않아도 건강한 미생물이 끊임없이 살아 숨쉬는 생명력 넘치는 내 논의 흙을 한 줌 떠서 상처 부위에 쓱쓱 발라준다. 그걸로 끝이다. 열 바늘쯤은 족히 꿰매야 할 만큼 깊은 상처라 하더라도 하루만 지나면 아물기 시작한다.

그만큼 나는 내 논의 흙을 신뢰한다. 먹어도 좋을 만큼 건강하고 살아 있는 흙이라고 자부한다. 이 흙은 눈에 보이지 않는 미생물들과 거미와 무당벌레와 지렁이가 공존하는 곳이다. 지렁이는 조금만 자극이 강한 물질이 몸에 닿아도 이내 죽어버리거나 고통스럽게 몸을 뒤척일 만큼 연약한 피부를 지니고 있다. 그런 지렁이들이 평화롭게 꿈틀거리며 살아갈 수 있는 논이라면, 그 흙이 약이 되면 될지언정 결코 해가 되지는 않는다.

예전에 농촌에서는 누구에게나 이런 방법으로 상처를 다스리는 게 너무나 당연한 일이었다. 벌레에 물리면 된장을 바르고, 찢기고 터진 상처는 논물로 닦아내고 논흙을 이겨 발랐다.

하루 종일 논일을 하고 해가 뉘엿뉘엿해질 무렵, 집으로 돌아갈 채비를 하노라면 농부와 그의 아내는 땀범벅이 된 얼굴과 팔, 다리를 논물로 씻어냈다. 피부병에 걸린 농부는 아무도 없었다.

공해도 없었고, 화학비료도 없었던 시절의 얘기다. 사람이 먹을 수 없는 걸 결코 땅에 뿌리지 않았던 그 시절이 이제는 너무나 그립기만 하다. 그때가 언제일까? 너무나 먼 옛날 옛적의 얘기를 하고 있는 것 같지만 생각해 보면 불과 삼사십 년 전만 해도 그랬다.

우리 농촌에 본격적으로 살충제, 제초제, 화학비료들이 등장하기 시작한 것은 아마 육십 년대 후반에서 칠십 년대 초반 무렵일 것이다. 농촌에 현대화 물결이 밀어닥치기 시작하면서 일제 농기계들이 수입되기 시작했다. 농정을 지도하는 상부 기관에서는 농기계를 사용하면 논갈이에서부터 수확에 이르기까지 모든 작업이 효율적으로 이루어지기 때문에, 시간도 단축되고 수확량도 늘릴 수 있다고 적극 권장했다.

농민들은 빚을 내서라도 농기계를 구입해서 농사를 짓기 시작했다. 당장은 일손을 덜어주고 편리하다는 이유 때문에 앞 다투어 농기계를 사용하게 되었지만, 그 결과는 자연의 순리를 뒤엎었고 자연계에 보이지 않는 전쟁을 일으키게 된 것이나 마찬가지다.

우리 토양 조건을 무시하고 일본의 화산재 토양에 맞게 만들어진 농기계는 땅을 너무 깊이 갈아엎어서 밑에 있던 자생초 씨앗들을 가장 발아하기 좋은 조건으로 만들어버렸다. 이전에 우리 논에서는 사람이 손으로 뽑아서 제거할 수 있을 만큼만 자생초가 자랐다.

그 중에서는 벼와 적당하게 경쟁하고 어우러지면서, 벼를 더욱 튼튼하게 만드는 자생초들도 있었다. 어차피 벼라는 것도 사람들이 주곡으로 사용하기 이전에는 한낱 이름 없는 풀에 불과했다.

그러나 농기계를 사용한 이후에는 걷잡을 수 없이 수많은 자생초들이 생겨나게 된 것이다. 끊임없이 솟아나는 자생초들을 제거하기 위해서 제초제가 사용되었고, 이 독성으로 인해 토양이 거칠어지고 수확량이 떨어지자 화학비료들이 등장하게 되었다. 화학비료와 제초제는 토착 미생물들을 죽이고, 농사에 이득이 되는 익충들을 사라지게 했다.

잘 맞물린 톱니바퀴처럼 돌아가던 자연계의 먹이사슬이 끊어진 결과는 참담하기 이를 데 없다. 당연히 독성을 이겨내고 한층 강해진 해충들이 기승을 부리게 되었고, 이제는 농약을 치지 않으면 낟알 하나도 수확할 수 없는 악순환이 반복되고 있는 것이다. 경쟁 상대를 잃어버리고 화학비료에 의존해서 자란 벼는 모가지만 비죽하

게 길어서 툭하고 치면 쓰러져버릴 만큼 연약해졌다.

현대 과학농법은 말 그대로 '화학농법'이다. '살림의 농법'이 아닌 '죽임의 농법'인 것이다. 우리는 지금 농약이 길러낸 농산물을 아무 거리낌 없이 먹고 있는 것이다. 자연에 순응해서 농사를 짓고 그대로 땅에 맡겨두기만 하면 풍성하고 건강한 먹을거리를 생산해 낼 수 있는 길이 있는데도 사람들은 단지 '과학'이라는 허울 좋은 이름을 맹신하면서, 어떻게 하면 더 많은 농약을 뿌릴까 하는 걸 연구하는 데만 혈안이 되어 있다.

상황이 이 지경인데도 아무도 책임지겠다는 사람도 없고, 각성을 불러일으키는 목소리도 너무 작고 미미하기만 하다. 근본적인 문제는 덮어두고 당장에 드러난 상처들만 눈 가리고 아웅 하는 식으로 대충 덮어버리려고 한다.

지금 우리 땅에는 화학 인산이 너무나 과다하게 축적되어 위험 수치를 넘어서고 있다. 나는 이미 이삼십 년 전에 이런 내용으로 강연도 하고, 글도 쓰고, 농정 기관에 '화학인산 사용을 규제해 달라'고 한 적도 있다. 어느 곳에서도 내 말에 귀를 기울이지 않았다. 최근 들어서야 어느 연구실에서 우리 토양을 분석한 결과 '화학인산이 너무 많다'는 것을 발표했는데, 그 처방이라는 것이 어처구니없게도 고작 '앞으로는 인산이 적게 들어 있는 비료를 만들어 쓰자'는 것이었다.

IMF 한파 이후에 환율 폭등으로 비료 값이 엄청나게 뛰어올랐다. 아예 잘된 일이다. 이참에 비료 사용을 좀 줄여 보자든지, 아예 비료를 쓰지 않아도 되는 자연친화적인 농법으로 서서히 옮겨 가자든지 하는 대안을 세운다면 농가 부채도 줄이고 죽어가는 땅도 살릴 수 있는 전화위복의 계기가 될 수도 있을 것이다. 그러나 농정 당국이나 전문가들이 내놓는 대책 방안 어디에서도 그런 구절은 찾아볼 수가 없었다.

십오륙 년 전 어느 지역 농협에서는 농민들의 부담을 덜어주기 위해서 무료로 토양 진단을 해주고 규산질 비료를 지원해 준다고 했다. 아마 만만치 않은 비용이 들어갔을 것이다. 그렇게 해도 농민들은 영농비 부담이 그 전 해보다 오십 퍼센트 정도 늘어나서 휘어진 허리가 아예 꺾어질 지경이었다.

또 한국농촌경제연구원이라는 곳에서 농촌의 오염도를 현재 수준으로 유지하기 위해서 드는 비용을 따져봤더니 일 년에 2조7천억 원이 든다고 한다. 지금이라도 화학농법에서 서서히 벗어나 자연친화적인 농법으로 돌아간다면 이런 소모적인 비용을 줄일 수 있고, 우리 자연도 살릴 수 있는 길이 우리 앞에 펼쳐질 것이다.

어떤 이들은 내가 우리 선조들이 하던 전통 농법을 본받고, 그 지혜에서 길을 찾자고 말하면 이렇게 되물어온다.

"그렇다면 원시 농경 사회로 돌아가자는 겁니까? 소가 쟁기질하고 지게로 지어 나르고 풀을 뽑던 선조들의 농법이 그렇게 훌륭한 것이었다면 왜 과거에 우리 농촌이 그다지도 지지리 못살았겠습니까? 외국에서는 과학 영농으로 소득도 많고 우리와는 비교도 할 수 없을 만큼 체계화된 영농 기술로 날로 기업화되고 있는데, 우리는 발전은커녕 뒷걸음질 치고 있으니 국제무역 시대에 외국 농산물 개방에 맞서서 우리 농업이 경쟁력을 가질 수 있겠습니까?"

하나만 알고 둘은 모르는 소리다. 전통 농법에서 길을 찾자고 하는 것은 무작정 원시 농경 사회로 돌아가자는 것이 아니다. 선조들의 농법에 담긴 알맹이 지혜를 가지고 과학적인 기술을 접합해서 땅심도 되찾고 자연도 살리고 사람이 먹을 만한 먹을거리를 만들어 내는 방법을 찾자는 것이다.

가장 중요한 것은 이제까지 파괴해 온 자연을 되살리는 일이다. 우리 옛 농법이 반드시 비과학적인 것만은 아니다. 문서화되어 있지 않을 뿐, 놀랍도록 질서 정연한 체계를 갖추고 있는 것이다. 해와 달이 뜨고 지는 이치, 밤의 길이, 비가 오는 계절과 서리가 내리는 시기를 정확하게 계산해 가며 지었던 농사였다.

노마식도老馬識道라는 고사성어가 있다. '늙은 말이 길을 안다'는 뜻으로 경험의 중요성을 이르는 말이다. 군대를 이끌고 전쟁에 나갔던 제나라 임금 환공이 일 년 반 만에 귀향을 하게 되었는데 깊은 골짜기에 들어서 그만 길을 잃고 말았다. 어쩔 줄 모르고 우왕좌왕하고 있는데 관중이라는 대신이 나서서 '늙은 말은 길을 분별할 줄 알 테니 앞에 세우면 틀림없이 골짜기를 빠져나갈 수 있을 것'이라고 진언했다. 그의 말대로 늙은 말 몇 마리를 골라 앞세우고 전진하자 얼마 지나지 않아 골짜기에서 빠져나올 수 있었다.

요즘 사람들은 너무도 크고 빠르고 깨끗하고 새로운 것만 좋아한다. 은근한 맛 대신 화학 조미료를 친 얕고 달착지근한 맛에 길들여져 있다. 벌레 먹고 못생겼지만 건강한 과일 대신 크고 매끈한 농약 덩어리 과일을 더 상품으로 친다. '슈퍼 종자', '속성 재배'라면 무조건 환호를 한다. 길을 잘못 들어도 한참 잘못 들었다.

이제 좀 잠시 멈추어 서서 길을 찾아보자. 뒤도 한번 돌아보고, 옆도 살펴보면서. 우리가 가야 할 길을 찾는 데 골짜기를 빠져나가는 늙은 말의 경험이 나침반이 될지도 모른다.

FTA로 보는 우리농업의 미래

총성 없는 전쟁. 농업을 둘러싸고 벌어지는 일이 그렇다. 세계화 시대에 국제 농산물시장 개방은 피할 수 없는 흐름이다. 농산물 수입을 막거나 지연시키는 건 농민의 고통을 길게 할 뿐이다. 자유무역협정을 반대하기보다 수입농산물을 이겨낼 농사기술 개발에 머리를 맞대야 한다. 시위나 단식으로 해결될 문제라면 이미 소모적인 논쟁은 끝났어야 한다. 진작 우리 농축산물이 자리를 잡아야 했지만 '고품질'이란 구호 아래 고투입 고가 정책을 밑거름으로 써 왔으니 지금의 소용돌이는 이미 예고된 결과다.

우리는 당장 저투입 농사법을 지도해야 한다. 이 좋은 화강암 토양에 뿌리부터 내려 홍수 방지 기능에다 공기 정화 능력이 좋고, 지하수 여과 기능까지 지닌 우리 전통농법을 왜 뒷전으로 미루는가. 비료에 농약 듬뿍 주고 십이분도 도정한 쌀에 물 뿌려(습식연마) 비닐 포장해야 고품질이 되는 과학농법을 권장하는 세태가 개탄스럽다.

중국산 배추에 회충 알이 나왔다며 떠들썩하더니 칠레 포도가 수입되네, 미국 소고기가 몰려오네 소란스럽다. 남의 나라 농산물이 들어오면 우리 농산물도 나갈 수 있다는 것인데 왜들 난리법석인가. 우리나라에 축산 농가가 얼마나 된다고, 거기서 사육하는 소가 몇 마리나 된다고 마치 이 나라가 축산 농가밖에 없는 듯 소고기 수입 문제에 온통 매달려 있다.

수입 소나 혼혈 소 자궁에서 인공 수정으로 태어난 소에게 수입 사료를 먹여 키운다면 그 소는 한우일까, 수입 소일까. 한우끼리 교배시켜 태어나지 않아도 우리 땅에서 자랐으니 한우라고 해야 할까? 소고기 수입을 막아내자는 이유가 이런 한우 사육 농가를 보호하기 위한 것인가?

농가는 고투입 농산물 비용에 시달리고 소비자는 비싼 먹을거리에 절절 매는데 소고기 수입을 막아내서 누굴 보호해주겠다는 겐지 답답하다. 미국 땅 넓은 들에서 풀 뜯어먹고 크는 소는 갇힌 공간에서 수입 사료 먹고 자란 한우보다 건강하고 생명력이 강하다. 여기에 값도 저렴하니 입맛 당겨질 만도 하다.

우리농업은 세계시장에서 경쟁력이 없다고들 한다. 농사를 어떻게 지었기에 이런 모진 박대를 당하게 됐을까. 실제 우리 농업은 땅만 우리 땅이지 씨앗은 우리 것이 하나도 남아 있지 않다. 수입된 씨앗에 투입되는 자재며 거름, 약재 등 모두 남의 나라 것이다. 수입된 기계로 파종하고 수확해서 외국말로 이름 붙여 판매한다. 이러고도 우리 농산물이라고 할 수 있을까. 여기에 무슨 경쟁력이 있다고 우리 땅에 우리 것이 좋다고 큰 소리인가.

남의 것이 들어오지 못하게 막아야 한다고 아우성이면서 수입된 씨앗과 자재로 농사짓는 모순은 또 어떻게 변명할 수 있으려나. 이대로는 절대 안 된다, 달라져야 한다며 하나같이 목소리를 높인다. 맞는 말이긴 한데 누군들 말은 못하겠나. 무엇이 잘못됐고 어떻게 달라져야 하는지 현실에 나타난 방안들을 보면 아직도 그 진의를 헤아리지 못하는 것 같다.

농부는 씨앗 하나 가진 것 없는, 무늬만 농부다. 제대로 된 종자 하나 없이 구걸하듯 농사를 짓는다. 씨앗이 사라진 농업 현실이 얼마나 위험한 미래를 가지고 올지 상상이나 해봤을까. 과학영농이란 미명 아래 브랜드화, 대규모화, 기업화되어야 우리 농업의 경쟁력이 살아난다고 선동당하고 만다. 여전히 고투입 농사, 구걸하는 농사를 짓게 하는 것이다. 모든 농가가 똑같은 장단에 춤을 춘다.

중국산 농산물이 친환경농법에 가까우니 적절한 유통기한을 지켜 들여온다면 더 나을 수도 있다. 유통 비용을 감안하더라도 우리 농작물과 경쟁이 되질 않는데 무슨 수로 이를 막을 텐가.

우리 농업의 살 길은 적기에 저투입 하는 농사로 돌아와야 경쟁력이 살아난다. 파종 시기부터 자연 순리를 외면한 채 주머니만 채우려는 농사, 자재비의 고투입과 무분별한 수입 자재로부터 과감하게 벗어나야 한다. 유기농이니, 오리농법이니 하는 이름을 내걸고 친환경농법인 양 내세우지만 실상은 비료, 농약 등 화학적인 자재를 사용하지 않는다고 해도 그것을 대신하는 대체 물질을 이용해 고투입하고 있다.

나는 자연을 스승으로 두고 무경운, 무농약, 무비료 농사를 해왔고 지금은 두 아들 녀석이 가업으로 이어받아 우리 토양에 맞는 우리 농사법으로 농사를 짓고 있다. 적절한 시기에 최소한의 자재를 투입해 원하는 만큼 수확하고, 자연농산물임을 확신하는 소비자들의 수요로 판로를 걱정하지 않는다. 값은 이미 먼저 알고 찾아오는 소비자가 정해 준다.

바른 농업은 나라 경제를 살리고, 환경을 보호한다. 바른 먹을거리와 함께 건강한 주거문화를 형성한다. 그러나 현행 농업은 갈수록 환경을 황폐화시킨다. 토양 유실로 강, 저수지, 호수, 늪지에 침전물을 집적시켜 제 기능을 잃게 하고 수질을 악화시킨다. 결국 경지를 친환경으로 관리할 수 없다. 복원하자니 비용이 보통 커지는 게 아니다.

저투입에 의한 지속 가능한 농업이란 개념은 이런 배경에 연유한다. 화학농약을 최소화하고 해충의 생태에 근거해 천적과 먹이사슬의 관계를 유지시켜 생산 방식을 조정해야 한다. 우리 토양에 맞는 농업은 자연의 오염을 최소화한 가운데 무경운 다모작이 최우선이고, 차선책으로 최소 경운법이 있다. 가뭄이 심한 오월엔 지하수마저 고갈시키고, 장마철이면 논물을 하천으로 내보내 홍수나 부추기는 농사는 이제 그만두자. 자연 전체가 조화로운 우리농법을 되찾아야 한다.

급변하는 국제환경에 대응할 수 있는 이런 제안들은 우리 고유의 농사방법에 고스란히 남아 있는 것들이다. 농업이 농업 본래의 자리로 돌아오게 하는 것이 생태적 지속 농업이다. 이런 농업만이 세계화 시대에 우리 것으로 살아남는다.

2007년 별학섬에서 있었던 태평농 여름 수련회.
매년 열리는 수련회에 전국 각지에서 관심있는 이들이 몰려와
태평농법과 자연의 이치를 배우고 간다.

소량 생산으로 자급자족하던 시절, 농업은 경작지 상태에 따라 특성에 맞는 품종을 재배할 수 있었다. 그러나 과학의 이름을 빌린 화학농법 때문에 차별성은 사라졌다. 전통 종자도 사라지고 지속 가능한 농사 방법도 유명무실해졌다. 남은 것은 농가 부채와 파괴되는 자연환경, 병든 몸이다. 이 험악한 세상에 태평농법을 지켜온 나는 자신 있게 말할 수 있다. 그럼에도 우리 농업의 미래는 분명히 있다고.

우리가 사는 한반도는 가을, 겨울, 봄, 여름이 있다. 사계절이 고루 있는 이 땅에서 생산된 쌀은 한냉온열을 다 내는 세계의 으뜸 식품이다. 땅을 갈지 않았을 때 화강암 흙 속에서 식물 뿌리가 산화되면서 발생한 가스는 식물에게 중요한 먹이가 된다. 이것을 먹고 자란 쌀은 어디에서도 구할 수 없는 보약 중의 보약이다. 그러나 경운했을 때 지상으로 방출되는 가스는 환경오염의 원인이 되며, 식물의 먹이를 빼앗아 오존층으로 던져 구멍을 내는 결과를 가져온다.

쌀이 주식인 우리는 평생 밥을 먹어도 물리지 않는다. 반찬을 많이 먹지 않아도 밥맛이 좋아 자연스럽게 성인병을 막을 수 있다. 서양 곡물에 비하면 우리 쌀은 지방이 만들어지는 성분이 삼분의 일 수준밖에 되지 않는다.

한동안 쌀이 남아돈다는 언론 보도가 있었다. 마치 다수확으로 남아도는 듯 설명한다. 실상을 잘 모르고 들으면 고개를 끄덕일 만하다. 정말 우리나라에 쌀이 남아돌까. 그렇다면 쌀 소비가 줄어서 남아도는 것일까, 아니면 수입 가공 쌀 때문일까?

우리 백성들이 소비하는 쌀의 양과 우리 농업인이 생산하는 수확량을 비교하면 절대 부족하다. 식생활 개선을 위한 쌀이 아닌 과자, 라면, 떡에 사용하는 수입쌀 소비량이 얼마인지 짐작이나 하는가. 우리나라 식량 자급률은 여전히 사십 퍼센트 미만이다.

지금이야말로 우리 것의 우수성을 인지하고 우리민족의 건강과 식습관을 고려한 정보가 꼭 필요한 때다. 어서 우리 땅의 현실에 맞는 지속 가능한 농법으로 돌아가자. 바르고 건강한 먹을거리를 생산한다면 무엇이 두렵겠는가. 묵묵히 우리농법을 실천하는 이 땅의 농부들은 자부심을 갖자. 힘을 모아 시대의 난관을 헤쳐 나가자. 우리의 미래는 우리 손에 달려 있다.

태평농법의 기지, 고방연구원

'고방'은 고귀한 것을 보관하는 방이라는 뜻이다. 경남 사천시 서포면 남해 끝자락의 별학섬에 자리한 고방연구원은 올해로 육 년째를 맞는다. 자연생태를 연구하며 사람과 생태환경 모두가 건강한 본래 모습대로 살기를 바라는 마음에서 뜻을 넓혀가고 있다. 삼천평에 지나지 않는 섬에 연구원이란 명칭이 외관상 어울리지 않을지도 모른다. 건물이라고 해봐야 종자 관리용 오두막이 있을 뿐 방문객을 위한 편의시설이나 흥미로운 볼거리도 없다. 그러나 자연, 생태, 환경에 뜻을 둔 이들은 경이롭게 마주할 수 있는 곳이다.

고방연구원은 그야말로 아무것도 없는 황무지에서 시작했다. 내가 걸어 다녀 길이 되고, 내 손 가는 대로 밭이 되고, 내가 앉은 곳이 쉼터가 됐다. 한결같은 일념으로 작물 채종과 증식을 해왔다. 올리브, 비파, 귤, 오렌지, 주곡, 잡곡 등 육백여 종의 우량종을 선별해 지금까지 토착화에 심혈을 기울이고 있다. 연구원과 함께 해온 수많은 작물과 무수한 생명을 살아가도록 보듬어준 자연은 내게는 벗이요, 스승이요, 영원한 안식처다.

고방연구원이란 이름은 태평골에 있을 때 만들어두었다. 부디 이름에 걸맞게 세상에 널리 쓰임이 있길 바란다. 그 쓰임이란 비싼 자재를 투입할 수밖에 없는 농민들에게 쉬운 우리의 농사법을 찾아 알려주고, 소비자들에겐 바른 먹을거리를 먹게 하는 것이다. 섬으로 오기 전까지 품종 개발 실험은 경남 하동군 옥종면 덕천강변에 있는 태평골에서 수년간 해왔다. 태평골은 고방연구원의 모태요, 내 젊은 날의 열정이 스민 곳이다. 그러나 관심이 넘쳤던 사람들이 토착화돼가는 작물들을 몰래 뽑아가는 일이 심심찮게 일어나곤 했다.

실험을 한 번 망치면 종에 따라 수년을 다시 기다려야 한다. 그나마 실험할 종자가 남아 있으면 다행이지만 이마저도 없으면 종을 보존할 길이 완전히 사라져버린다. 그런 연유로 출입이 자유롭지 않은 작은 섬을 염두에 두던 차에 별학섬과 인연이 닿았다.

출발할 때만 해도 고방연구원은 작물을 실험하고 연구하는 목적으로만 사용하고 종자 보존을 위해 외부인 출입은 제한할 생각이었다. 대신 교육이나 실습, 견학은 기존의 시설을 활용하기 좋은 폐교에서 진행하면 될 것 같았다. 진주에 있는 한 폐교를 삼 년 넘게 보수했지만 이런저런 사정으로 뜻하지 않게 포기하고 돌아서야 했다. 그러다보니 개방된 공간에서 할 일까지 섬으로 옮겨왔고, 지금은 태평농과 관련된 회원 교육이나 일반인 견학, 작물 관리 등 모든 일들이 별학섬에서 이루어진다.

별학鼈鶴섬은 밀물엔 자라 모양이 되고, 썰물엔 학을 닮았다고 해서 붙여진 이름이다. 어떤 이는 별이 우주, 자연, 섭생의 상징이라며 이를 연구하고 학습하는 곳이라고 별학섬의 의미를 풀어준 적도 있다. 그 말도 일리가 있어 보인다. 입말로는 별학섬이라고 하지만 지도상의 표기는 별학도가 맞다. '도' 자는 큰 섬을 이를 때 쓰는 말이라 사실 작은 섬에는 어울리지 않는 명칭인데 아마 섬이 갖는 지리적인 조건과 자연 환경에 따라 그런 이름을 따른 듯싶다.

별학섬으로 오기 위해선 비토리 선착장을 거친다. 비토리는 예전에 섬이었다. 비토리도 별학섬처럼 동물의 모양새에 연유한 지명이다. 비토는 얼굴은 쥐와 흡사하고 몸은 토끼를 닮은 동물인데 날아다니곤 했단다. 선착장에서 섬까지 배를 타고 들어오면 물 위를 펄떡이며 솟아오르는 손바닥만 한 숭어와 하늘을 나는 갈매기 떼를 변함없이 볼 수 있다.

남해안에 자리하면서도 백두대간의 끝인 별학섬은 사계절이 뚜렷하고 토양이 내륙토다. 겨울은 내륙 어느 곳 못지않게 저온풍이 불어 우리나라 토착식물 재배지로는 아주 적합하다. 또한 바람을 이용한 풍력, 파도를 이용한 파력 실험을 하기에 충분한 자연 조건을 갖추었다. 무더운 여름날, 땀 흘려 일하다가 바닷가가 보이는 하한정夏寒亭에서 쉴 때면 별학섬과의 만남이 하늘이 베푼 인연인 듯 참으로 예사롭지 않다는 생각을 하곤 한다.

고방연구원은 매년 봄과 여름에 각각 정기교육 모임과 하기수련회를 갖는다. 전국에서 저마다 땀 흘려 농군의 길을 걷는 회원과 가족들에게 바른 농사와 건강한 의식주를 영위해 가도록 지도한다. 이론과 함께 실습을 겸할 수 있는 장도 마련하고 있다. 태평농진흥회에 소속된 회원은 단순히 배우기만 하는 게 아니라 함께 참여해서 연구한다. 이런 취지로 식물, 식품, 친환경에너지 등 분야별로 팀을 만들어 연구사들이 활동 중이다.

식물, 식품 분야는 2006년 1기생을 시작으로 올해 2기생을 맞았고, 친환경에너지 분야는 올해 신설해 3기 교육생을 맞았다. 식물자원팀은 우리 고유의 종자를 복원, 증식, 보급하고 우리 토양에 맞는 작물 관리에 중점을 둔다. 식품자원팀은 우리 먹을거리를 발굴, 보존하고 보급시켜 사람과 환경의 상생을 추구한다. 또한 체질에 맞는 다식, 발효식품, 전통식품도 연구해 직접 만들어본다. 친환경에너지팀은 태양광, 풍력, 파력 등 친환경 자원을 이용한 에너지 활용법을 익히기 위해 이론과 실습을 병행한다. 실용 가능한 절약형으로 바꾸는 과정을 이수해서 가정에서 직접 쓸 수 있는 제품을 만들기도 한다.

고방연구원은 토착화된 종자에 이름을 붙이는 일도 한다. 환경의 변화를 살피고 식물들의 생태를 관찰해서 이에 맞는 이름을 달아주고 있다. 우리 땅에서 사라진 지 오래 된 아마 두 종류와 사프란이라고 불리는 우리꽃 번홍화를 발굴했다. 건강한 먹을거리 동아는 이미 널리 보급됐고, 이식 수술 없는 자두, 왕버찌, 석류, 원종原種의 고추, 토란, 옥란, 금란은 증식 중에 있다.

지금까지 우리 땅에 재래종은 아무것도 없었는지 주변에 보이는 식물은 대부분 원산지가 외국이다. 연구원에선 벼 십구 종, 두과식물 사십여 종과 아직 이름이 없는 다수의 식물들이 보다 많은 이들과 만날 날을 기다리고 있다. 우리 것을 찾고, 그에 맞는 이름이 널리 불리며, 우리 종자의 가치가 이 땅에 하루빨리 정착될 때 후손에

별학섬에 핀, '사프란'이라고 불리는 우리꽃 번홍화.
약이나 염료로도 쓰이고 요리에도 향신료로 쓰이는 귀한 식물이다.

게 물려줄 참 씨앗이 보존될 것이다.

흙과 함께 사는 걸 행복으로 여기며 살아온 지 삼십사 년이 흘렀다. 그동안 홀로 지켜오기엔 여러 가지로 부족해서 힘에 부치는 날도 많았다. 좀 더 많은 농군들에게 우리 농법과 종자 보존을 위한 알토란 같은 정보를 두루 나누고 싶은 소신은 변함이 없다. 정부나 농림부 차원에서 지원해준다면 농민은 바른 농법을 통해 경쟁력을 얻을 것이고, 소비자는 건강한 먹을거리를 식탁에 올릴 수 있을 것이며, 내 짐도 좀 가벼워질 것이다.

삼십사 년을 지켜온 태평농법과 고방연구원의 실험들은 사람에게만 득이 되는 건 아니다. 농사의 근본부터 바꾸는 것이요, 생태환경까지 두루 살아나는 길이다. 뜻있고 힘 있는 분들이 배워서 실천에 옮겨주길 원한다.

미국 싸우스다코타 주는 십 년 전부터 무경운 농업인 태평농법을 도입했다. 무경운 농법은 사람의 손이나 기계의 힘으로 땅을 갈지 않고, 땅 속 미생물과 지렁이 같은 토양생물이 자연적으로 땅을 부드럽게 하는 것이다. 땅을 가는 게 어느 정도의 경제 손실과 환경 파괴를 가져오는지 이들은 이미 알고서 쟁기 규제 마크를 내걸고 엄밀히 감독한다.

수입 농법과 이에 따른 수입 농산물이 넘쳐나면서 재래종 종자는 사라지고 우리 농법은 설 자리를 점점 잃어가고 있다. 우리 삶의 뿌리인 흙을 살리고, 사람과 자연이 조화롭게 어우러지는 태평농법에 힘을 모아주길 바란다. 나는 오늘도 이곳 남쪽 끝자락 고방연구원에서 우리 농법의, 마르지 않는 생명의 샘을 길러내고 있다.

2장
태평농법
이야기

나는 농사를 지을 때 기계로 땅을 갈지 않고

비료를 주지 않으며 농약도 뿌리지 않는다.

그래도 실한 알곡이 맺힌 벼를 풍성하게 수확한다.

미생물들이 열심히 써레질하고 거미, 무당벌레, 개구리 같은

자연의 농사꾼들과 더불어 농사짓는 까닭이다.

미생물이 써레질하는 땅

'흙에서 왔으니 흙으로 돌아가라.'

참 아름다운 말이다. 되새겨볼수록 가슴을 저미고, 고개를 끄덕이게 하는 말이다. 이 짧은 한마디 속에 사람이 살아가야 하는 근본이 담겨 있는 듯하다. 아무것도 가진 것 없이 알몸뚱이로 태어났으니 부질없는 욕심내지 말고, 양심에 맞게 살다가 빈손으로 돌아가라는 '공수래공수거空手來空手去' 정신을 읽을 수도 있다. 사실 엄밀히 말하면 알몸으로 왔다가 누구나 옷 한 벌은 가져간다.

이 말은 만물은 마치 한 점에서 시작한 동그라미가 한 바퀴 돌아서 다시 처음 시작한 지점에서 만나듯이 순환한다는 이치를 설명하고 있다. 그리고 무엇보다도 사람과 자연은 원래 둘이 아니라 하나였다는 것을 일깨워주고 있다. 어느 한쪽이 한쪽을 무시하거나 이용하려고 해서는 안 된다는 겸허함을 가르치고 있다. 자연 친화적인 발상이다. 나이가 들수록 이 말은 내게 더욱 절실한 울림으로 다가온다.

농부로 살아온 삼십여 년의 세월 동안 방 안에서 지낸 시간보다는 논밭에서 흙과 더불어 지낸 시간이 더 많았다. 몸뿐만 아니라 정신도 그랬다. 한시도 흙을 연구하고 이해하는 데 게을리 하지 않았다.

해질녘 붉은 노을이 깔린 들판으로 나가서 가만히 귀를 기울이고 있노라면, 새파랗게 물이 오른 벼이삭도 노을도 먹빛 어둠에 점차 젖어들기 시작하는 시간이면, 내 귀에는 저 깊은 땅속에서 왕성하게 살아 움직이는 수많은 생명의 외침이 들리는 것만 같다. 아무것도 아닌 것 같고, 보잘것없는 듯 보이지만 사실은 무한한 생명력을 지니고 끊임없이 생산해 내는 그치지 않는 힘이 있음을 그 순간에 더욱 가까이 느끼게 된다.

흙과 가장 가까이 살아가는 사람들은 농부들이다. 흙 위에 씨앗을 뿌리고 키우고 거두는 농부들은 흙이 살아가는 소리를 들을 수 있는 특권을 가진 사람들이다. 그러기에 좋은 농부는 흙을 사랑할 수밖에 없는 사람이다.

한 줌의 흙 속에는 미미하긴 해도, 우리나라 전체 인구보다도 더 많은 생명체들이 왕성하게 살아가고 있다. 우리 선조들은 오래 전부터 흙 속에 있는 미생물 중에는 항생물질이 많다는 사실을 잘 알고 활용했다. 일터에서 작은 상처가 나면 주위에 지천으로 널려 있는 흙을 그대로 환부에 바르는 것으로 치료를 다했다.

선조들은 이러한 흙 속에 우리 인간의 먹을거리가 되는 여러 씨앗들을 뿌렸다. 씨앗은 새싹을 틔워서 인간에게 기쁨을 주었고, 잘 자라서 인간에게 꼭 필요한 엽록소, 광물질, 비타민, 미네랄 등을 주었기에 인간은 건강을 자연의 유산이라 믿고 살아왔다.

그런데 너무나 안타깝게도 현대 도시 문명의 눈부신 발달은 사람들을 점점 흙에서 멀리 떼어놓고 있다. '하루 종일 걸어도 흙 밟을 일이 없다.' 누군가는 이런 말을 마치 자랑처럼 내뱉는다. 겹겹이 깔린 아스팔트와 밑창이 두꺼운 신발은 흙과 사람들 사이를 갈라놓는다. 그러니 자연 현대인들이 점점 황폐한 토양에서 웃자란 벼이삭처럼 모가지만 길어지고 연약하기 이를 데 없어 각종 질병에 시달리는 꼴이 되어버리고 만 것이다.

요즘 젊은 여자들은 미용을 위해서 진흙을 얼굴에 바른다고 한다. 진흙으로 목욕도 하고 마사지도 한단다. 그런 얘기를 들으면 웃음밖에 나오지 않는다. 그것은 살아 있는 흙이 아니다. 흙을 정말 흙답게 만드는 미생물들은 다 죽여 버리고 온갖 화학약품으로 처리해서 죽은 흙을 비싼 돈을 주고 사 바르면서 뭐가 몸에 좋다고 저렇게 안달들일까 싶다. 결국은 화학약품을 얼굴에 덕지덕지 바르는 것과 매한가지인데……

혈기 방장한 기운이 넘치던 젊은 시절, 우리 땅과 자연 조건에 맞는 농기계를 만들어보겠다는 뜻을 세우고 남과 다른 농사를 짓겠다고 동분서주하며 실패에 실패를 거듭하던 시절에는, 나는 흙에서 진정한 감흥을 받지 못했다. 흙이 살아 있다는 생각을 하지 못하고, 인간의 힘으로 경운하고 정지해야 한다는 생각에만 골똘히 묻혀 있었다. 흙이 본래 지니고 있는 생명력을 미처 깨닫지 못했던 것이다.

칠십년대 초반에 일제 경운기가 들어오기 시작하자 농정을 지도하는 정부 기관에서는 이런 농기계들을 적극 사용하도록 권장했다.

농민들은 너도나도 쟁기를 던져버리고 빚을 내서라도 경운기를 들여놓았다. 그런데 이 비싼 기계가 어찌나 고장이 잦았던지 굴러가는 시간 반, 서 있는 시간 반이었다. 특히 바쁜 농사철이면 더욱 말썽을 부려서 애를 태우게 만들었다.

나는 경운기를 수리하면서 기계에 대해 잘 알게 되면 될수록 이놈이 우리 토양에 맞지 않는다는 걸 깨닫게 되었다. 경운기로 갈고 심은 모는 원래 쓰던 써래로 써래질을 해서 심은 모의 깊이보다 얕게 심어놓아도 조금만 시간이 지나면 훨씬 깊어진다. 그 이유는 우리나라 땅은 화강암 토양인 데 반해서 일제 경운기는 일본의 화산재 토양에 맞게 만들어진 것이기 때문이다.

'우리 토양에 맞는 농기계를 만들자' 는 벅찬 꿈을 안고 농사에 뛰어들었다. 그러나 농기계를 사용하게 되면서 농약과 화학 비료가 우리 땅의 기운을 빼앗는다는 데서 크나큰 위기감을 느끼게 되었다.

경운기가 하는 역할이 무엇인가. 원래 관행농법에서는 씨앗을 뿌리기 전에 흙을 갈아엎어준다. 흙을 부드럽게 만들어서 물이 잘 빠지게 하고, 씨앗이 뿌리내릴 자리를 마련해 주는 작업인데, 예전에는 소가 끄는 쟁기로 하던 작업을 이제는 경운기가 대신하고 있다.

경운기로 땅을 갈게 되면서 자생초가 걷잡을 수 없을 정도로 많이 나오게 되었다. 그 이유는 경운기로 갈아엎는 작업이 땅속 깊은 곳에 잠들어 있던 자생초 씨앗을 흔들어서 싹 트기 좋은 위치에 갖다놓는 역할을 했기 때문이다.

손으로 뽑기 힘들 만큼 돋아나는 자생초를 없애려고 독성이 강한 제초제를 뿌리고, 그 때문에 벼가 잘 자라지 못하게 되니 다시 화학 비료를 주고, 땅속 미생물과 천적이 사라져서 해충이 득실거리니 농약을 뿌리는 악순환이 일어나게 된 것이다.

이 악순환의 고리를 끊기 위해서는 다시 자연에 모든 것을 맡기는 농사로 돌아갈 수밖에 없다. 이를 알게 된 후부터는 지엽적인 문제가 아니라 더 큰 테두리로 '생태주의 농법'이라는 한 방향으로 나아가게 되었다.

자연에 경배하는 마음을 가지고 있으면 자연히 길을 찾을 수 있게 된다. 수많은 시행착오를 겪으면서 흙 속에는 수많은 미생물들이 살고 있고, 그들이 먹고 움직이고 배설하는 그 모든 작용들이 끊임없이 땅을 써레질하고 있다는 것을 알게 되었다. 실로 놀랍고도 경이로운 깨달음이었다.

애초부터 우리 땅에 맞는 경운기를 만들 필요가 없었다. 땅은 아예 갈아줄 필요가 없는 것이다. 화학비료가 땅심을 망쳐놓지 않은 건강한 논에서는 수천, 수만의 미생물이 끊임없이 움직이면서 땅을 갈아엎고 있다. 인간이 손으로 써레질을 하는 것보다 더 부드럽게 물도 잘 빠지고, 충분한 산소가 흘러 다닐 수 있는 최적의 환경으로 써레질이 되어 있었던 것이다.

나는 6헥타르의 땅에 삼십여 년째 혼자 힘으로 농사를 짓고 있다. 농촌에서 본격적으로 하고 있는 관행농법대로 하자면 어림도 없는 일이다. 그런데 수확과 동시에 파종이 되도록 내가 고안한 농기계를 이용해서 수확하고 씨를 뿌린 이후에는 논에 들어가지 않는다. 하루에 한 번쯤 별 탈 없이 잘 자라는지 휘 둘러보면 그만이다.

"참 태평한 사람이구먼. 뭘 믿고 저렇게 게으름을 피우는 거야?"

처음에는 다른 논에서 일하던 이웃들은 작업복도 안 입고 평상복 차림으로 오가는 내 모습을 보고 걱정스럽다는 듯 이렇게 묻곤 했다. 그때마다 나는 짐짓 빙그레 웃으며 대답한다.

"걱정 마이소. 내 논에는 내가 안 해도 일꾼들이 득시글득시글합니더."

2005년부터는 두 아들이 짬나는 대로 농사를 짓고, 나는 2000년부터 해오던 미래의 우리농업과 같이할 종자 보존에 전념하기 위해 작은 섬에서 대부분의 시간을 보내고 있다.

내 논에서는 많은 사람의 일손을 빌리지 않아도, 기계로 경운ㆍ정지를 하지 않고, 농약도 비료도 주지 않아도 훨씬 실한 알곡이 맺힌 벼를 풍성하게 수확한다. 땅의 본래 주인인 미생물이 열심히 써레질하고 땅의 친구들인 거미, 무당벌레, 개구리 같은 해충의 천적들과 더불어 농사를 짓는 까닭이다.

흙은 지하수의 여과망

언젠가 서울에서 내려온 분과 얘기를 나누게 되었다. 조그만 사업을 하던 분인데, IMF 이후에 일이 잘 안 되어서 그만두게 되었다고 한다. 가족들을 먹여 살려야 하는 가장이 그저 빈둥거리며 놀고 있을 수만은 없겠기에 다시 새로운 일을 시작해 보려고 이런저런 궁리를 해보았지만 뾰족한 대안을 찾을 수가 없었다. 더구나 그동안 사업한다고 혹사한 몸에서 여기저기 이상이 생기기 시작했다고 한다.

어려서는 농촌에서 자란 탓에 고향으로 돌아가고 싶은 마음을 늘 가지고 있었으나, 바쁜 도시 생활에 젖어 있다 보니 농촌을 그저 노후를 편안하게 지낼 곳으로만 여기고 있었다고 한다. 그런데 막상 일은 없고 몸이 아프다 보니 귀농을 생각하게 되었다고 한다. 결심은 했지만 여러 가지 생각으로 머릿속도 복잡하고 무엇을 어떻게 시작해야 할지 막연하기도 해서 머리도 식힐 겸 귀농에 대한 조언도 얻을 겸해서 나를 찾아온 것이다.

둘이 마주앉아 이런저런 얘기를 나누다가, 그분이 '약수터'에 대한 얘기를 꺼냈다.

"서울 공기가 좀 안 좋습니까? 그래도 우리 동네는 산을 끼고 있어서 그나마 나은 편이에요. 사업을 그만두고 나서는 몸이 안 좋아서 새벽마다 일어나 약수터에 갔다 오는데, 아침마다 신선한 공기를 마셔서 그런지 한결 가뿐해지던데요. 운동도 하고 약수도 떠오고 맑은 공기도 마시니까 일석삼조가 아니겠어요?"

그 말에 나는 깜짝 놀랐다.

"요즘 서울의 약수터들은 거의 오염도가 기준치를 넘어섰다고 하던데 그 물을 그냥 마십니꺼?"

"예. 그런 곳도 많은 것 같은데, 우리 동네 약수터는 수질 검사를 통과했다고 하니까 아직은 쓸 만한가 봅니다."

"글쎄요……. 마, 제가 보기에는 정말 건강을 염려하신다믄 새벽에 산에 갈 것이 아니라 느지막한 오전에 산책을 하고, 약수는 절대로 마시지 않는 게 좋을 것 같은데예."

"왜요?"

그분은 내 말이 뜻밖이라는 듯이 되물었다.

"사람들은 대부분 새벽 공기가 무척 좋을 것이라고 생각하는데 잘못 알고 있는 깁니다. 새벽은 나무들이 밤새 품고 있던 이산화탄소를 밖으로 배출하는 시간이거든예. 말하자믄 새로 호흡을 하기 위해서 나쁜 공기를 내뿜는 긴데, 그 시간에 숲 근처에 가면 나무들이 배설한 탁한 공기를 그대로 마시는 게 되지예."

"아, 그렇군요. 정말 몰랐는데요."

"약수도 그렇습니더. 토양은 지하로 들어가는 모든 물질의 여과

망 역할을 하거든예. 그란데 서울은 공기 오염이 심하고 산성비 농도도 진해서 토양이 무척 거칠어져 있습니더. 그런 데다 흙 한 줌 없이 시멘트나 아스팔트로 여과망을 다 막아 버렸으니 땅속의 미생물들이 제대로 활동을 못할 거란 말이지예. 생활 폐수도 많이 나오고, 거기다 산성비 농도도 진한데, 황폐해진 토양이 그걸 제대로 걸러서 흡수할 수가 없는 거라요. 대부분의 오염 물질이 그대로 지하로 흘러 들어가고 있는 게 지금 실정입니더. 약수라는 게 결국은 지하수인데 깨끗할 리가 없지예. 만일, 수질 검사에서 이상이 없었다면 제대로 검사를 안 했던 거라요."

"아이쿠! 말씀을 듣고 보니까 그렇군요. 그런데 선생님은 농사만 지으시는 분이 어떻게 그런 것까지 다 아세요? 따로 공부를 하십니까?"

"허허……, 따로 공부를 할 게 뭐 있습니꺼. 흙을 사랑하고 가꾸다 보면 그 자연이 다 가르쳐주는데예. 농사짓는 게 그저 씨 뿌리고 거두는 게 전부가 아니지예. 자연의 이치를 알아야 제대로 된 농사도 지을 수 있는 겁니더. 내 땅이 무엇을 간절하게 원하고 있는지 그 소리에 귀를 기울일 줄 알고, 내 작물들이 무엇을 좋아하고 싫어하는지 사람의 입장이 아니라 자연의 입장에서 생각해 보려고 노력하면 저절로 알게 되는 거라예.

아까 귀농을 하려고 준비를 하다 보니 농사에 대해서 너무 아는 게 없어서 겁이 난다고 그러셨지예? 작물을 재배하는 기술을 알기 전에 먼저 땅과 자연의 이치를 알려고 노력해야 합니더. 자연을 사랑하고 더불어 살아가겠다는 마음가짐을 가져야만 비로소 좋은 농부가 될 수 있는 거라예."

"……"

요즘 귀농을 하겠다고 나를 찾아와서 의논하는 사람들이 부쩍 늘었다. 그분들은 대개 경험이 적어도 큰 실패 없이 키울 수 있는 작물이 무엇이며, 하우스 재배가 수익성이 얼마나 되는가 하는 것들을 궁금해 한다. 내가 그들에게 해주는 말은 단 세 가지 말뿐이다.

'작은 면적이라도 쌀농사를 지으시오.'

'자연의 이치를 먼저 알려고 노력하시오.'

'흙을 이해하고 사랑하려는 마음을 가지시오.'

사람들은 땅에서 생산되는 작물과 야채, 또 그러한 곡물로 기른 가축을 먹고 산다. 걸치는 옷도 가죽이니 면이니 할 것 없이 근원을 따져 보면 어느 것 하나 땅에서 나오지 않은 것이 없다. 사람들이 살아가는 집을 만드는 원자재도 그렇다. 우리는 생존에 필요한 거의 대부분을 땅에서 나오는 자원에 의존해서 살아가고 있다.

좋은 흙은 물을 여과시켜 질이 좋은 지하수를 만들고, 좋은 땅에서는 여러 가지 이로운 미생물들이 번식해서 사람들의 건강한 삶의 터전을 만들어내고 있다. 지구상에서 흙이 필요하지 않은 생명체는 없다. 바다 속 생물들도 흙과 바다가 조화를 이루는 상태에서 보다 편안한 생존을 이어갈 수 있다. 그래서 시인들은 대지를 어머니로, 혹은 고향으로 노래해 왔던 것이 아닐까?

좋은 땅은 늘 신선한 공기를 받아들이고 땅속 미생물들이 호흡하고 내놓는 탁한 이산화탄소를 배출한다. 썰물 때 드러나고 밀물 때 잠기는 개펄 흙도 그렇다. 굵은 모래나 자갈이 많은 개펄은 공기가 잘 통하기 때문에 속까지 신선하며, 낙지, 게, 조개 등 여러 가지 작은 생물들이 풍성하게 자란다. 이 생물들은 다시 개펄이 비옥해지도록 돕는다.

그런데 보이는 곳의 오염에는 어느 정도 관심을 가지는 사람들도 흙에 대해서만은 둔감하기 이를 데 없다. 흙의 오염은 물이나 공기의 오염과는 달리 치유가 매우 힘들다고 한다. 토양이 만들어지는 속도는 매우 느려서 1센티미터 두께가 만들어지는 데 무려 수십 년에서 수백 년까지 걸린다고 한다.

이렇게 만들어진 흙은 지하수의 여과 망 역할을 한다. 체를 생각해 보자. 고운 체일수록 맑은 물이 걸러진다. 지하수는 지표면을 흘러 다니는 물이 흙 속으로 스며들어서 일정한 통로를 따라 흐르는 것이다. 그런데 화학농법으로 거칠고 딱딱해진 흙은 배수로가 막혀서 제대로 여과 기능을 못하게 된다. 할 수 없이 무리지어 흙 위를 배회하던 오염된 물은 지반 중에 가장 약한 부분을 골라서 한꺼번에 스며든다.

많은 양의 물을 거르자니 힘에 부친 흙은 꼼꼼하게 여과시키지 못하고 오염 물질까지 그대로 흘려보낸다. 그러니 지하수가 오염될 수밖에 없는 것이다. 흙을 지키지 못한 화학 농법이 지하수까지 망치고 있는 것이다.

써레질이 알맞게 되어 있는 흙은 부드럽다. 식물의 뿌리가 제 편한 만큼 마음대로 뻗어나갈 수 있을 정도로 충분한 공간을 만들어준다. 흙 속의 공기에는 산소는 적고 이산화탄소의 양이 훨씬 많다. 흙 표면이 너무 굳어 있거나 경운이 촘촘하게 되면 이산화탄소가 밖으로 빠져나가지를 못해서 뿌리는 호흡 곤란을 일으킨다. 비료를 너무 많이 사용하면 식물은 주어진 양을 전부 흡수하지 못한다. 당연히 남은 비료는 물속에 녹아나와 하천이나 호수, 지하수까지 오염시킨다.

몇 년 전에 한 연구팀이 고랭지 채소 재배로 유명한 어느 산간 지역에 흐르는 하천 속의 질소 성분을 측정하는 조사를 했다고 한다. 그 조사는 화학비료가 물을 얼마나 오염시키고 있는지를 알아보기 위한 것이었다. 경작지 상류에서는 질소 농도가 약 0.1피피엠이었다고 한다. 그런데 하류로 가니 1.4~4.3피피엠까지 증가했고, 눈 녹은 물이 밭의 표면을 흐를 때 농도가 가장 높았다고 한다.

하류에 모이는 물은 발전용과 농업용수로도 사용되었지만, 주민들이 마시는 음료용으로도 사용되고 있었다. 이곳에서 일 년 동안 유출되는 질소의 양을 조사해 보았더니 무려 38톤이나 되었다고 한다. 이 중에서 인근 스키장에서 흘러나온 오수와 지역의 생활 폐수 등에 의한 게 3톤 정도였고, 나머지는 채소밭에서 사용한 질소 비료에서 나왔다는 것이다. 그 지역 채소밭에서 1헥타르당 뿌린 비료의 삼분의 일은 그냥 하천으로 흘러나왔다고 하니, 우리 농촌의 과다한 비료 사용이 얼마나 심각한 지경에까지 이르렀는지를 잘 알 수 있다.

당장의 수확에만 눈이 어두워 흙을 소중하게 여기지 않는 우리의 관행농업이 이대로 간다면 농촌이, 아니 우리 국민 전체의 미래가 어떨는지는 불을 보듯 뻔한 일이다. 아직도 늦지 않았다. 지금부터라도 흙을 소중하게 여기는 마음으로, 자연농법을 중심으로 농사를 지으려는 고민과 노력을 시작해야 할 것이다.

건강한 벼는 쓰러지지 않는다

우리 집 마당에는 조그만 실험 밭이 있다. 지금은 별학섬 고방연구원에서 작물 재배 관리에 필요한 모든 실험을 하고 있지만 이럴 만한 시설이 없었던 시절엔 그곳이 연구실이나 마찬가지였다. 두 평 남짓한 이 밭에는 벼를 비롯한 온갖 작물들이 옹기종기 심겨 있다. 농과대학이나 연구소에서 운영하는 실험 밭만큼 크지는 않지만, 훨씬 알찬 농업 실험이 결실을 맺는 작은 땅으로 내게는 무척 소중한 밭이다. 이 작은 땅에서 태평농법의 이론적 근거들이 자라고 있다.

우리 집을 찾아오는 사람들은 한결같이 이 밭을 보고 감탄한다. 이제까지 당연하게 여겨왔던 관행 농법들이 사실은 낡은 이론의 답습일 뿐이라는 것을 여러 가지 조건 속에서 자라는 작물들이 가르쳐주고 있기 때문이다. 소금밭에서 자라는 벼, 꺾꽂이를 해서 심어도 다시 뿌리를 내리는 벼, 지지대를 세워주지 않아도 옆 작물과 공생을 이루며 자라는 덩굴식물 등.

사람들은 이들을 무척 신기한 듯 바라보고, 매만져도 본다. 그러나 모든 살아 있는 것들의 근원은 자연이며, 이 자연이 모든 생물에게 생명을 주고 키운다는 평범한 사실을 믿는다면 그리 신기한 일이 아니다.

오랫동안 관행 농법에 익숙해져 있던 이들은 마른논에 볍씨를 뿌린다는 원리를 쉽게 받아들이지 못한다. 아무리 설명을 해도 믿지 않고, 심지어는 그렇게 재배한 논에서 자라는 건강한 벼를 보면서도 고개를 절레절레 흔든다. 그만큼 이제까지 농사에 관한 한 고정관념의 뿌리가 너무나 깊고 질기다는 얘기다. 이제는 그 고정관념을 깨야 한다.

먼저 작은 수조에 물을 담아서 벼를 밭 상태에서 재배해 보았다. 칠월에 한 번 수확을 했는데, 구월 말이 되니까 다시 30센티미터 정도 자란 것을 확인할 수 있었다. 우리나라의 기후 조건에서도 벼를 일 년에 두 번 수확할 수 있는지를 실험하면서 한쪽에서는 수확한 짚을 꺾꽂이해 놓았더니, 다시 살아나서 건강하게 자라고 있었다.

꺾꽂이를 해도 벼가 다시 살아날 수 있다면 매년 종자를 다시 사지 않아도 재파종이 가능하게 된다. 해마다 새로운 종자를 사기 위해서 우리 농민들이 소비하는 농자금이 만만치 않다. 적어도 종자 구입비만 줄일 수 있어도 우리 농가의 자금 사정은 농민들이 한결 편하게 숨을 쉴 수 있을 정도로 달라질 것이다.

또 한쪽 화분에 심은 밀은 구월 말인데도 이삭이 달려 있다. 이 시기에 밀 이삭이 맺혀 있는 것은 이 화분의 밀밖에 없을 것이다. 맥류는 가을에 파종해서 이듬해 초여름에 수확한다는 게 현재 농사법의 고정관념이다. 그러나 이 실험 밭에서 옹기종기 자라고 있는 밀 이삭은 이 케케묵은 고정관념을 깨고 싹을 틔웠다.

가뭄이 심해서 모내기를 못하게 된다면 어떻게 해야 할까? 어쩔 수 없이 메밀을 파종해야 하는데, 메밀보다는 보리나 밀이 더 소득이 높다. 실험 화분에서 나타난 결과가 확인이 된다면 모내기를 못해도 맥류를 파종해서 벼와 똑같은 시기에 키울 수 있다는 결론을 내릴 수 있게 된다.

미국산 칼로스 쌀도 여기서 실험해 보았다. 칼로스는 어떤 자연 조건 속에서도 적응을 잘하는 강한 품종으로, 캘리포니아가 주산지이지만, 우리 기후에서도 충분히 키울 수 있는 품종이다. 서울 강남의 부자들이 미군 부대에서 나오는 칼로스 쌀을 비싼 돈 주고도 몰래 사 먹는다는 얘기를 들은 적이 있다. 그래서 배낭여행을 다니는 대학생들한테 부탁해서 칼로스 품종을 구해 와서 재배했던 것이다.

칼로스를 그냥 심는 방법과 염도가 높은 물에 심는 방법을 병행해 보았다. 가로 길이 6미터 화분에 왼쪽은 물 깊이 8센티미터, 오른쪽은 25센티미터가 되도록 조정해 놓았다. 벼를 심기 전에 물의 염분 농도를 8000피피엠으로 만들어놓았다. 이 정도 염분 농도에서는 벼가 자랄 수 없다는 게 이제까지 농법의 정설이었다. 그러나 비가 올 때 빗물을 받으면, 염분은 밑으로 가라앉고 위에는 맑은 빗물이 고이게 된다. 따라서 인공적인 물갈이를 거듭하지 않고도 염도가 떨어지게 된다.

여기에 마른 벼 종자만 뿌려두었다. 파종은 장마가 한창인 칠월 십삼 일에 했는데, 일반적으로 생각하기에 이렇게 늦게 파종을 하면 제대로 자라지 못하는 걸로 알고 있다. 그러나 구월 말에 중간 출수를 시작하고 있다. 이 원리를 제대로 이용하면 염분이 많은 간척지에서도 충분히 농사를 지을 수 있다. 칼로스는 여러 번 다시 심어도 고유의 유전자를 간직하고 있기 때문에 농사짓기 쉬운 종자다. 관행 농법에서는 키가 큰 미루나무 밑에서는 농사가 잘 안 된다고 생각하고 있다. 그러나 옛 농부들의 경험에 비추어 보거나, 내가 그동안 실험해 본 결과로도 논가에 큰 미루나무가 있으면 오히려 벼가 실하게 열매를 맺는 데 도움이 된다. 왜일까?

바람 한 점 없는 무더운 날에도 큰 나무 밑에 앉아 있으면 이내 어디선가 산들거리는 미풍이 목덜미를 간질이며 땀을 식혀준 경험을 누구나 해보았을 것이다. 그래서 시골마다 마을 어귀에는 팽나무나 미루나무 등 큰 나무를 심고 그 밑에 정자를 놓아서 마을 사람들이 더위를 피해 쉴 수 있도록 만들어놓았다. 논가의 큰 나무는 벼들이 자라기 좋을 만큼 적당한 바람을 불러온다. 실험 밭에도 적당한 크기의 미루나무를 심고 그 밑에 벼와 옥수수를 심었다. 이 또한 건강하게 자라고 있다.

나무를 중심으로 해서 해가 뜨는 동쪽과 해가 지는 서쪽에 옥수수를 심었다. 똑같이 심은 옥수수지만 건강하게 자란 것은 양쪽이 같아도 동쪽에 있는 옥수수는 서쪽에 심은 옥수수보다 일주일 정도 먼저 수확을 했다. 서쪽에 있는 옥수수는 동쪽 옥수수에 비해 수확은 며칠 늦었지만 알의 수는 더 많았다. 이로써 아침에 뜨는 햇빛을 받는 작물과 저녁에 지는 햇빛을 받는 작물은 생장에 차이를 보인다는 것을 설명할 수 있다. 땅을 구입할 때도 작물이 잘 자라게 하기 위해서는 어느 방향의 햇빛을 잘 받을 수 있는지 꼼꼼히 살펴보아야 한다.

생태적 농법으로 농사를 지을 때 가장 중요한 것은 공생이다. 공생의 원리를 잘 이용하면 몇 배나 풍성하게 수확하면서 무공해 농사를 지을 수 있다. 예를 들어, 버드나무와 포도를 함께 키우면 철사나 다른 지지대로 넝쿨을 잡아주지 않아도 포도가 자연스럽게 버드나무를 타고 올라간다. 서로 공생하면서 해충도 줄어들고 건강하게 자란다.

실험 밭에서는 포도뿐만이 아니라 가지, 고추, 벼가 함께 자라도록 했다. 여러 작물을 공생시키면서 가장 궁합이 잘 맞는 짝을 찾아내고자 하는 것이다. 아직까지는 이들이 함께 자라는 데 큰 무리가 없어 보인다.

실험 밭의 가장 안쪽에는 무궁화를 심었다. 무궁화는 진딧물이 많아서 다른 식물에게도 피해를 주는 것으로 알고 있지만, 미루나무와 함께 공생을 시키면 많은 효과를 볼 수 있다. 무궁화의 진딧물을 잡아먹기 위해서 천적들이 미루나무에 서식하기 때문에, 이 천적들이 고추밭의 해충까지 잡아먹으므로 따로 농약을 쳐줄 필요가 없다.

우리는 무궁화를 볼품없는 나무로 알고 있다. 그러나 어떻게 키우느냐에 따라서 나는 무궁화도 아름드리나무가 될 수 있다고 확신하고 있다. 백 번 떠드는 것보다 우선 내 집 마당에 있는, 곁가지 없이 곧고 우뚝하게 자라는 무궁화의 고고한 자태를 보여주고 싶다. 아직 아름드리가 되려면 시간이 더 필요하지만, 지금도 다른 무궁화나무보다는 훨씬 가지도 굵고 키도 크다.

농부는 교과서에서 배우지 않는다. 자연에서 배운다. 자연과 함께 농사를 지으며 그 이치를 깨닫는다. 자연이 가르쳐준 이치를 최대한 모방해서 인간들의 농법에 적용하는 것이 자연 농법이다. 나는 이 밭에서 자연 그대로의 조건, 주어진 조건 속에서 작물을 키울 수 있는 방법들을 실험하고 있다.

땅은 좁고, 그나마 오염도가 높아지면서 죽어가는 땅은 풍성한 작물을 생산하지 못하고 있다. 이대로 방치하다가는 쌀 부족 문제가 곧 우리의 현실로 닥칠 날도 멀지 않았다. 지금의 문제를 해결하는 유일한 대안은 마음을 비우고 자연에 맡겨서 농사짓는 방법을 택하는 것뿐이다.

지난여름에도 무수히 많은 논에서 자라는 벼들이 채 열매도 맺지 못하고 비바람 속에 쓰러졌다. 한 톨의 볍씨를 그만큼 키울 때까지는 농부들의 무수한 땀과 시간이 필요하다. 자식처럼 정성들여 키운 벼가 쓰러져서 썩어가는 것을 바라보는 농부의 심정은 농사를 지어보지 못한 이들은 짐작조차 못할 것이다. 그러나 건강한 벼는 제아무리 바람이 불고, 세찬 폭우가 쏟아져도 잘 쓰러지지 않는다. 또 쓰러졌더라도 이삼 일이면 일어선다.

우리 농업의 미래를 위해서 어느 쪽을 선택할 것인가. 그냥 이대로 화학농법을 되풀이하며 해마다 벼들이 쓰러지는 것을 '천재'라 여기며 자포자기하고 수수방관만 할 수는 없다. 내가 보기에는 연례행사처럼 되풀이되는 벼의 유실은 하늘이 내린 천재가 아니라 사람들이 자초한 '인재'일 뿐이다. 이 어리석은 재난을 끝내는 길은 오직 생태적 지속농법으로 돌아가는 것밖에는 없다.

건강한 논은 거미들의 천국

밤새 가는 빗줄기가 투둑투둑 축사의 양철 지붕을 두드리며 내렸다. 그 소리를 들으며 잠이 든 농부의 가슴은 부드럽게 대지를 적시는 빗물처럼 촉촉하게 젖어든다. 이맘때쯤 내리는 적당한 가을비는 알곡을 풍성하게 영글도록 도와주는 고마운 손님이다.

첫닭 우는 소리에 놀란 듯 비는 그치고, 새벽길을 밟아 논으로 향한다. 딱히 할 일이 있어서 서둘러 가는 것은 아니다. 물기를 머금고 더욱 싱싱하게 푸르러 있을 내 논의 식구들에게 남보다 먼저 안부 인사를 전하려는 것이다.

그새 벼는 한 뼘쯤 더 자란 것처럼 실하게 영글어 있다. 발그레하게 비치는 아침 햇살에 벼이삭과 잎사귀 사이에 대롱거리며 달려 있는 거미줄 위로 작은 무지개가 떠오르고 거미도 기지개를 펴는 듯 엉금엉금 기어 나온다. 빗줄기에도 아랑곳없이 자기 집을 잘 지켜낸 녀석이 기특해 보인다.

농약도 치지 않고 비료도 주지 않고 오로지 자연의 순리에만 맡긴 내 논에는 명주실처럼 얼기설기 쳐놓은 거미줄이 곳곳에서 눈에 띈다. 농약을 뿌린 논에서는 절대로 거미가 살 수 없다. 거미줄은 이 논이 건강하게 살아 있다는 표시인 셈이다. 덕분에 다른 논에서 벼멸구 피해가 극심해서 뿌리에서 줄기까지 온통 갉아먹었을 때도 내 논만은 아무런 피해를 입지 않았다. 바로 거미 때문이다. 거미는 벼멸구의 천적이다. 하기는 어디 거미뿐인가. 지금은 다른 논에서는 거의 찾아볼 수 없는 무당벌레, 개구리, 사마귀 등이 평화롭게 살고 있다.

거미줄을 보고 신기하게 생각하는 사람도 있지만, 어떤 사람은 농약을 제대로 쳐주지 않아서 그렇다고 짐짓 걱정을 대신해 주기도 한다. 내 논에는 탐스러운 벼 포기 사이로 자생초도 드문드문 솟아 있다. 처음 태평농법으로 농사를 짓기 시작했을 때, 나이가 지긋한 이웃 농부들은 자생초가 무성한 내 논을 보고 한숨을 푹푹 내쉬며 타박을 해댔다.

"아이고, 나락이 참 잘되는 논인데 저 꼴을 만들었네. 논에 온통 피 천지구먼……."

거기에 거미까지 줄을 대고 있으니 보기에 한심했나 보다. 그래도 해마다 벼멸구 피해를 비켜가는 것은 우리 논뿐이다. 장마철 폭우가 한바탕 설치고 지나갈 때마다 다른 논에는 폭탄 맞은 자리처럼 듬성듬성 구멍이 생긴다. 폭우를 이기지 못한 벼들이 쓰러진 자리다. 실은 강풍이 불지 않아도 자생력이 없는 벼는 세포가 연약해 알곡이 차면 무게를 감당 못해 힘없이 쓰러지게 된다. 자연재해 탓이 아니다.

논두렁에 서서 벼가 쓰러진 자리를 보고 있으면 마음이 한없이 무거워진다. 내 자식이 병을 앓고 있는 것처럼 가슴 한쪽이 쓰라려 온다. 내 마음이 이러니 모판에서부터 자식을 기르듯 정성스럽게 옮겨 심은 그들 주인의 마음은 오죽할까. 그걸 다시 일으켜 세우려고 안간힘을 쓰는 모습도 안쓰럽기는 마찬가지다.

마른 땅에 뿌려져 자신들의 자리를 침범하고 들어오는 자생초들과 경쟁하며 자란 내 논의 벼들은 폭우에도 아랑곳없이 더욱 꼿꼿하게 머리를 세운다. 가뭄이 심해지면 다른 논에서는 물을 끌어다 대느라 야단이지만, 내 논의 벼는 더욱 깊이 뿌리를 내리며 강하게 자란다. 이것이 바로 자연의 힘이고, 무한한 복원 능력이다.

자식을 키우는 것이나 농사를 짓는 것이나 자연의 소출을 키운다는 의미에서는 같은 일이다. 자식을 너무 싸안고 키우면 병도 쉽게 나고 나약해지게 마련이다. 엄마 뱃속에서 막 세상에 나온 아이가 걸음마를 시작하고, 자신의 두 다리로 우뚝 서서 마침내 완전한 성인이 되어 홀로 세상 속으로 뚜벅뚜벅 걸어 들어가기까지는 많은 시간과 경험이 필요하다.

부모가 아이의 경험을 대신해 줄 수 있을까? 그렇게 자란 아이가 온전히 세상살이를 해나갈 수 있을까? 아마 그렇게 자란 아이는 어른이 되어도 부모의 힘에 기대려고 하는 의존적인 어른이 될 수밖에 없을 것이다.

소 팔고 논 팔고 농협 융자까지 얻어서 도시로 보내 공부시킨 자식이 남은 땅마저 내놓으라고 보채니 어쩌면 좋겠느냐고 푸념하는 늙은 부모들이 늘어만 간다. 안타까운 현실이다. 뒤늦게 '자식 농사 잘못 지었다'는 탓을 하기 전에 스스로 자생 능력을 가질 수 있도록 자연의 복원력에 아이들을 맡겨두길 바란다. 마음과 신체가 모두 건강한 아이들로 키우고 싶다면 말이다.

이웃들은 내가 파종하고 난 이후에는 논에 물도 대지 않고 바쁜 농번기에도 슬슬 뒷짐 지고 논을 둘러본다고 해서 '참 태평스러운 사람'이라고 한다. 내가 지금 하고 있는 생태적 농법을 태평농법이라고 이름 짓게 된 여러 가지 이유 중에는 이런 점도 포함되어 있다. 사실 태평농법이 알려지기 시작하면서 여기저기 오라는 곳도 많아져서 강연하랴, 교육하랴, 바쁘게 뛰어다니느라 남들이 생각하는 것만큼 태평스러울 처지는 못 되지만 말이다.

말하자면 내 논에서는 천적과 해충이, 인간이 주식으로 삼는 풀과 인간이 주식으로 하지 않는 풀이 함께 자라고 있는 것일 뿐이다. 자연계의 먹이사슬을 훼손시키면 그 여파가 언젠가는 인간들에게 되돌아간다는 것을 알아야 한다. 해충을 없애겠다고 약을 치면 해충뿐만 아니라 천적들도 사라지고, 천적이 사라진 자리에는 농약에 강한 내성을 키운 해충들이 더 기승을 부릴 뿐이다.

아주 먼 옛날에는 벼도 한 포기 이름 없는 풀에 불과했을 것이다. 이 세상에 고개를 내미는 모든 생명들은 인간이 마음대로 훼손해서는 안 되는 그 나름대로의 존재 이유를 갖고 있다. 그저 자연의 순리에 맡겨둘 일이다.

그들은 원래부터 있어야 할 자리에 있는 것뿐이다. 이게 정상이다. 오히려 농약 때문에 거미도 쫓아내고, 해충도 쫓아내어 자생초 하나 없는 깨끗한 논이 내 눈에는 더 비정상적으로 보인다.

독한 제초제를 뿌려서 자생초 한 포기 없이 벼들만 나란히 서 있는 논은 멀리서 보기에는 너무나 잘 정돈되고 깨끗해 보인다. 그러나 가까이에서 들여다보면 윤기 없이 시들해진 이파리가 생명력을 잃고 있음을 한눈에 알 수 있다.

한때 농촌에는 논두렁 옆 곳곳에 '깨끗한 들판을 만들자'는 팻말이 붙어 있었다. 예나 지금이나 풀 한 포기 벌레 한 마리 없어야 깨끗한 들판인 줄로 안다. 풀 한 포기 벌레 한 마리 없는 땅은 이미 썩어가는 흙이거나 죽은 땅이다.

'농약을 쳐야 농사가 된다'고 생각하는 관습에 젖어 있는 사람들 눈에는 거미줄이 얼기설기 쳐져 있고, 풀과 벼가 함께 어우러져 있는 논이 게으른 농부가 지은 실패한 농사로 보일 것이다. 하지만 결코 그렇지 않다.

무엇이 깨끗한 들판인가. 자생초 한 포기 없이, 거미줄도 없는 그런 논이 깨끗한 들판인가. 그런 논을 만들기 위해서 농약 한 방울이라도 더 치자는 운동인가. 책상머리에서 펜으로 농정을 만들어내는 분들 머리에서 나온 말이니, 참 웃기는 일이다. 들판을, 자연을 소중하게 들여다보고 그 소리에 귀 기울이면 알 수 있다. 풀 한 포기 없이 푸르디푸른 벼들만 말끔한 모양새로 줄지어 서 있다고 결코 '깨끗한 들판'이 될 수 없다는 것을.

우리가 만들어야 할 것은 '건강한 들판'이다. 농약에 오염되지 않은 벼들이 자생초와 거미줄을 친구 삼아 건강하게 자라는 그런 들판을 만들어야 한다.

절대로 논을 갈지 않는 농부

가끔 '우리 조상들은 어떻게 농사를 지었을까' 하는 생각을 한다. 그리고 '천석꾼 소리를 들었던 대농들은 그 많은 전답을 어떻게 가꾸었을까' 추측해보기도 한다.

천석꾼이면 천 마지기 논을 가졌다는 뜻일 게다. 그 가운데 농사 짓기 힘든 논 오백 마지기쯤은 소작을 맡겼을 테고, 나머지 오백 마지기는 머슴 대여섯을 데리고 직접 관리했을 것이다. 그렇다고 해도 엄청난 면적인데 우선 걸리는 부분이 써레질이었다. 소가 다섯 마리 있다고 해도 그 녀석들과 함께 한철 동안 그 많은 논을 다 갈았을까? 아무리 계산해도 답이 나오지 않는다. 머슴 다섯이 다섯 마리 소와 함께 잠을 자지 않고 교대로 갈아도 불가능한 일이다.

또 소와 쟁기의 길이보다 짧은 논밭이 지천이었던 시절이다. 결국 우리 조상들은 써레질에 그렇게 큰힘을 들이지 않았다는 결론이 나온다. 곧, 무경운 상태로 농사를 지어도 아무 지장이 없었다는 뜻이다.

그렇다면 무엇 때문에 '이라 쯧쯧' 소를 부리느라 기운을 썼을까? 애써 땅을 갈았던 까닭은 수확에 도움이 되는 농사법이기에 앞서 우선 농토를 늘리기 위해서였던 것이다. 기껏해야 삿갓 하나 엎어두면 가려지는 논뙈기가 갈증이 나서 늘리고 늘리다보면 생흙, 곧 풍화작용의 영향을 받지 않은 흙이 나온다. 그런데 저절로 풍화작용이 일어날 때까지 손 놓고 지루하게 세월만 흘러가기를 기다릴 수 없다. 생각다 못해 인위적으로 풍화작용의 효과를 일으킨 것이 바로 쟁기질이었던 것이다. 그마나 생흙이 비옥한 흙이 되어 더 갈아줄 필요가 없어지면 마냥 그대로 두고 농사를 지었다.

오늘날의 땅은 인위적으로 토양을 교란시켜 식물이 스스로의 힘만으로는 자랄 수 없게 변해버렸다. 이미 토양 유실이 일어나는 흙이다 보니 화학비료 없이는 식물이 자라지 않고, 필요한 성분 외의 비료를 너무 많이 주어서 오히려 생흙을 보충해줘야 할 만큼 인산 성분이나 화학염이 넘친다.

그런 땅은 풍화작용이 더 이상 필요치 않은데도 해마다 땅을 갈고 있다. 자연의 원리만 이해하면 노동력, 시간, 돈을 낭비하지 않아도 되건만 아무 생각 없이 그런 헛수고를 하고 있는 것이다. 아니, 이제는 아예 무게가 3톤 가까이 되는 트랙터를 동원하여 논을 짓뭉개고 있다. 트랙터는 바퀴만 해도 폭이 30센티미터가 넘는다. 그러니 깊이 30센티미터를 갈아엎고 가는 길마다 큰 수로처럼 폭 30센티미터 이상의 바퀴자국이 새겨진다. 그 자국을 없애기 위해 또 흙을 못살게 군다. 가히 써레질이 아니라 흙을 반죽으로 만들고 있는 것이다.

트랙터로 논을 깊이 가는 과정을 지켜보노라면 흡사 야채 믹서를 돌리다가 딱 꺼버리는 모습이 떠오른다. 믹서의 회전이 멈추면 정신없이 돌아가던 찌꺼기가 밑으로 가라앉는다. 그렇듯 트랙터로 논을 갈고 난 뒤 논밭의 흙도 밑으로 무겁게 가라앉게 되어 있다. 표면에서 숨 쉬던 흙이 밑으로 한꺼번에 가라앉고 그 위로는 흙보다 가벼운 자생초 씨앗들이 덩그렇게 올라앉는 것이다.

얼마 후 자생초가 일제히 싹을 틔우면 논은 온통 자생초 밭으로 변해버린다. 손으로 일일이 김을 매주는 일은 엄두도 못 낼 만큼 무성한 자생초 밭이 된다. 할 수 없이 독성이 강한 제초제를 뿌려야만 농사를 지을 수 있다.

한편 조상들의 쟁기질에는 또 다른 지혜가 담겨 있다. 지금과 달리 써레질 깊이는 아무리 깊어도 고작 10센티미터 안쪽이었다. 위로 올라온 흙과 마찬가지로 밑의 갈리지 않은 흙 속에도 여전히 산소가 자유롭게 흐를 수 있었고 직배수가 잘 되는 흙이었다. 위로 올라온 흙 속에는 벼 그루터기가 남아 있고 밑에 있는 흙 속에는 짚이 남아 있을 만큼 얕게 뒤집어놓았기 때문이다.

만약, 우리 토양이 조금 더 깊이 갈아야 하는 조건이라면 조상들은 다른 형태의 쟁기를 만들어서 발달시켰을 것이다. 결코 도구 만드는 기술이 없거나 과학적인 지혜가 모자라 쟁기질을 얕게 한 것이 아니라는 뜻이다. 실제로 그렇게 써레질한 땅에는 지금처럼 자생초 씨앗이 일제히 위쪽으로 올라앉을 도리가 없었다. 그 논에 모를 심을 때 논 주인은 못줄을 잡고 서서 한결같이 이렇게 노래했다.

"어이, 모 좀 얕게, 얕게 심어주소!"

그러니 아무리 깊이 심어도 손가락 하나 길이를 넘지 않았다. 모를 심고 나서 며칠이 지나면 부드럽게 갈아놓은 흙이 천천히 가라앉으면서 모 뿌리는 점점 더 위로 올라와 얕아진다. 자연히 뿌리가 산소를 호흡할 수 있는 조건이 조성되는 것이다. 그에 힘입어 직근直根이 더 건강하고 튼튼하게 자리를 잡아간다. 한편 자생초는 저 밑에 가라앉아 있으므로 빛이 차단되어 웬만하면 고개를 내밀지 못한다.

조금씩 자라나는 자생초는 강력한 생명력을 지니긴 했지만 손으로도 얼마든지 뽑아내면 되었다. 지금처럼 온갖 자생초가 뒤엉켜서 정신을 못 차리게 자라는 상태가 아니었던 것이다. 그러니 자생초나 피가 자랄 경우 뽑아서 벼 밑에 묻어두면 그만이었다. 혹, 농사보다 더 바쁜 일이 생겨 김매는 시기를 놓쳐도 수확에는 큰 지장이 없었다.

하지만 지금은 제초제 뿌릴 시기를 놓쳐버리면 가을 수확기에 벼 대신 자생초를 거둬들여야 할 지경이다. 더구나 깊숙이 갈아엎은 논에는 모를 아무리 얕게 심어놓아도 며칠만 지나면 무거운 흙 때문에 모가 위로 올라앉기는커녕 더 깊이 파묻히고 만다. 경운으로 흙이 죽처럼 부드러워져 있기 때문인데, 뿌리가 산소를 호흡하기 힘든 조건이 되는 것이다. 기계로 경운 정지할 경우 생육이 지연되고 포기분열이 억제되며 마디도 기형적으로 열 마디 이내로 형성된다. 당연히 뿌리가 약해지고 따라서 줄기도 낟알도 약해질 수밖에 없으므로 하는 수 없이 비료를 줘야 한다.

이처럼 어리석은 악순환이 반복되는 것은 바로 얄팍한 상업주의와 탁상 행정 때문이다. 기계화라는 허울 좋은 이름으로 농촌 일손이 가벼워지고 다수확이 보장된 것처럼 보이지만, 속내를 들여다보면 이처럼 어처구니없는 일들이 벌어지고 있는 것이다. 우리 땅에는 그렇게 무거운 기계가 전혀 도움이 되지 않는다는 사실을 책상에 앉아 있는 농정 책임자는 전혀 모르고 있다.

사실, 그 기계가 도움이 되는 곳은 일본과 같은 화산재 토양이다. 흙을 깊이 갈고, 반죽처럼 만들어야만 농사를 지을 수 있는 일본 땅에서나 적합한 것이 그런 기계다. 그걸 우리 땅에 들여오는 것은 마치 물과 기름을 섞으려는 것과 같은 바보짓이다. 농사에 맞춰서 기계를 부리는 것이 아니라 기계에 맞춰서 농법을 뜯어고치려고 억지를 부렸으니 우리 땅이 몸살을 앓지 않을 수 없었던 것이다.

이 사실을 깨닫고 난 뒤, 나는 절대로 논을 갈지 않았다. 조금 숨 쉴 만하면 도로 깊이 묻어버리고 또 간신히 숨 쉴 만하면 갈아엎어버리던 것을 그만두니 흙이 '이게 웬일이냐' 고 손뼉을 치며 좋아했다. 아무 걱정 없이 밥 먹고 물 마시고, 바람 쐬고 뛰어노는 어린아이처럼 신나게 산소를 들이마시고 건강한 벼를 길러냈다.

힘들게 논 가는 수고를 하지 않아도 되니 나도 손뼉을 치며 좋아할 노릇이었다. 기계 사느라 돈 들이지 않아서 좋고, 농민이야 어찌 되든 돈만 챙기는 장사꾼 배를 채워주지 않아도 되니 그 또한 좋았다.

하지만 지금도 대다수 농민들은 그 사실을 모르고 있다. 농정 책임자도 마찬가지다. 아니, 모르는 것인지 모르는 척하는 것인지 알 수가 없다. 1985년 무렵부터 농기계를 수입하는 돈은 더 많이 들어가고 생산량은 줄어들어 농사의 한계를 드러내고 있는데도 여전히

이렇게 외친다.

"국제경쟁력을 높이려면 기계가 더 커져야 하고 기계에 맞도록 논배미도 더 넓어져야 한다."

국제경쟁력 얘기가 나왔으니 한마디만 더 하겠다. 환경오염이 심해질수록 소비자는 친환경적인 상품에 눈을 돌릴 수밖에 없다. 농산물도 마찬가지다. 소비자는 조금 비싸더라도 농약을 치지 않은 깨끗한 상품을 원한다. 이제는 더 이상 양과 크기로 승부할 때가 아닌 것이다. 친환경적인 농사를 지으려면 기계를 들이밀고 하는 대규모 농업보다 가족 단위로 할 수 있는 소규모 농사가 훨씬 더 유리하다.

땅이 넓어서 대규모로 농사를 짓는 미국의 경우를 보자. 한 번 수확하면 어마어마한 곡식을 거두어들이는데 그걸 다 소비하는 데는 몇 년이 걸린다. 따라서 곡식을 오래 보관하기 위해 농약을 뿌릴 수밖에 없다. 오래 보관해도 싹이 나지 않고 좀이 슬지 않도록 미리 대비하는 것이다. 하지만 소비자는 이제 그렇게 저장된 쌀을 원하지 않는다.

그런 추세를 간파한 선진국에서는 재빨리 친환경 농업으로 돌아서고 있다. 전체 농업 생산량의 팔십 퍼센트를 대규모 농업으로 길러내는 미국에서 농산물의 십 퍼센트 이상을 유기농으로, 이십 퍼센트 이상을 친환경 농법으로 길러내겠다고 발표했던 까닭도 거기서 비롯된 것이다. 그 말은 곧 대규모 농업을 지양하고 소규모 가족농으로 점차 바꾸어 가겠다는 뜻이기도 하다. 그런데 우리는 아직도 기계화된 대규모 영농작업에만 박차를 가하고 있는 실정이다.

누군가 나에게 하고 싶은 말 있으면 다 해보라고 한다면 이렇게 외칠 참이다.

"논을 갈아엎는 기계일랑은 척박한 일본 땅으로 되돌려 보내라. 우리 땅은 그냥 그대로 내버려두는 것을 더 좋아한다. 애초부터 우리는 일본과는 비교도 할 수 없을 만큼 벼농사에 적합한 환경을 갖추고 있다. 돈 들이지 않고, 기계 쓰지 않고 건강한 벼를 생산해내는 일, 그것이야말로 국제경쟁력을 높이는 길이다!"

나는 가을부터 농사를 시작한다

북쪽에서 단풍 소식이 들려오고 하늘이 높아지기 시작하면 나는 서서히 한 해 농사를 준비한다. 다른 사람들은 만물이 소생하는 봄이 오면 농사철도 시작된다고 하지만 나는 아니다.

가을이면 나는 새벽 다섯 시쯤 일어나 들로 나가서 제일 먼저 이슬을 관찰한다. 이슬이 얼마나 내렸나 살펴보면 그날의 기온을 짐작할 수 있다. 이슬이 많이 내린 날은 대개 따뜻하게 마련이다. 다음에는 이슬이 맺힌 벼 잎의 모양을 살핀다. 잎이 곧바로 서 있으면 아주 건강한 상태다. 그런데 이슬 무게 때문에 잎이 구부러진 쪽은 세포가 크게 형성되어 전체적으로 연약한 상태라는 걸 알 수 있다. 사람이 비만하면 건강하지 못하다고 보는 것과 비슷한 이치다.

이윽고 해가 솟아오르면 곤충의 움직임을 관찰한다. 그 중에서도 가장 주의를 기울이는 녀석은 거미다. 거미가 식물 잎 끝에 올라가서 꽁무니를 하늘로 치켜들고 있으면 논에 해로운 벌레가 없다고 보면 된다. 이 곳에는 이제 더 이상 먹이가 없어 다른 곳으로 이사를 가야겠다는 몸짓이기 때문이다. 그럼 거미는 어떻게 이사를 하나.

아침 해가 뜨면 상승 기류가 형성된다. 거미는 미리 줄을 풀어 올리고 다리에 힘을 턱 주고 버티면서 상승 거류를 기다린다. 마침내 위로 솟구치는 기류가 느껴지면 다리를 살짝 들어올린다. 그와 함께 거미의 몸은 둥실 위로 솟구친다. 마치 타잔이 덩굴을 타고 나무 사이를 옮겨가듯이 기류에 힘입어 손쉽게 자리를 옮기는 것이다.

그 모습을 보노라면 어쩔 수 없이 아쉬운 마음이 든다. 내 논에서 나보다 더 열심히 농사를 짓던 익충이 이사를 하는 마당이니 서운하지 않을 수 없는 것이다. 그러나 한편으로는 이제 내 논에 거미가 잡아먹을 해충이 없어서 떠나는 것이니 기쁘기도 하다.

해가 완전히 뜨면 이웃 논에서는 벼를 거둬들이기 위해 바쁜 일손이 펼쳐진다. 콤바인이 이 논 저 논에서 하루 종일 움직인 뒤에는 어김없이 빈 들이 늘어간다. 그 와중에 내 논의 벼들만은 아직도 고개를 꼿꼿이 쳐들고 있기 일쑤다. 다른 논에 비해 우리 논의 수확기는 늘 조금씩 늦기 때문이다.

남녘 산에도 단풍이 꽃처럼 화려하게 피어나다 이윽고 서리가 내리기 시작하면 비로소 수확 차비에 나선다. 직접 설계하여 만든 수확기 겸 파종기를 몰고 오전 열한 시쯤 느긋하게 들판으로 나간다. 그 시간이면 새벽에 내렸던 이슬이며 서리도 말끔히 걷히고 없다.

꽉 차게 여문 벼를 거둬들이는 동시에 파종한 보리나 밀 씨앗 위로는 방금 벼를 탈곡하고 남은 볏짚이 고루 덮인다. 그렇게 오후 네 시 무렵까지 작업을 마치면 내 한 해 농사 준비도 끝난 셈이다.

삼십 년 전쯤 우리 들판은 이제 막 일본에서 들여온 관행농법의 폐해가 드러나기 시작한 시점이었다. 화학 무기물 때문에 토양이 죽기 시작한 것이다. 그래도 지금처럼 병이 깊지 않은 덕에 밑 부분에 자리한 흙은 아직 숨을 쉬고 있었다. 보리를 파종한 곳은 그 살아 있는 토양이었다. 문제는 살아 있는 땅 위에 종자를 떨어뜨리고 나서 옆에 있는 죽은 흙을 덮어준 데서 발생했다.

종자를 가운데 두고 밑 흙은 살아 있고 덮인 흙은 죽어 있었으니 성분이 달라도 이만저만 다른 게 아니었다. 흙끼리 서로 차지게 섞이지 않고 물과 기름처럼 따로 놀았던 것이다. 그 상태에서 기온이 내려가면 밑에 있는 흙과 위에 있는 흙 사이에 서릿발이 형성된다. 서릿발이 형성된 채로 봄기운이 돌면 공기가 건조해지면서 보리 뿌리가 말라버렸다. 얼어 죽는 게 아니라 말라 죽었던 것이다. 그래서 말라 죽지 말라고 흙을 꽁꽁 밟아줄 수밖에 없었던 게 보리밟기의 사연이다. 그렇다면 지금은 왜 밟아주지 않을까? 죽었던 토양이 모두 되살아났을까? 천만의 말씀이다. 평균 기온이 많이 오른 덕에 겨울 논에 좀처럼 서릿발이 앉지 않기 때문이다.

땅을 갈지 않고 씨앗을 흙으로 덮지도 않는 태평농법에서는 보리는 결코 말라죽을 염려가 없다. 흙 위에서부터 뿌리를 아래로 깊이 내리기 때문에 자생력으로 건강하게 살아 있는 것이다. 이제 기후 덕분이 아니라 토양이 살아나서 우리 땅 어디에서나 보리밟기를 하지 않아도 되는 날이 오기를 꿈꾸고 있다.

시작은 외롭고 힘들었지만 차츰차츰 자연의 순환 체계를 이해하고 땅을 살리려는 동료들이 늘어나고 있으니, 그것이 꿈으로만 그

치지는 않을 거라는 희망이 조금씩 보인다. 그리고 그 희망을 더 크게 키우기 위해 사람들의 손을 붙잡고 이렇게 권유하고 싶어진다.

"나랑 같이 농사 지어봅시다. 난 가을부터 농사를 시작합니다. 그리 어렵지 않아요. 참 간단하고 태평한 농사입니다. 믿기지 않으면 별학섬 고방연구원으로 구경들 오십시오. 매월 하루 날을 정해 연구원을 개방하고 있습니다. 겨울에도 시끌벅적 살아 있는 태평 세상이 바로 여기에 있소이다!"

태평농법의 기지인 고방연구원이 있는 별학섬. 경남 사천시 서포면 비토리의 작은 섬이다.

자운영 피는 뜻은

농부들이 흔히 '풀씨'라고 부르는, 논에서 자라는 일년생 식물이 있는데, 원래 이름은 자운영이다. 보랏빛을 띠는 짙은 분홍색 꽃이 피는 자운영은 일년생 식물로 밤이 길어지면 싹을 틔웠다가 밤이 짧아지면 생명을 마감한다. 즉 벼를 수확하는 추수기에 나왔다가 벼를 심을 시기가 되면 일생이 끝난다. 어여쁜 꽃을 피워서 사람들의 눈을 즐겁게 하고서 흙으로 돌아가는 자운영은 토양을 풍성하고 기름지게 만드는 천연비료로 쓰였다.

자연농법에서 가장 좋은 거름은 그 논에서 수확하고 남은 부산물을 그대로 썩도록 남겨둔 것이다. 논에 자연 비료가 되는 녹비 식물이 자라도록 환경을 만들어주면 그 논은 벼가 잘되는 옥토가 될 수밖에 없다. 어디 먼 산 속에서 부엽토를 긁어오거나 퇴비장에서 일부러 쌓아놓고 썩힌 거름을 가져다 넣으면 토양을 기름지게 만드는 데 별반 도움이 되지 못할 뿐 아니라, 오히려 원래 땅에 있던 미생물들을 괴롭히는 결과를 가져올 수도 있다.

이 자운영은 콩과 식물로서 뿌리에는 박테리아가 많고 잎에는 질소가 풍부해서 예로부터 자운영이 흐드러진 논에는 따로 거름을 줄 필요가 없다고 했다. 화학비료를 사용하지 않고, 자연 환경을 보존하면서 농사를 지었던 선조들의 전통농법에서 자운영은 없어서는 안 될 중요한 자생초였다.

벼와 자운영은 생장 시기가 다르기 때문에 서로 자기만 살겠다고 치열하게 경합을 벌이면서 어느 하나를 죽이는 관계가 아니라, 사이좋게 공생하는 가장 이상적인 관계였다. 벼가 잠시 자리를 비운 논에서 자운영은 평화롭게 살다가 다음 생을 위한 씨를 남길 수 있고, 돌아온 벼는 자운영이 기름지게 가꾼 흙에서 얻은 자양분으로 실하게 영글어가니 서로에게 없어서는 안 될 중요한 존재였다.

더구나 자운영은 워낙 촘촘한 군락을 형성하기 때문에 다른 자생초들이 고개를 들이밀 틈을 주지 않고 자연 소멸하도록 만드는 제초제 역할도 했다.

그런데 어느 순간부터 자운영은 우리 논밭에서 전혀 찾아볼 수 없는 풀이 되었다. 원인은 예전보다 이른 시기에 모내기가 이루어진다는 것과 독성이 강한 화학 제초제 때문이다. 씨를 남기기도 전에 논을 갈아엎고 모내기를 해버린 다음, 그 위에 제초제를 뿌리니 자운영은 씨가 말라버리고 서서히 자취를 감춰버렸다.

태평농법을 연구하기 시작하면서 이 자운영 씨를 구해서 내 논에 심으려고 무던히도 찾아다녔다. 그러나 어느 곳에서도 자운영을 발견할 수가 없었다. 화학비료와 제초제, 농약으로 범벅이 되어 정작 농사에 유익한 자생초도 뿌리를 내리지 못하도록 내쫓아버린 이 땅의 논밭이 처절하게 신음하는 소리가 들리는 듯했다. 화학농법의 폐해가 얼마나 심각한지 다시 한 번 소름끼치도록 느끼고 나니 우울해졌다.

자운영과 함께 또 하나 인상적인 꽃이 바로 달맞이꽃이다. 자운영이 공생을 통해서 자연을 복원하고 지키는 꽃이라면, 달맞이꽃은 쓰레기더미 위에서 피어나서 죽음 직전의 자연을 정화하는 꽃이다. 스스로의 힘으로 안 된다면 야행성 곤충을 끌어 모으기도 한다.

'난지도' 하면 제일 먼저 쓰레기와 악취를 떠올리거나, 아니면 버려진 땅을 연상하기 쉽다. 하지만 처음부터 난지도가 쓰레기와 무슨 연관이 있었다거나 불모지였던 것은 전혀 아니다. 지금은 서울 마포구 성산동, 은평구 수색동과 이어져 섬의 흔적이 거의 남아 있지 않지만 이름에서 알 수 있듯이 난지도는 섬이었다.

망원정 부근에서 갈라진 한강의 지류가 홍제천 방향으로 동북진하다가 서쪽으로 급회전한 뒤, 매봉산 기슭의 마을 어귀를 안고 흐르다 행주산성 쪽에서 서쪽으로 곧장 흘러온 본류와 합해지면서 생겨난 섬이었다. 낙동강의 을숙도처럼 갈대가 무성하고 새들의 먹이가 되는 수생 동식물 또한 풍부해 겨울이면 고니 떼와 오리 등 수만 마리의 철새들이 몰려드는 초원이었다.

이런 난지도가 '문명 통조림', 즉 서울 시민들의 쓰레기 매립장으로 운명이 바뀐 것은 지난 칠십팔 년 삼월부터다. 서울시가 이곳을 쓰레기 및 오물 처리장으로 하는 도시 계획을 인가하면서부터였다. 그 뒤 구십삼 년 삼월, 매립장이 완전 폐쇄될 때까지 십오 년 동안 해발 7미터의 저지대 갈대숲 난지도는 90미터 높이의, 세계적으로도 그 유례가 없는 거대한 쓰레기 동산으로 바뀌고 말았다. 한 도시가 십오 년 동안 내다버린 쓰레기가 여의도보다 큰 섬 하나를 온통 쓰레기 산으로 만든 것이다.

서울시 집계에 따르면 난지도에 매립된 일반 쓰레기와 산업 폐기물 총량은 9197세제곱미터(약 1억2천만 톤)로 8.5톤 트럭 천사백만 대 분량이다. 이처럼 엄청난 양의 쓰레기를 위생 매립이 아닌 단순 투기 방식으로 쌓아 만들어진 난지도는 어떤 모습을 하고 있으며, 여기서는 어떤 생태계가 전개되고 있을까.

아무런 생명체도 살 수 없는 불모지일 것이라는 예상과는 달리 난지도는 거의 빈틈이 없을 정도로 풀과 나무가 무성하게 자라고 있다. 쓰레기차의 소음이 사라지면서 까치, 꿩, 참새, 흰배멧새 등이 인적이 끊긴 숲에서 다시 먹이를 찾으며 자유롭게 날고 있다.

어느 식물학자가 난지도 생태에 대해서 쓴 글을 보니 쓰레기를 흙으로 덮는 복토 작업과 함께 쓰레기 반입이 완전히 끝난 다음 난지도에는 수없이 특이한 식물상, 즉 각종 귀화식물이 무리를 지어 번성하는 '귀화식물 전시장'을 연출하고 있다고 한다. 콩말냉이와 가시상추가 덤불을 이루고, 그 사이사이로 꽃가루 알레르기를 유발하는 독초인 돼지풀과 달맞이꽃, 큰방가지똥, 도꼬마리 등이 자라고 있다.

이처럼 난지도에 귀화식물이 번성하는 이유는 간단하다. 쓰레기 매립이 시작되면서 자연식생이 완전히 파괴되자 발아력과 번식력, 오염에 대한 적응력 등이 강한 귀화식물들이 생태계의 빈틈에 침입해 판을 치게 된 것이다.

난지도 식물상의 또 다른 특징의 하나는 시간의 흐름에 따라 나타나는 식물의 천이 과정을 뚜렷이 볼 수 있다는 점이다. 쓰레기더미를 덮은 황무지에 가장 먼저 침입해 오는 것은 망초, 가시상추, 미국자리공, 콩말냉이 등 귀화식물로 이들이 나대지를 덮은 이후 쑥, 칡 등 자생식물이 들어와 이들 선구식물을 몰아냈다.

그 뒤에는 다시 아카시아와 버드나무 등이 쑥과 칡, 환삼덩굴 등을 밀어내면서 자리를 잡는데 이런 과정이 난지도 매립장의 사면 상하부에 그대로 펼쳐지고 있는 것이다. 그렇다고 난지도가 다시 살아났다거나 이른 시일 안에 정상적이고 안정된 생태계를 회복할 것으로 보는 것은 성급한 판단이다.

그러나 아무것도 살아남을 수 없을 것 같던 쓰레기장을 헤집고 강한 생명력으로 자라나는 생물들을 보고 있으면, 자연의 복원력은 정말 오묘하고 위대하다는 생각이 들 수밖에 없다.

천적을 이용한 농사법, 공생을 통한 제초 등 자연농법을 연구하던 구십년대 초반에 꾸준히 자운영의 흔적을 찾아다니고, 다른 한편으로는 강연 등의 기회가 있을 때마다 다른 농민들에게 자운영의 효용을 거듭 강조해서 설파했다. 요즘 농사를 짓는 젊은이들 중에서는 자운영을 한 번도 보지 못한 이들이 허다하다. 그러다 보니 하나둘 관심을 갖는 이들이 늘어났고, 그들은 나에게 "정말 자운영이 씨가 말랐느냐? 어디서 구해볼 수 없겠느냐?"고 자꾸 채근했다.

구십육년쯤에 사천 공군기지 안에 자운영이 피어 있는 것을 발견하고 달려갔지만 민간인은 출입이 금지되어 있어서 들어갈 수가 없었다. 우여곡절 끝에 경상대 농대 교수님의 도움을 얻어서 간신히 출입 허가증을 받을 수 있었다.

농약을 뿌리지 않은 공군기지 안 외딴 구석에 자운영이 소담하게 피어 있었다. 그 자운영 씨를 소중하게 받으면서 가슴이 푸근해졌는데, 이제는 농정 당국에서 씨앗까지 나누어주면서 자운영 재배를 장려하고 있으니 감회가 새롭기만 하다. 이제야 미약하나마 우리 농업이 조금씩 제자리를 찾아가려는 징조가 아닐까 해서 반갑기도 하다.

무궁화와 미루나무

'무궁화 무궁화 우리 나라꽃, 삼천리 강산에 우리 나라꽃'

노래에도 있듯이, 초등학교만 나왔어도 우리 나라꽃이 무궁화라는 건 다 알고 있다. 그런데 '무궁화 무궁화 우리 나라꽃'이란 부분은 틀림없는 사실이지만, 두 번째 소절은 노래 속에만 존재하고 있는 현실이 되었다. 요즘은 이 나라 삼천리강산에서 무궁화나무를 찾아보기가 그리 쉽지 않기 때문이다.

무궁화는 우리 나라꽃이지만 우리나라에는 제대로 된 무궁화 꽃길도, 무궁화 축제도 없다. 봄이면 온 산천에, 집집마다 마당 한 편에 개나리, 진달래, 철쭉, 벚꽃 등이 지천으로 널려 있지만 무궁화는 잘 보이지 않는다. 말만 나라꽃이지 어디에서도 나라꽃다운 대접을 제대로 받고 있지 못하다.

일본에서는 길가마다 집집마다 벚나무를 심어놓고 축제니 단체관광이니 하면서 구경 길에 나선다. 그런데 우리 나라꽃 무궁화는 혼적도 자취도 점점 사라져가고 있다. 예전에는 그래도 집마다 마당에 한두 그루씩은 있었는데, 지금은 아예 뽑아버렸는지 거의 찾아보기가 힘들다.

삼십육 년간 우리나라를 강제로 식민지로 삼았던 일본인들은 무궁화의 아름다움에 매료되어 지금도 큐슈 지역에 무궁화 꽃길을 만들고 매년 팔월이면 한국 농악대까지 초청해서 화려하게 무궁화 축제를 펼치는 것으로 유명하다.

일본과 영국 등 외국의 다른 나라들에서는 나라꽃을 아끼고 사랑하는 마음이 각별하다. 방방곡곡에 나라꽃을 심어 자라나는 새싹들에게 민족혼을 심어주고 있다. 영국은 이백여 년간 가정주부들의 나라꽃 사랑으로 끊임없이 장미의 육종 개량이 이어져 보잘것없는 찔레를 꽃의 여왕으로 만들었다고 한다. 또 일본은 나라꽃인 벚꽃을 국내뿐 아니라 미국·유럽·동남아 등 세계 곳곳에 심어 일본 정신을 심어가고 있다.

나는 무궁화나무를 참 좋아한다. 소담하면서도 부드럽게 벌어진 꽃송이에서는 그 어떤 꽃도 따라오기 힘든 우아한 아름다움이 느껴진다. 초여름 오후, 햇살이 뜨거워지기 시작하는 날이면 담장 아래 나직이 서 있는 나무에서 막 피어나기 시작한 무궁화는 마음에 한 가닥 서늘함을 던져준다. 나팔꽃은 해가 뜰 때 피고 해바라기는 해를 쫓아간다. 그러나 무궁화는 태양이 떠오르기 한두 시간 전에 피어나기 시작해서 가장 먼저 아침을 맞이하는 진취적인 기상을 담고 있는 꽃이다.

무궁화에 대한 첫 번째 역사 기록은 약 사천이백 년 전에 씌어진 중국 고전 〈산해경〉에서 찾아볼 수 있다.

'군자의 나라가 북방에 있다. 그 땅에는 무궁화가 많아 아침에 피고 저녁에 시든다.'

신라 시대 효종 때, 당대 최고의 문장가로 이름을 날렸던 최치원은 당나라에 보낸 국서에서 처음으로 우리나라를 '근화향', 즉 '무궁화의 나라' 라고 불렀다는 기록도 남아 있다.

무궁화의 고유한 우리말 이름은 '무우게', '무게', '무강', '무관', '무구게' 등인 것으로 알려져 있다. 무궁화는 고려 시대 〈동문선〉에 나오는 최충의 시에서부터 조선 시대 · 일제 시대 · 대한민국에 이르기까지 시 · 독립군 군가 · 민요 등을 통해 우리 민족과 함께 숨쉬어 왔다. 그러나 이땅에 만발하던 무궁화는 애국가의 '무궁화 삼천리 화려 강산' 이라는 노랫말이 무색할 만큼 국민들의 시야에서, 마음에서 사라지고 있다.

무궁화가 수난을 겪기 시작한 것은 1919년 3 · 1운동 직후부터다. 일제는 태극기와 함께 무궁화를 말살하기 위해 모든 학교와 관공서에 심긴 무궁화를 뿌리째 뽑아버렸다. 현재는 삼십 년생 이상 된 것은 전국을 통틀어 백여 그루도 안 될 것이다.

옛 어른들은 무궁화나무를 무척 귀하게 여겼다. 무궁화를 좋아하고 귀하게 여기는 마음이 두루두루 퍼져 있었기에 오늘날 나라꽃으로 지정되기까지 했을 것이다. 요즘 사람들은 왜 옛사람들이 그리도 무궁화를 좋아했는지 궁금할 것이다.

요즘 아이들은 무궁화의 아름다움을 별로 느끼지 못한다. 잔가지가 많아서 위로 솟아나지도 못하고 옆으로 자라니 나무는 그리 볼

품 있는 편이 아니다. 아름드리 고목이 되지도 못하니 시원한 그늘을 만들지도 못한다. 진딧물이 많이 끼어서 관리하기도 여간 까다로운 게 아니다. 그런데 왜?

무궁화는 농사짓는 데 아주 중요한 나무였을 뿐만 아니라 생활 속에서 쓰임새가 많은 나무였다. 자연과 더불어 공생하며 농사를 짓던 우리 선조들은 무궁화와 미루나무를 이용해서 슬기롭게 농사를 지었다. 이 나무들이 논가에서 사라지면서 옛 농법도 잊혀져갔고, 농토가 온갖 화학 물질로 오염되기 시작했다.

무궁화를 미루나무와 짝을 이루어 논가에 심어 놓으면, 해충을 잡아먹는 천적들에게 서식처와 먹이를 제공해 주었다. 그래서 예전에는 물가와 논가에 미루나무를 많이 심었다. 미루나무는 육식충인 무당벌레의 서식처다. 무당벌레 유충은 미루나무 잎을 먹고 자란다. 무당벌레가 완전한 성충이 되려면 육식을 해야 하는데, 초봄까지는 움직임이 빠른 벌레를 잡아먹을 만큼 성장하지 못한다.

무궁화의 진딧물은 봄에 가장 왕성하게 번식한다. 무당벌레는 무궁화나무로 건너가서 진딧물로 포식하면서 성충이 되고, 미루나무에 기생하면서 논밭에 있는 해충들을 잡아먹는다. 살충제를 뿌리지 않아도 논밭에 해충이 없어지는 것이다. 월동하는 성충들은 논에 심어놓은 보리나 밀의 진딧물도 잡아먹는다. 이것이 바로 천적을 이용한 농사법이다. 우리 선조들은 농약을 사용하지 않는 농사법으로 자연에 순응하고 살아오면서 이들을 이용하는 방법을 터득했다.

무궁화는 이렇게 땅과 작물을 오염시키지 않고도 무당벌레나 거미 같은 천적을 이용해 훌륭한 방충 효과를 하는 것은 물론이고, 미루나무가 만드는 시원한 그늘과 산들거리며 불어오는 바람은 벼가 더욱 풍성하게 결실을 맺도록 도와준다. 미루나무 잎이 물에 떨어지면 자연 질소가 만들어진다. 날씨가 너무 더우면 작물도 잘 자라지 않는다. 바람 한 점 없이 무더운 여름날, 벼 잎이 흔들리는 곳은 미루나무 같은 키 큰 나무가 서 있는 곳이다. 큰 나무 아래 부는 바람은 작물의 성장을 부추긴다.

옛 농부들은 미루나무 잎이 거의 다 피면 벼 모판을 할 시기로 알고 미루나무 곁가지를 잘라주어 곧게 자라도록 했다. 잘라낸 미루나무 가지는 잘게 썰어 논에 넣고 벼 모판으로 사용했다.

진딧물이 많아서 무궁화 키우기가 힘들다고 하지만, 미루나무와 함께 있으면 따로 약을 치지 않아도 진딧물을 물리칠 수 있다. 말하자면, 미루나무와는 서로 도움을 주고받으며 스스로도 성장하고 주변에도 도움을 주는 천생연분 궁합이다. 이런 공생의 원리를 이용하면 가정마다, 집집마다 무궁화를 심어서 손쉽게 키우고 가꾸어 다시 삼천리 방방곡곡에 만발하게 피워낼 수 있을 것이다.

어떤 사람은 무궁화는 곁가지가 많고 키가 작아서 미관상 보기 좋은 나무는 아니라고 말하지만, 곁가지가 많다는 것은 그만큼 자생력이 강하다는 것을 뜻한다. 또한 무궁화도 잘만 가꾸면 아름드리나무로 키울 수 있다. 묘포장에 무궁화 씨를 촘촘하게 심는 밀식 파종을 한다. 그렇게 삼사 년을 키워 2미터 정도가 되면 나무는 서로가 살기 위해서 곁가지를 퇴화시킨다. 그런 이후에 옮겨 심으면 곧게 자라서 벚꽃나무보다 훨씬 좋은 가로수가 된다. 어떻게 키우느냐에 따라서 무궁화도 얼마든지 팽나무나 미루나무처럼 많은 잎이 달리고 기다란 가지를 시원하게 뻗치고 서 있는 키 큰 나무로 키울 수 있다.

이른 봄에만 반짝 만발해서 이내 보기 싫게 시들어가는 벚꽃나무 대신 곧게 키운 무궁화를 심으면 초봄부터 가을까지 내내 무궁화의 아름다운 자태를 감상할 수 있다.

무궁화의 좋은 점은 이것뿐만이 아니다. 무궁화는 민족의 혼이 깃든 상징적인 꽃이면서 동시에 의학적 효능도 높아 각종 질병의 민간 요법제로 이용되어 왔다. 허준의 〈동의보감〉에는 무궁화가 감기·구토·버짐·무좀·치질·이질 등에 치료 효과가 있다고 적혀 있다. 또 꽃을 볶아 먹거나 차로 달여서 마시면 장 출혈에 좋다고 한다.

우리 농사와 밀접한 관련이 있는 나라꽃 무궁화를 더 이상 잊혀진 꽃으로 만들지 말자. 기껏해야 관공서나 무슨 기념관 앞마당에서나 겨우 구경할 수 있도록 만들어놓고 어떻게 나라꽃이라 말할 수 있겠는가. 나라꽃을 지키고 가꾸는 것은 우리 민족의 정신을 가꾸는 일이다. 봄이면 벚꽃놀이 행렬이 장사진을 이룬다는 것을 우리는 부끄럽게 여겨야 한다.

이제 우리 땅에는 우리 꽃 무궁화를 심자. 우리 선조들의 정신과 지혜를 심고 가꾸자. 그것이 우리 농촌도 살리는 길이다. 천적을 이용한 농사법을 어렵게 생각하는 사람들이 아직도 많다. 이들은 화학농법만이 과학적이라고 생각하는 사람들이다. 그러나 무궁화와 미루나무가 많아지면 차츰차츰 농약 사용도 줄이면서 땅심도 살릴 수 있게 된다.

텃밭의 지혜 🌿

할머니들이 가꾸는 작은 텃밭을 보면 참 아기자기하다. 손바닥만 한 밭에서 콩이며 상추며 파, 깨, 고추, 부추 등 여러 가지 작물들이 옹기종기 모여 사이좋게 몸을 비비며 자라는 모습이 기특하기도 하다. 도시에서도 옥상이나 집 뜰 한 편에 텃밭을 만들어놓는 집은 봄부터 가을까지 농약 공해에 찌들지 않은 건강한 먹을거리들을 식탁 위에 풍성하게 올릴 수 있다.

나는 이 텃밭에서 많은 것을 배운다. 이곳에서는 경제적인 작물 재배의 전형을 만날 수 있다. 이처럼 작은 밭에서 여러 가지 작물을 한꺼번에 재배할 수 있다는 사실은 다작多作의 무한한 가능성을 시사하고 있다.

나는 오래 전부터 이 텃밭에서 깨달은 원리를 연구하면서 논에서는 삼모작, 밭에서는 육모작이 가능하다는 것을 알게 되었다. 어떻게 이런 작부 체계가 가능할까? 서로 융합하고 어울리는 작물들로 돌려심기를 하면 된다. 가령 이렇다.

논에서는 시월 중순이면 다 자란 벼를 수확한다. 달력을 보고 농사를 짓는 게 아니었던 우리 선조들은 이 때가 수확 시기라는 것을 어떻게 알았을까? 모두가 자연의 순리에 따른 것이다. 이 즈음이면 밤이 길어지고, 밤과 낮의 온도 차이가 10~12도 정도로 벌어지기 시작한다. 이때쯤이면 수확의 시기라는 것을 경험으로 간파했던 것이다. 벼를 수확하면서 보리나 밀을 파종하는데, 약 한 달 뒤면 보리나 밀은 3엽이 나오고 그 상태로 이듬해 봄까지 그대로 유지된다. 봄까지는 거의 자라지 않고 오종종한 상태로 있다. 여기까지는 이모작이다.

보리나 밀이 낮게 서 있는 사이사이에 구월에 미리 모종을 만들어놓은 배추를 옮겨 심는다. 본답에 옮겨 심은 배추는 각종 미생물이 풍부한 토양에서 마음껏 활개를 치며 자라게 된다. 배춧잎은 하루에 한 장씩 만들어지는데 다 자란 배추는 평균 잎 수가 아흔 장 정도 된다. 십일월 중순이면 모판을 만들 때부터 시작해서 삼 개월 반이 되면서 아흔 장 정도의 잎을 가지게 된다. 본격적인 김장철이 시작되는 십이월까지 배추는 그대로 고온과 저온을 접하면서 건강한 먹을거리로 자라난다. 이렇게 하면 삼모작이 충분히 가능하다는 것을 알 수 있다.

다 자란 배추를 수확할 때는 뿌리는 그대로 남겨두어야 한다. 남은 배추 뿌리는 미생물의 양분이 되어서 더욱 기름진 토양을 만들고 보리나 밀이 잘 자라도록 돕는 역할을 한다. 삼모작을 하게 되면 좁은 면적에서 많은 소득을 얻을 수 있고 토양도 윤기 있게 살아나서 더 좋다.

밭은 어떨까? 먼저 사월에 밭에 두벌감자를 심고, 이랑 사이에 두 벌콩을 심는다. 감자를 수확하고 나서는 그 자리에 고구마 순을 심고 콩이 심어진 곳에는 참깨 씨를 뿌린다. 콩을 수확하고 나면 이 밭은 고구마와 참깨 밭이 된다. 고구마와 참깨를 수확할 때쯤 해서 마늘을 심고 상추 씨를 산파하면 밭에서의 작부 체계가 맞아서 잘 자란다.

이때 명심해야 할 것은 수확하지 않은 것, 즉 부산물은 밭에 그대로 두어서 다음 작물이 잘 자랄 수 있도록 밑거름 역할을 하도록 해야 한다는 것이다. 얄궂게 땅이 준 것을 모조리 다 약탈하듯 가져가서 토양이 피폐해지도록 만들지 않으려는 마음은 곧 자연을 농업의 동반자로 여기는 마음이다. 감나무의 감을 모조리 따서 먹지 않고 까치밥으로 몇 알을 남기는 배려도 이런 마음에서 나오는 것이다.

이렇게 돌려심기를 하는 작부 체계 속에서는 자생초가 생존하기 힘들기 때문에 자생초 걱정은 하지 않아도 된다. 선조들의 지혜가 담긴 육모작은 생각하면 할수록 과학적인 작부 체계라는 생각에 절로 무릎을 치게 된다.

이렇게 여러 가지를 심어놓은 작물이 시들시들하거나 가뭄으로 죽어가고 있는 듯이 보일 때, 과연 이 작물이 살아날 가망이 있는지 없는지 알아보는 옛날 방법이 있다. 새벽부터 아침까지 속잎을 관찰해서 힘이 있으면 살아날 것이고 없으면 죽어가는 것으로 다른 대책을 세워 주어야 한다. 이는 자연의 신호등이다. 인간도 마찬가지가 아닌가! 남성들이 새벽부터 아침까지 발기가 되지 않으면 건강에 이상이 있는 것과 마찬가지 이치다.

농업 경제를 연구하는 학자분들한테 책상머리에서 이론으로만 우리 농업 경제력 운운하지 말고 더도 말고 덜도 말고 딱 하루만 이 텃밭머리에 앉아서 작물들을 유심히 들여다볼 것을 권하고 싶다. 분명 깨닫는 바가 있을 것이다.

한미FTA와 관련해서 쌀 시장 개방에 대한 걱정들이 불거져 나올 때마다 늘 떠오르는 화두는 '우리 농산물이 어떻게 하면 수입 농산물에 맞서서 경쟁력을 가질 수 있느냐' 하는 것이다. 우리 농산물 가격이 수입 농산물보다 싸거나, 아니면 비싸도 선뜻 선택할 수 있을 만큼 품질이 우수하다면 무슨 문제일까만 실제 형편이 그렇지 못하니 이런 문제들이 끊임없이 고민거리가 되고 있는 것이다.

국제 농자재비는 인상되는데 대부분의 원자재를 수입에 의존하고 있어 비료 값 역시 오르고, 종자 값도 천정부지로 치솟았다. 게다가 생산에 필요한 자재 투입량은 상상도 못할 정도로 늘어나고 있으니 농비 부담은 갈수록 높아질 수밖에 없다.

농사짓는 데 들어가는 기본비용이 예전보다 몇 배나 치솟으니, 당연히 그 논밭에서 나온 소출들에 비싼 값을 받으려고 할 수밖에 없는 일이다. 간략하게 말하면 고투입 고품질 고가판매 농정은 있을 수 없다. 포장지를 비롯한 자재업자는 살찌고 농자재로 인한 환경은 파괴되고 농민은 죽어간다는 것이다.

만일, 수입 농산물이 서너 배쯤 싸게 들어온다면 도시 소비자들이 그래도 비싼 우리 농산물에 손을 뻗을까? 글쎄, 그렇다고 믿고 장담할 수많은 없다.

수입 농산물을 사먹는다고 해도 그 사람들만 탓할 일은 아니다.

농약으로 잔뜩 버무려서 키운 농산물을 내놓고 비싼 값에 사라고 하니 말이다. 당장 먹고사는 일이 목전에 걱정으로 와 있는데 기왕이면 싼 먹을거리를 구입하려는 건 당연한 일이다.

몇 년 전만 해도 정부는 '우리 입맛에는 우리 쌀이 맞기 때문에 아무리 외국 쌀이 들어온다고 해도 상대가 되지 않는다'고 큰소리를 쳤다. 농민들이 그 말을 액면 그대로 믿었다면 소 몰고 깃발 들고 서울 여의도까지 올라가서 '쌀 시장 개방 결사반대'라고 써 붙이고 데모하지는 않았을 것이다.

지금 우리나라에서 재배하는 쌀은 대부분 단닙종이다. 우리 토양과 기후에서 재배하기 적당하고 우리 입맛에도 잘 맞는 편이어서 가장 많이 재배하는 종자다.

그러나 만일, 쌀 시장이 완전 개방되면 광활한 농토를 가지고 있는 미국에서 한국의 시장을 겨냥하고 똑같은 단닙종을 생산하지 말란 법이 없다.

자신들보다 가난한 약소국가들을 상대해서 장사하는 데는 도가트인 그들이 쌀을 주식으로 삼고 있는, 쌀이 없으면 하루도 지탱하지 못하는 사람들이 대부분인 우리나라 같은 큰 시장을 그냥 보고 지나칠 리가 없다. 캘리포니아는 위도상 우리나라와 비슷하면서 또 따뜻해서 오히려 대규모 경작 수확한 단닙종 쌀을 싼 값으로 가져다 팔 수도 있다.

또한 많은 땅이 농지처럼 되어 있고 쌀 생산에 적지인 광활한 중국이 바로 옆에 있다. 우리 한국에서 다국적 쌀이 저투입 생산되어 값이 싸고, 맛은 좋거나 우리 쌀과 비슷하다면 수입쌀을 선택하는 사람들이 많아질 것이다.

물론 쌀이라는 것이 단지 주린 배를 채우기 위한 먹을거리만은 아니다. 태어나고 발을 딛고 사는 이 나라, 우리 땅심을 자양분 삼고 이 나라 이슬을 먹고 자란 쌀이 그 어느 것보다도 가장 좋은 먹을거리임은 두말할 필요가 없다. 그래서 신토불이란 말을 외쳐대나 본데, '우리 쌀을 먹어야 한다'는 애국심에만 호소해서 될 일이 아니다.

밥이 되는 먹을거리, 즉 쌀은 우리에게는 생명이고 정신이며 기氣라는 것을 절실하게 일깨워야 한다.

나라 경제가 파탄 나서 가정 경제가 거덜 날 판에 있는 사람들은 당장의 애국심보다는 한 푼이라도 덜 쓰고 절약할 수 있는 쪽을 선택할 수밖에 없는 것이다. 만일 소비자들이 수입 쌀을 선택하게 된다면, 그렇게 할 수밖에 없는 경제 사정을 만든 사람들이 책임을 져야 한다.

그렇다면 어떻게 우리 소비자들한테 쌀이 '생명의 밥'이면서 동시에 '정신의 밥'이라는 것을 설득할 수 있을까? 이 문제는 무척 어려운 것처럼 보이지만 사실은 간단명료한 해법이 있다. 나처럼 자연농법을 하는 분들은 오래 전부터 우리 쌀의 경쟁력을 염두에 두고 계속 주장해 왔던 일이다.

백 마디 표어나 구호보다도 우선은 값을 내려야 한다. 쌀값을 내리려면 농사에 소요되는 비용, 즉 농비가 줄어들어야 한다. 생산 비용에 대해서 한번 생각해보자. 무조건 고품질만을 주장해서는 경쟁력이 없다. 저투입 고품질이어야지 고투입해서는 농사를 지속하는 것이 불가능하다. 그런데도 지금 우리 농업의 현실은 고투입에 저품질로 치닫고 있다.

지금처럼 각종 화학 비료에 기대어 농사를 짓는 화학농법으로는 농비를 줄일 수 없다. 비료 값을 들이지 않고 농약 값을 들이지 않고 자연의 힘을 빌려 농사를 지으면 당연히 농비는 줄어들 수밖에 없다. 또한 이제까지 화학 비료 사고 농기계 사고 정부가 권장한 특용작물 재배하다가 망해서 빚더미에 올라앉은 농민들의 부채를 탕감해 주어 홀가분하게 농사를 지을 수 있도록 해야 한다.

자연농법을 하면 한 사람이 재배할 수 있는 면적이 훨씬 늘어나기 때문에 자연히 농업이 경쟁력을 가질 수 있다. 자연농법으로 무공해 농산물을 생산하게 되니 미심쩍은 수입 농산물보다는 조금 더 비싸더라도 심신의 건강을 지켜주는 우리 농산물을 찾게 될 것이다. 이것이 바로 외국산 농산물에 맞서 우리 농산물이 경쟁력을 가질 수 있게 하는 가장 확실한 방법이다. 이렇게 간단한 해결 방법을 이제껏 자연농법 하시는 분들이 줄기차게 주장해 왔는데도 받아들여지지 않고, 다른 먼 곳에서만 방법을 찾고 있으니 가슴이 답답할 뿐이다.

완전 개방이 불가피해질 것 같으니까 농정 당국에서는 '우리도 기업농 제도를 도입해서 영농 단위를 대규모화하고 효율화하는 것이 필요하다'고 강변한다. 관행농법의 기본 체계를 변화시키지 않고 무조건 기계화, 규모화, 시설화를 주장하는 것은 매우 위험한 발상이다. 역사 이래 농사를 지어본 적도 없는 이들이 목청만 높인다.

농업 정책은 단순히 농업의 생산 효율성을 높이는 것만이 아니라, 농민의 생존과 생활력을 함께 염두에 두어야 하는데, 섣부른 기업농 제도는 농민들의 생존 근거를 급속하게 빼앗아갈 우려가 있다. 문제는 기존 소농 구조 자체에 있는 것이 아니다. 오히려 우리 농촌이 살려면 더욱 작은 구조, 작은 단위로 흩어져서 가족농 제도를 정착시켜야 한다. '뭉치면 살고 흩어지면 죽는다'고 하지만, 나는 이렇게 말하고 싶다. '뭉치면 죽고 흩어져야만 살 수 있다'고. 그게 지금 우리 농촌이 맞닥뜨리고 있는 현실이다.

농업을 기업화한다고 하면 제일 먼저 벌떼처럼 달려드는 이들이 도시의 농업 투기꾼들이다. 따라서 구조 개선의 방향은 도시 자본에게 농토를 빼앗길 수도 있는 기업농 제도가 아니라 직접 생산자인 농민들이 작은 단위로 흩어져서 다시 협업농으로 모이는 제도가 되어야 할 것이다.

큰 것만 좋아하는 사람들, 현대화만 추구하는 사람들, 외국 영농에서 모범을 찾으려는 사람들……. 모두가 한 평의 작은 텃밭이 지니는 경제력에서 더 많은 것을 배워야 한다.

고방연구원 작물시험장에서 실험재배 중인 작물들

열두 대문 농가의 작부 체계

86년 늦은 여름이었다. 나는 정수리에 내리꽂히는 뙤약볕을 받고 땀을 뻘뻘 흘리며 지리산 자락에 있는 운봉 땅을 지나고 있었다. 농사짓는 틈틈이 옛 농법의 흔적을 찾아서 덕유산 기슭으로, 남해안으로, 서해안으로, 전국을 돌아다니며 선조들의 농법에 대해서 묻고 자료를 수집해온 지 벌써 이 년째였다.

만나는 마을마다 칠십 세 이상의 고령자들을 찾아다니며 그들의 경험담을 듣고, 그 지역의 일조 조건, 기온, 농사 방법 등을 유심히 살펴보았다. 발바닥은 온통 물집이 잡혀서 쓰라렸고, 지친 관절은 마디마디 휘어질 듯 아파왔다. 몸은 지치고 힘들었지만, 그럴수록 머릿속은 투명한 유리알처럼 맑아졌다.

많은 농부들을 만나고 전국 각지의 농사 방법을 비교해 볼수록 땅을 갈지 않은 상태에서 마른 종자를 파종하는 무경운 직파 재배법을 더욱 고집하게 되었다. 할 일은 많고 소득은 적어서 점차 벼 재배를 기피하고 있는 농촌의 현실을 바꾸어놓을 수 있는 새로운 농작법이라고 확신을 갖게 된 것이다.

이 방법으로 농사를 짓게 되면 관행농법에서 당연하게 해오던 모판 만들기, 모내기, 비료 주기 과정이 필요 없게 된다. 날로 적어지는 농촌의 일손을 생각하면 앞으로 닥칠 노동력 부족에 따른 인건비 지출을 최소한으로 줄일 수 있는 방법인 것이다.

또한 화학비료를 사용하지 않으니 영농 자금이 그만큼 절약되고, 농기계도 필요 없으니 값도 비싸고 고장도 잦은 농기계 때문에 시달리지 않아도 된다는 희망의 싹이 눈앞에 보였다. 자연친화적인 농법으로 가는 길을 발견했다는 희열이 온통 나를 감싸 안았다. 그러나 아직 해결되지 않은 문제가 있었다. 그것은 '자생초 제거 방법'이었다.

오십칠 일 만에 조기 출수한 벼와 그 뒤에 이십여 일 늦게 파종한 벼를 함께 수확한 이후로 무경운 직파로 농사가 가능하다는 걸 알게 되었고 그 이듬해, 이번에는 실험적으로 구백 평의 논에 마른 종자를 뿌렸다. 그런데 수확 시기가 되자 논은 온갖 자생초로 뒤덮여서 그야말로 '풀농사'가 되어버리고 말았다. 제대로 수확을 할 수가 없을 지경이었다.

다시 이듬해에 같은 방법으로 파종을 했지만 결과는 역시 마찬가지였다. 그 원인을 곰곰이 따져보니 다음과 같았다. 첫째, 노지 상태에서 직파를 해서 습도를 조절할 수 없었기 때문에 발아가 균일하게 이루어지지 못했다. 둘째, 마른 땅에 뿌려진 볍씨를 표적으로 달려드는 새들로 인해서 많은 피해를 입게 되었다. 셋째, 무성하게 솟구치는 자생초를 제거하기 위한 뾰족한 대안이 없었다. 이와 같은 결론으로 원인은 밝힐 수 있었지만, 그 다음 단계로 나아갈 수가 없었다.

제초제를 사용하지 않았기 때문에 자생초를 없애기 위해서는 뭔가 다른 대안이 필요했다. 그러나 혹시 어떤 힌트를 얻을 수 있을까 해서 각지를 돌아다녀 보았지만 이렇다 할 해답을 찾을 수 없었다.

이 년 동안 '풀 농사'에 쏟아 부은 돈도 적지 않았다. 다행히 농기계 수리소를 계속 운영하고 있었기 때문에 밥을 굶을 정도는 아니었다. 가진 돈을 다 쏟아 넣고도 매년 풀 농사만 지어대는 걸 보고 동네 사람들은 '미친 놈'이라고 쑤군거렸다. 그나마 나를 측은하게 생각한 이웃들은 손수 제초제를 사들고 와서 놓고 가기도 했다. 그러나 새로운 농법이 한계에 부딪히고, 사람들이 손가락질을 하는 괴로운 나날 속에서도 내 신념은 결코 꺾이지 않았다.

'사람은 자연이 없이는 한시도 살아갈 수 없는 존재다. 그런데 이제까지 사람들은 과학이라는 이름으로 자연을 훼손하고 피폐하게 만들어왔을 뿐이다. 더 늦기 전에 자연과 더불어 농사짓는 방법으로 전환해야 한다. 여기서 그만두면 나는 이 땅에서 살아가지 못할 것이다. 내 아이들도 살아가지 못할 것이다. 어느 누구도 살아나지 못할 것이다.'

스스로에게 끊임없이 묻고 다짐하며 새로운 농법의 돌파구를 찾는 일은 계속되었다.

그 여름에 우연히 발길이 운봉에 닿았다. 이런저런 생각에 잠겨 길을 걷고 있는데, 저쪽에서 열심히 풀을 베고 있는 한 노인의 모습이 눈에 들어왔다. 초로의 농부는 풀을 가득 베어서 나무 밑동을 둘러가며 깔아주고 있었다. 그걸 보고 있자니 이상한 생각이 들었다. 그 농부가 하고 있는 일은 일반적인 상식으로는 이해하기 힘든 일이었다. 베어낸 풀을 퇴비로 만들려면 따로 퇴비장에 쌓아두어야 할 터였다. 말려두려고 한다면 햇빛에 내다 널어야지 왜 그늘진 나무 밑에 깔아놓는 것일까.

나는 당장 그 노인에게 달려가서 꾸벅 인사를 하고 물어보았다.

"어르신, 풀을 말리려면 햇빛에 내다 널어야지 왜 나무 밑에 놓습니꺼?"

농부는 나를 한번 힐끔 쳐다보더니, 아무런 대꾸도 없이 다시 낫질에만 열중했다. 마치 '별 이상한 놈 다보겠다'는 투였다. 재차 물어보았지만 이번에는 쳐다보지도 않고 묵묵히 하던 일만 계속했다. 한동안 꾸어다놓은 보릿자루처럼 옆에 서 있었다.

'저 노인이 벙어리라서 내 말을 못 알아듣는가 보다' 싶은 생각이 들어서 돌아서 오는데, "어이, 이봐" 하면서 노인이 부르는 소리가 들렸다. 돌아보니 낫을 들고 있는 손을 휘두르며 나를 부르고 있었다. 다시 가까이 다가가니, "내가 풀을 베어서 나무 밑에 쌓든 둘러 엎든 씹어 먹든지 간에 건 알아서 뭐 할라꼬?" 하고 퉁명스럽게 묻는 것이었다.

"저는 하동에서 농사짓는 이영문이라는 사람입니더. 몇 년 전부터 화학비료를 전혀 쓰지 않고 전통 농법에 맞게 농사짓는 방법을 찾기 위해서 고심하고 있는데, 우연히 지나다가 어르신을 보고 혹시 도움을 좀 받을 수 있을까 해서예."

쭈뼛거리며 말을 꺼내자, 노인은 들고 있던 낫을 내려놓고 허리

춤에서 담배를 꺼내 물며 바닥에 털썩 앉았다. 나는 얼른 라이터를 꺼내 노인의 담배에 불을 붙여주고 따라서 주저앉았다.

"우리가 언제부터 비료도 돈 주고 사 쓰기 시작했다고. 너도 나도 그것 없으면 죽는 줄 안다야. 풀이라는 것이 숨통만 막아놓으면 자연히 맥이 끊어지는 거인데……. 도무지 요즘은 땅심이 시원찮아서 농사를 지어도 풀기가 없어야……."

노인은 담배 연기를 하늘로 날리며 한숨처럼 중얼거렸다. 그날 노인이 들려주는 얘기를 들으면서 그동안 내 머릿속에 펼쳐진 희뿌연 안개가 일시에 확 걷혀버리는 것을 느낄 수 있었다. 마치 장님이 개안하는 것 같은 환한 빛이 감은 내 눈을 번쩍 뜨이게 했다. 해답은 너무나 가까운 곳에 있었고 지극히 간단명료한 것이었다.

그 노인은 오래 전부터 과수 농사를 지으면서 전혀 제초제를 쓰지 않고, 자생초 베기도 하지 않았다고 한다. 논에서 베어낸 풀을 가져다 덮어주기만 했다고 한다. 나도 모르게 노인의 거친 두 손을 부여잡고 몇 번이나 감사하다는 인사를 했다.

노인의 경험에 따르면 풀을 베어 덮으면 그 아래에는 다른 풀들이 자라지 못해서 자연스럽게 자생초가 제거된다고 했다. 또한 부엽토가 만들어지면서 각종 미생물이나 천적이 자유롭게 활동할 수 있는 근거지가 되고, 풀이 썩으면서 자연스럽게 유기물 비료가 공급되는 것이다.

화학비료를 쓰지 않던 옛날에는 오히려 지금보다 농사에 필요한 일손이 더 적었다. 열두 대문 솟을 기와를 얹은 집에 천석, 만석 농사를 짓는 떵떵거리는 부농이라도 농사에 필요한 일손은 그리 많지 않았다. 비료라고 해야 일 년 내내 준비되어 있는 똥거름이나 자연의 부엽토를 활용했고, 자생초도 사람이 손으로 뽑을 수 있을 정도였다.

지금은 어떤가. 이제는 강력한 제초제가 아니면 농사를 짓지 못할 지경이 되었다. 온갖 밭농사에 비닐을 사용하니 여기에 소요되는 시간과 경비도 만만치 않다. 모두 화학 농법에 의존하는 관행이 불러온 낭비요, 폐해가 아닐 수 없다.

운봉의 노인이 몸으로 가르쳐준 지혜는 아무것도 아닌 듯하지만 우리가 어떻게 농사를 지어야 하는지 그 근원을 일깨워주고 있는 것이다. 이것이 우리 선조들의 농법, 열두 대문 농가에서 사람과 자연이 어우러져 거뜬히 농사일을 했던 우리 선조들의 지혜를 담은 농법이다.

이러한 농법으로 생산되는 농산물은 우리 국민의 건강에도 좋다는 의미와, 농법 구성 요소마다 고유 기능을 평화롭게 수행하고 있다는 의미에서 태평농법이라고 이름 짓게 되었다.

밭에는 육모작, 논에는 삼모작 🍂

우리 선조들은 '삼'이라는 숫자를 유난히 좋아해서 삼과 그 배수를 행운의 숫자로 생각했다. 그래서 옛 농법에는 밭에서는 육모작, 논에서는 삼모작을 하는 것을 가장 이상적인 작부 체계로 여겼다. 화학농법이 시작되면서 이 체계는 모조리 무너지고 무시되어 버렸는데, 태평농법에서 이 작부 체계를 다시 되살렸다.

태평농법이란 경비와 노력을 적게 들이면서 효과적인 농사를 지을 수 있게 하는 자연 영농 방법이다. 태평농법의 기본 줄기는 무경운 이모작 건답 산조 직파 재배농법에서 시작된다. 이를 기본으로 해서 시행하는 중요한 네 가지 원칙이 있다.

첫째, 무경운은 절대 밭을 갈아서는 안 된다는 얘기가 아니다. 인간의 손이나 기계의 힘을 빌려 갈아주지 않는 것일 뿐, 땅은 생물학적 경운이 이미 이루어져 있다는 것을 말한다. 수도작이나 맥류의 뿌리에 의해서 흙 속에 산소가 잘 통하고 배수가 잘 되는 토질이 되며 지속적으로 유기물이 공급되고 있다.

둘째, 짚 피복과 제초 효과다. 씨앗 위에 짚을 피복함으로써 수확할 때 이미 나 있는 자생초는 두껍게 피복된 짚에 의해 빛이 차단되어 죽어버리고, 늦게 발아하는 자생초는 자생초 순이 작물 순보다 아주 가늘게 도장되므로 물대주기를 하면 맥류 짚이 썩으면서 볏짚의 남은 섬유질과 도장된 자생초가 녹아버린다.

셋째, 무시비다. 벼와 맥류의 짚이나 뿌리가 썩으면서 순환농법에 의한 토양 미생물의 왕성한 활동으로 유기질이 충분히 공급된다. 무경운 건답 직파라는 특수성으로 인해 씨앗은 뿌리부터 먼저 나오는 정상적인 발아를 한다. 따라서 튼튼하게 자란 뿌리가 지속적으로 충분한 영양분을 흡수할 수 있게 된다.

비료가 불필요한 이유를 구체적으로 설명하자면 이렇다. 앞서 재배한 작물의 뿌리가 썩으면서 산소 공급이 잘 되고 피복된 짚에 의해 서서히 유기질 양분이 만들어진다. 동시에 토양을 죽이는 제초제를 뿌리지 않았기 때문에 미생물의 왕성한 활동이 토양의 부엽토화를 빨리 일으키게 된다. 순보다 먼저 나온 뿌리가 이들 양분과 수분, 산소를 왕성하게 흡수해서 건강하게 자랄 수 있는 것이다.

넷째, 농약을 치지 않음으로 작물의 환경 적응성을 높인다. 천적과 적당한 자생초들과 경합하면서 자라는 작물들은 웬만한 외부 작용으로는 크게 영향을 받지 않는 건강함을 지니고 자란다. 병충해에도 혼자서 싸워 이길 만큼의 내성을 획득하게 되는 것이다.

이 네 가지 원칙은 관행농법을 정면으로 부정하는 것이다. 지난 팔십 년대 초부터 시작된 벼 조기 이앙으로 인해서 발생하는 문제점이 적지 않다. 요즘 벼가 냉해를 입거나 논에 벼물바구미 끝동매미충과 볏잎굴파리, 매미충 등과 같은 저온성 해충이 기승을 부리는 것도 알고 보면 무논에 일찍 모를 내다 심었기 때문이다. 해충 방제를 위해 마구 살충제를 뿌려 보지만 애먼 천적만 해칠 뿐, 해충들을 완전히 사라지게 하는 것은 아니다.

논을 깊게 써레질하는 일 역시 그다지 효과적이지 못하다. 흙이 너무 부드러우면 배수가 잘 되지 않고 흙 속 산소의 흐름이 차단되기 때문이다. 특히 마디풀과 자생초의 경우 써레질을 함으로써 오히려 번식이 왕성해지는 역효과를 초래하고 있다. 잘려진 자생초 줄기에서 발아가 시작되면 논은 온통 자생초로 뒤덮여버리고, 결과적으로 농민 스스로 자생초를 꺾꽂이해서 심는 셈이 된다.

태평농법은 이런 단점을 보완하기 위해 개발한 농사법이다. 결론부터 말하면 땅을 갈지 않고, 비료와 농약을 사용하지 않으며 제초 작업도 하지 않는 것이 이 농법의 핵심이다. 즉 무경운 건답 이모작 직파하는 환경친화적인 농법이라는 점이 많은 사람들의 관심의 대상이 되고 있다.

이 농법을 적용할 수 있는 작물은 미맥류다. 무경운 이모작 건답 직파 재배법으로 쌀과 보리, 밀 등을 수확과 동시에 파종할 수 있다. 이 농사를 위해서 무경운 산조 직파기라는 기계도 개발해서 영농에 직접 활용했다.

길이 150센티미터, 폭 35센티미터, 무게 25킬로그램인 이 직파기는 콤바인에 간편하게 부착할 수 있는데 콤바인 왼쪽 바퀴의 구동으로 인해 동력이 전달되어 종자가 골고루 뿌려지도록 만들었다. 또한 방향을 바꿀 때는 자동으로 파종 양이 조절될 뿐만 아니라 후

진할 때는 파종이 되지 않도록 고안되어 중복 파종도 막을 수 있다. 콤바인이 주행할 경우 파종 간격은 50~60센티미터, 세로 20센티미터, 간격이 20센티미터로 한 두둑에 2조씩 파종된다.

벼 파종 시기는 오월 중순에서 유월 중순이 알맞다. 밀과 보리를 수확하는 시기에 맞춰 맥류 수확과 동시에 벼 파종을 실시하는 것이다. 이때 종자는 물에 담그지 않은 것을 사용하되 조생 소립종이 좋다. 굳이 땅을 갈지 않아도 되는 이유는 보리나 밀의 경우 뿌리에 의해서 흙이 자연적으로 부풀려지고 부드러워지기 때문이다. 또 공기 유입과 배수가 잘 되어 작물 생육에도 전혀 지장이 없다.

파종 후에는 자생초 제거를 위해서 짚으로 파종한 자리를 덮어준다. 이렇게 하면 수확 시 이미 자라던 자생초들도 짚에 의해서 빛이 차단되어 죽고, 뒤늦게 발아하는 자생초들도 맥류 짚과 함께 썩게 된다. 파종 후 삼십 일 정도가 지나면 논에 물을 대준다. 하지만 처음 일이 년까지는 발아 시기에 끝동매미충의 피해가 우려되므로 이에 주의한다.

직파한 벼는 분얼(식물의 땅속에 있는 마디에서 가지가 나옴)이 자연적으로 조절되고 쓰러지지도 않는다. 자생초로 인한 피해도 거의 없다. 오랫동안 쌀농사만 지을 경우에는 볏짚 섬유질 층이 형성되어 지속적인 무경운 재배가 불가능하지만, 맥류와 이모작으로 재배하면 맥류 짚이 썩을 때 볏짚의 섬유질까지 완전 분해되어 이차로 발아하는 어린 자생초마저 죽게 된다.

미생물들에게는 썩은 뿌리와 짚이 먹이가 될 수 있다. 미생물의 활동이 왕성해지면 흙이 부엽토가 되어 농작물이 자랄 수 있는 최적의 상태로 변한다. 유기질 성분이 많은 땅에서는 작물의 뿌리가 튼튼해져 양분 흡수력이 뛰어나고, 토양에 함유된 미량 원소를 충분히 공급받은 작물은 병충해에 대한 내성이 강해지게 마련이다.

자생초를 제거하고 병충해를 관리하기 위해서 제초제를 뿌리거나 다른 농약을 뿌릴 필요가 없다. 또 비배 관리를 위해 화학배료를 시비하지 않아도 된다. 다만 맥류 수확과 동시에 볍씨를 파종한 후 자생초가 짚에 덮이지 않을 경우 약간의 농약을 사용할 수도 있다. 이때는 토양에 약물이 침투하지 않도록 유의해야 한다.

이 농법으로 인한 기대 효과는 많다. 그 중에서 가장 중요한 것은 우선 생산비를 크게 절감할 수 있다는 것이다. 한 가지 작물을 수확함과 동시에 다른 작물을 파종하는 과정을 되풀이함으로써 관행농법에 비해서 생산비를 월등히 절감할 수 있다는 것이 큰 이점으로 꼽힌다.

농약과 비료를 전혀 사용하지 않고 지은 쌀농사지만, 수확량은 전국 평균 생산량에 비해 높은 편이다. 이삭 하나에는 75~197개의 알곡이 달렸으며, 1제곱미터당 이삭 수는 543~587개였다. 550개 이상이면 풍년작에 속한다.

이렇게 생산한 쌀은 공들인 만큼 일반 쌀에 비해서 값도 적절하게 높여 받을 수 있다. 완전 무공해 쌀이기 때문에 소비자들은 값이 다소 비싸더라도 그만한 값어치가 있다고 생각하기에 가격에 대한 큰 부담 없이 구입한다.

지금 우리 농촌은 너무나 가난하다. 수확을 하고 나서도 어디서나 기쁨에 들떠 부르는 풍년가는 이제 들리지 않은 지 오래다. 언제까지 우리 농촌이 가난과 고된 중노동에 시달리고 신음해야 하는지 안타깝기만 하다.

또 하나 안타까운 것은 자연농법을 하면 경제적으로 어려워진다는 고정관념이다. 지금의 지나친 농약 사용을 우려하고 고민하는 농부들도 경제적인 문제 때문에 쉽사리 자연농법을 택하지 못하고 있다.

그러나 이 또한 잘못된 생각이다. 내가 태평농법을 널리 보급하기 위해서 애쓰는 것도 우리 농민들이 자연에 순응하는 농사를 짓는 것이 관행농법을 하는 것보다 경제적으로도 훨씬 이득이라는 것을 알려주고 싶기 때문이다. 그리하여 다함께 손잡고 농약 공해 없는 푸르른 들판에서 힘찬 풍년가를 부르고 싶기 때문이다.

기존 농법과 태평농법을 비교하면 다음과 같다. 기존 농법은, 첫째, 인간을 '정', 자연은 '부'로 하는 농법이다. 둘째, 수확량이 적고 생산비가 많이 든다. 셋째, 제초가 어렵다. 넷째, 한 사람이 넓은 면적을 영농하기 어렵다. 다섯째, 외국 기계에 맞춰서 하는 농법이다.

태평농법은, 첫째, 자연은 '정'으로, 사람은 자연의 일부이니 당연히 '부'로 하는 농법이다. 둘째, 다수확 농법이며 생산비가 훨씬 적게 든다. 셋째, 제초 작업이 필요 없다. 넷째, 노동력이 아주 적게 든다. 다섯째, 농기계, 농약, 화학비료가 거의 필요치 않다. 여섯째, 생산비 노동력이 관행에 비해 육분의 일이면 충분하므로 한 사람이 경작할 수 있는 농지를 여섯 배로 늘려 경작할 수 있다.

채소 궁합 맞추기

가을걷이가 끝나갈 즈음 나는 또 하나의 농사를 준비한다. 벼를 수확하고 보리와 밀을 파종한 다음에는 밭으로 나가는 것이다. 내년 봄을 준비하는 채소들이 나의 손길을 기다리고 있다. 태평농법에서는 모든 농사가 가을부터 시작된다. 채소 농사도 마찬가지다.

흔히들 밭작물은 몇 년씩 계속해서 심으면 연작 피해가 발생한다고 한다. 하지만 그 또한 식물의 상호 작용과 특성에 맞춰 재배하면 크게 걱정할 사항이 못 된다. 지금부터 나와 함께 태평농법으로 채소 농사를 지어보자.

먼저 우리 밥상에서 빼놓을 수 없는 단골 양념인 마늘을 심어야겠다. 아주 간단하다. 흙을 부드럽게 해준다는 핑계로 로터리를 칠 필요도 없다. 논과 마찬가지로 밭에서도 흙을 살리려면 그 기계부터 멀리하는 것이 좋다. 토양 살충제니 제초제니 비료니 모두 다 필요 없다. 어차피 아침마다 서리가 내리면서 자생초와 해충을 알아서 막아줄 테니까 말이다. 비닐 멀칭도 필요 없다. 추운 겨울이니 비닐로 마늘을 감싸서 따뜻하게 보호해야겠다는 마음은 가상하지만 마늘 처지에서 보면 그게 오히려 괴롭다. 첫째는 뿌리가 산소를 호흡할 수 있는 통로를 막아버리니 괴롭고, 둘째는 따뜻한 곳을 찾아 모여드는 벌레들 때문에 괴롭다. 차라리 겨울 찬바람을 맞더라도 마음껏 숨 쉬면서 꿋꿋하게 살아가는 쪽이 훨씬 편하다. 실제로 마늘은 흙 속에 뿌리 두 개만 내리면 영하로 떨어지는 혹독한 추위도 잘 견딘다. 생장을 잠시 멈출 뿐이지 얼어 죽는 일은 없다.

선심을 쓰는 대신 마늘 심을 땅을 깨끗이 걷어내는 일만 하지 않으면 무척 좋아한다. 이전에 콩을 심었던 자리라면 남아 있는 콩깍지나 콩대를 걷어내지 말고 그대로 두라는 뜻이다. 그것들을 의지하여 살아 나갈 미생물을 위해서 말이다.

마늘을 심을 때는 마늘쪽 한 배 반쯤 깊이로 구멍을 뚫어주고 그 자리에 마늘쪽을 넣는다. 그게 끝이다. 흙을 덮어줄 필요도 없다. 흙을 덮으면 산소가 부족해서 뿌리의 발육이 늦고 순만 올라오게 된다. 이렇게 하면 벌레가 들어갈 염려도 없다. 그냥 구멍 속에 넣어두기만 하면 마늘은 혼자서 뿌리를 내리고 겨울을 보낼 것이다. 너무 추우면 얼어서 말랑말랑해지기도 할 테지만 죽지는 않는다.

다만 그 상태로 방치하면 한 가지 걱정되는 일이 있다. 이듬해 봄이 되면 비닐을 덮지 않았기 때문에 자생초가 비온 뒤 죽순 올라오듯 자라날 것이다. 마늘 밭이 아니라 온통 풀밭이 될 게 뻔하다. 그러나 마늘을 심고 상추 씨를 골고루 뿌려주면 그 사태를 미리 막을 수 있다. 상추 씨가 바로 내년 봄 자생초를 막아줄 일꾼인 것이다. 겨울에 심은 상추밭에서는 자생초가 자라지 못한다. 넓은 잎으로 빛을 차단시켜 주기 때문이다. 마늘과 함께 뿌린 상추 씨가 떡잎을 내밀고 겨우내 조금씩 조금씩 자랄 것이다. 그러다가 봄이 되면 활짝 잎을 키운다. 자생초는 이제 막 순을 내밀 시기지만 상추 잎이 떡 버티고 있으니 그만 도리가 없어진다.

자생초 때문에 귀찮을 일도 없이 쑥쑥 잘 자란 마늘을 수확해서 좋고, 곁들여 상추쌈까지 푸짐하게 먹을 수 있으니 봄밭에 선 농부의 마음도 그만하면 부러울 게 없이 넉넉할 것이다. 더구나 겨울을 지낸 상추의 맛은 또 어떤가. 약간 쓰고 쏘는 듯하면서 고소한 것이 먹어보지 않은 사람은 절대로 알 수 없다.

혹 마늘 대신 양파를 심는 경우도 있을 것이다. 심는 방법은 마늘과 다르지 않다. 씨를 파종하든 모종을 심든 구멍만 뚫어 넣어주고 흙은 덮지 말아야 한다. 그리고 이번에는 상추 씨 대신 시금치 씨를 뿌린다. 시금치가 하는 역할은 상추와 비슷하다. 다만 채소를 심을 때도 궁합을 맞춰주는 것이 좋다. 내 경험으로 보아 마늘은 상추와, 양파는 시금치와 함께 있을 때 가장 궁합이 잘 맞는다.

논에서는 보리와 밀이 자라나고 밭에서는 마늘과 상추, 혹은 양파와 시금치가 사이좋게 크는 동안 봄이 오고 여름이 온다. 마늘 수확기가 점점 다가오는 것이다. 그 사이 상추는 잎만 뜯어서 먹고 줄기는 밭에 그대로 놓아두는 걸 잊지 말자. 상추 꽃대는 다음 작물이 자랄 때도 그늘을 드리워서 자생초가 자라지 못하도록 해준다.

하지가 가까워지면 마늘을 수확한다. 대개는 호미나 기계로 캐지만 심을 때부터 흙과 미생물을 활발하게 살린 태평농사꾼의 밭에서는 손으로 뽑아도 전혀 힘들지 않을 만큼 흙이 부드럽다.

가볍게 마늘을 뽑아낸 자리에 이번에는 눈 딴 감자를 심어보자. 마늘 뽑아낸 자리에 감자를 차례차례 놓기만 하면 된다. 다만 마늘을 심었던 자리에 그대로 다 심으면 너무 촘촘해지므로 30센티미터 띄엄띄엄 놓는다. 감자를 심지 않은 빈 자리가 아깝다면 그 곳에는 콩을 심는다. 겨울에 심었던 상추나 시금치가 꽃대를 높이 올려서 그늘을 드리워줄 테니 자생초 걱정은 하지 않아도 된다.

감자 사이사이에 콩을 심는 데는 또 그럴 만한 이유가 있다. 감자 잎에는 벌레가 유난히 많다. 그런데 그 곁에 콩을 심어주면 벌레가 온통 콩잎으로 모여든다. 벌레에게 감자 잎 대신 콩잎을 내주는 것이다. 콩은 벌레가 뜯어먹든 황소가 뜯어먹든 잎을 많이 뜯길수록 많이 열린다. 자칫 벌레가 있다고 약을 쳐주면 콩은 열리지 않고 잎만 무성해질 수 있다. 이제 감자는 감자대로 크고 콩은 콩대로 잘 크니 누이 좋고 매부 좋은 일이다.

마늘이나 양파를 뽑아낸 자리에 감자 대신 고구마를 심어도 상관없다. 그런데 고구마만 심으면 또 너무 심심하다. 게다가 고구마란 녀석은 자외선에 약해 누군가 양산 역할을 해줘야 한다. 그래서 감자에 콩이 어울린다면 고구마에는 참깨가 제격이다. 참깨는 키가 큰 작물이라 고구마에 내리쬐는 자외선을 충분히 막아준다. 밑에서는 고구마 순이 파릇파릇 건강하게 자라고 위에서는 고소한 참깨가 너울너울 춤을 추니 그 또한 보기만 해도 배가 부르다.

알뿌리가 토실토실해지고 콩이며 참깨가 옹골지게 익을 때까지는 밭에 나갈 일이 없다. 농약 칠 필요도 없고, 비료를 줄 필요도 없고, 김맬 일도 없으니 그저 태평하게 기다리기만 하면 된다.

별학섬에서 자라고 있는 백가지. 가지과의 작물로 보라색 꽃이 피고 마치 달걀이 매달린 듯 하얀 열매가 맺힌다.

마침내 때가 되면 밭으로 가서 참깨와 콩부터 걷어온다. 나중에 고구마나 감자를 캐면 넝쿨은 확확 걷어내되 그 자리에 그대로 두는 걸 잊지 말아야 한다. 그걸 양분 삼아 살아가면서 농사에 도움을 주는 고마운 농사꾼들이 기다리고 있으니까.

고구마랑 감자를 캐낸 자리에 이번에는 무나 배추를 심는다. 그러고는 김장철이 될 때까지 밭에는 또 사람 손길이 필요 없어진다. 그러다가 서리가 내리고 으스스하게 찬 기운이 감돌면 김장 채소를 거둬들이면 된다. 무, 배추가 어느 정도 자라났을 때나 또는 수확할 때 마늘이나 양파를 심어주면 무, 배추 빠져 나간 자리에는 또다시 마늘이나 양파가 자리 잡는다. 대신 상추와 시금치는 일삼아 심지 않아도 그만이다. 지난여름, 꽃대가 한창 올랐다 진 다음 씨앗이 넘치도록 떨어졌으니까 말이다. 그래서 다음 겨울에도 밭에는 마늘과 상추가, 양파와 시금치가 새봄을 기다리고 있을 것이다.

그만하면 우리가 먹을 채소는 충분히 길러낸 셈이다. 그런데 뭔가 아쉬운 마음이 드는 건 무슨 까닭인가. 마늘, 양파, 상추, 시금치, 고구마, 감자, 참깨, 콩……. 그러고 보니 고추, 고추가 빠졌다.

고추 얘기만 나오면 제아무리 태평한 나도 아직은 역부족함을 느낀다. 관행농법이 자리 잡으면서 가장 약해진 품종이 바로 고추다. 요즘의 고추는 비료를 하지 않으면 크지도 않고 농약을 치지 않으면 버티지도 못한다. 특히 탄저병은 씨앗 속에 이미 바이러스가 침투해 있다고 믿어도 좋을 만큼 기승을 부린다. 종자 자체에 문제가 있는 것이다. 종자에 대한 얘기는 뒷장에서 다시 할 기회가 있을 테지만 아무튼 고추만큼 종묘 상인에게 톡톡히 이용당하는 작물도 드물다.

연구 끝에 나는 몇 년 전 고추 품종을 새로 만들어서 연구원 식물자원팀 회원들에게 재배법을 지도하고 있다. 그 고추를 심을 때도 궁합을 맞춰주고 있는데 바로 열무다. 열무는 고구마처럼 강한 햇빛을 좋아하지 않는 고랭지 작물이다. 하지만 고추가 그늘을 만들어주면 고랭지가 아니라도 맛 좋은 열무를 생산할 수 있다.

이런 식으로 돌파구를 찾고 있지만, 그래도 고추만 생각하면 답답해지는 건 어쩔 수 없다. '나 혼자만 튼튼한 종자를 만들어 키운들 무슨 의미가 있을까' 싶어서다. 다행히도 회원들을 통해 차츰차츰 보급되리라는 바람이 이루어지고 있어 희망이 보인다. 마늘과 함께 우리가 가장 즐겨 먹는 고추만큼은 튼튼하게 지켜야겠다는 마음으로 씨앗은 식물자원팀을 통해 본격적으로 보급하고 있다. 점차 회원들과 이웃들에게 조금씩이나마 나눠지게 될 것이다.

아직은 너무나 미미한 수준이지만 작은 시냇물 줄기가 강을 이루듯 언젠가는 농약과 비료가 필요 없는 튼튼한 고추가 우리 땅 가득 빨갛게 익어갈 날이 있으리라 믿는다.

물엿은 친환경 벌레 퇴치제 🌾

싱싱하던 고춧잎이 누렇게 변했다. 주렁주렁 달려 있는 고추는 진녹색으로 한여름인데 이파리는 가을 단풍이다. 겉에선 잘 보이지 않아도 이 정도 색깔이면 잎 뒷면에 균이나 충이 제법 번져 있기 쉽다. 그대로 두면 줄기 전체가 부실해질 것이고, 고추도 더는 열리지 않는다. 지금 달려 있는 것도 떨어지거나 벌레 구멍이 숭숭 날지도 모른다.

식물의 잎은 앞면만 슬쩍 보면 말끔해 보여도 뒷면은 각양각색이다. 뒷면은 거칠한 털과 잎맥의 촉감이 선명하고 사람의 콧속 솜털처럼 숨구멍이 있다. 잎의 앞면은 말끔해도 뒤집어보면 벌레 먹은 자리나 균이 번지는 속도를 가늠할 수 있다. 낮보다는 어두워질 때 해충의 움직임이 크기 때문에 밝을 때 겉에서만 보고 작물의 상태를 파악하다간 낭패를 보기 십상이다. 사람의 손바닥에서 감지할 수 있는 혈액순환이나 건강 상태를 식물은 잎에서 찾을 수 있다.

집에서 가져온 분무기에 물엿과 물을 적당히 섞은 다음 고추 줄기 전체와 토마토 대여섯 포기에 골고루 분사했다. 작물에 증식하는 병충해를 막기 위해선 화학비료를 공급해주는 것보다 물엿이 여러모로 효과적이다. 식물에서 추출한 재료로 만든 물엿은 당분과 점도가 높다. 당분은 식물의 성장을 촉진시켜 건강하게 해주고, 물엿의 끈적임은 벌레가 식물을 기피하게 만든다. 작은 벌레는 중성화된 물엿에 든 수분이 증발하면 움직임이 둔해져 살아나기 어렵고, 식물은 수분이 쉽게 증발하지 않아 저습으로 인한 피해를 줄일 수 있다.

시험 재배하는 밭이라 그다지 넓지 않아서 가정에서 이용하는 소형 분무기로도 충분했다. 이런 방법은 고추뿐 아니라 토마토, 가지, 오이, 호박, 과일나무에 생긴 병충해 관리에도 응용할 수 있다.

위에서 내려다볼 때는 고춧잎 주변으로 작은 거미 몇 마리뿐이었는데 물엿을 뿌리고 일 분도 지나지 않아 꼬물꼬물하는 움직임이 눈에 들어온다. 곤충들의 대이동이 시작됐다. 토마토 잎에 붙어 있던 달팽이들이 느릿느릿 더듬이를 움직이다가 아래로 툭툭 떨어져 내린다. 고춧잎 뒷면에 붙어 있던 노린재는 이파리 위로 겨우 올라와선 꼼짝도 안 한다. 나뭇가지로 건드려도 아무런 반응이 없더니 이어 노린재 냄새를 고약하게 풍긴다.

폭풍전야처럼 고요하기만 하던 주변이 금방 피난길이 된다. 방향감각을 잃어 우왕좌왕하는 벌레들이 고춧대 주변에서 뱅뱅 돈다. 덩치가 큰 놈들은 시간이 지나자 물엿이 묻은 작물로부터 서서히 벗어난다.

회원들이 고추농사를 지을 때면 재래종 종자를 구하지 못해 시중에서 산 고추 모종을 쓴다. 내게서 배운 대로 심으면서 갈지 않은 땅에 지지대도 세우지 않는다. 비닐 멀칭을 하는 대신 자생초를 단단히 막을 요량으로 고추밭에 열무 씨를 뿌려준다. 이만하면 자연 농사 시작은 양호하다고 자신한다. 살충제는 단념했지만, 고추벌레에게 따끔한 맛을 보여주려고 잔뜩 벼르고 있는 마당에 물엿을 뿌려주라고 하면 내 말을 처음 듣는 회원들은 입을 딱 벌린다.

"아니 그렇게 단 걸 주면 벌레가 얼씨구나 좋다 할 거 아닙니까?"

이건 초보 농군들의 생각일 뿐이다. 위에서 설명한 대로 물엿의 당분은 식물에겐 약이지만 수분이 증발하고 남는 끈적임은 벌레나 균에게 위협적이다. 먹이사슬에서는 대부분 포식자의 몸집이 더 큰 편이다. 물엿을 뿌리더라도 해충에 비해 상대적으로 덩치가 큰 익충은 스스로 벗어날 수 있지만, 몸집이 작은 진딧물 같은 놈들은 치명적인 피해를 입는다. 익충의 서식 환경은 파괴하지 않고 보호하면서 해충을 몰아낼 수 있다.

그러나 익충이니 해충이니 하는 식으로 구분하다 보면 해충을 없애는 데만 집중하게 된다. 이는 자연 생태를 무시한 사람의 욕심일 뿐이다. 아무리 좋다는 방법을 동원해본들 균이든 벌레든 사람이 원하는 대로 다 몰아내지는 못한다. 해충만 사라지면 농사는 저절로 될 것 같지만 해충이 없으면 해충을 먹이로 삼는 익충도 못 살고, 익충이 살지 못하는 생태계 속에선 작물도 살아남기 어렵다.

자연농법으로 재배해도 해충으로부터 완전히 자유롭지는 않다. 다만 이런 피해를 자연환경을 거스르지 않고 작물이나 사람에게 해롭지 않은 방법으로 막아내는 것이 중요하다. 땅을 갈지 않고 심는 것까진 쉽게 했고. 궁합이 맞는 작물끼리 자라게 해서 제초 관리에 웬만큼 자신이 생겨도 벌레는 생기게 마련이다. 그것이 자연의 이치다.

작물에 붙어 있는 해충의 수가 한두 마리 정도라면 해충이라고 볼 수 없다. 건강한 사람도 때로는 감기에 걸리고 소화가 안 돼 체하기도 한다. 치유해 나가는 과정에서 면역력을 키우듯 약간의 해충은 식물의 자생력을 키우는 밑거름이 된다.

그런데 숫자가 늘어나 작물의 성장을 방해할 때는 해충이다. 그 수요를 적절히 맞추려면 익충과 해충이 조화롭게 살아갈 환경을 조성해주어야 한다. 먹이사슬이 중요한 이유가 여기에 있다. 벌레 한 마리라도 눈에 띄면 살충제부터 뿌려대는데 그런 호들갑이 없다. 제발 그러지 말았으면 좋겠다.

지금 시중에서 구입하는 씨앗이나 모종은 화학 약제를 사용하지 않고는 살아가기 힘들게 만들어 놓았다. 기본적으로 자생력이 떨어진다. 그런 종자라고 해도 땅을 갈지 않고 식물의 궁합을 맞춰 재배하면 화학농법으로 짓는 것보다 식물의 뿌리가 잘 자라기 때문에 수월하게 관리할 수 있다.

다음날 아침, 물엿을 뿌려준 토마토와 고추는 앓던 이 빠진 사람처럼 한결 시원해 보였다. 소규모로 농사하는 텃밭이라 해도 벌레에 치이면 두 손 두 발 들고 만다. 작다고 우습게 봤다간 벌레가 작물을 죄다 갉아먹고 내 차지는 없을지도 모른다. 화학약품을 사용해서 일시적으로 벌레를 몰아낸다 해도 이미 농약범벅이 된 것을 사람이 먹을 수는 없는 노릇이다.

농약이 나쁘다고 하니 목초액을 '친환경 살충제' 라도 되는 양 내세우는 이도 있다. 목초액 같은 경우 그걸 만들자면 자연 훼손이 얼마겠는가. 목초액을 만들기 위해 나무를 태울 때 방출되는 일산화탄소도 예사로 넘길 일이 아니다.

어떤 이는 목초액에 고춧가루를 섞기도 한다는데, 매운 고추를 갉아먹고 사는 벌레가 고춧가루에 질식이라도 할 줄 아나보다. 겁없이 나서는 사람에게 "매운 맛을 봐야 정신을 차리겠냐"고 나무라기도 하지만 이 매운맛이 벌레에게도 통하리라고 생각한다면 큰 오산이다. 사람은 한 입만 먹어도 얼얼하게 맵지만 고추를 먹이로 삼는 벌레들이 고추가 맵다고 기절할 리가 있겠는가.

작물에 물엿 희석 액을 뿌릴 때는 농도를 적당히 맞추는 것이 중요하다. 물의 양이 많으면 농도가 옅어져 수분이 증발되기까지 그만큼 시간이 걸린다. 텃밭에선 작은 스프레이 통을 이용해도 되지만 재배 면적이 넓은 밭이라면 동력 분무기를 사용해보라. 물엿의 점도가 높아 살포하기가 어려워서 물을 섞는 것인데 고압분무기를 사용하면 물을 많이 섞지 않아도 된다.

우리 회원들도 이웃 농가에서 이곳저곳 할 것 없이 살충제를 뿌려대기 시작하면 애가 타는 모양이다. 특히 장마철에 접어들어 고온다습한 환경이 되면 병충해 발병 확률이 높아진다. 살충제를 뿌리는 것은 식물에게 먹여주고 입혀줄 테니 가만히 있다가 열매만 만들어 달라는 심산이다. 이것은 살아 있는 생명을 돌보는 게 아니라 인공 사육이다.

농사를 업으로 삼은 이들은 지금부터라도 식물의 자생력을 키워

쥐야 한다. 스스로 필요한 영양분을 취할 수 있도록 도와야 하거늘 땅은 갈아놓고 농약이나 비료 등 인위적인 물질을 부어주면 식물은 스스로 먹이를 구할 필요를 느끼지 못한다. 또한 자신에게 필요한 영양소를 다양하게 섭취하지 못해서 영양 불균형으로 뿌리의 발육이 부실해진다. 식물은 뿌리가 튼튼해야 잘 쓰러지지 않고 순탄하게 성장해서 좋은 결실을 맺는다. 뿌리가 튼튼하게 자랄 수 있는 환경을 만들어주는 것이 먼저다.

물엿이 화학비료보다 여러모로 효과적인 건 직접 실천해본 사람만이 안다. 간편하고 경제적이면서 식물이 받는 스트레스도 훨씬 적다. 물엿을 뿌린 후 며칠이 지나면 식물의 잎 색깔이나 열매가 한결 선명하고 건강해지는 것을 확인할 수 있다.

벌레가 못 먹는 건 사람도 못 먹는다고 말만 할 게 아니다. 식물이 건강해야 그것을 먹는 사람도 건강해진다. 그러니 식물의 자생력을 키워주는 노력을 주저할 이유가 없다.

3장

자연에서 배운
건강 원리

자연의 이치를 깨달아가 며 농사를 짓다 보니

어떤 것이 건강에 좋은지도 살필 수 있게 되었다.

농사짓는 양반이 어떻게 그런 것까지 아느냐고 묻지만

사람도 자연인 것을…….

병은 유전되지 않는다

태평농법 회원인 미연 씨네 식구들과 식당에서 저녁을 먹을 기회가
있었다. 식탁을 보니 접시에 올려놓은 음식마다 병이 그대로 짚어
진다. 고기를 반찬으로 적당히 먹어야 하는데 먹성을 자랑하듯이
배를 채운다. 여기에 밥을 추가로 주문하고 그것도 모자라 후식으
로 냉면까지 시킨다. 시쳇말로 '배꼽이 튀어나오게' 먹고 있었다.

미연 씨는 나를 통해 건강과 먹을거리의 상관관계를 깨달아가고
있는 중이다. 혈액순환이 안 돼 손발이 늘 저린데 어머니와 두 동생
은 더 심각하다며 걱정했다. 결혼하고, 아이 낳고, 나이 들면서 어
머니를 닮아가는 자신을 보니 무섭기까지 하단다.

어머니와 둘째 동생은 누가 봐도 모녀지간 같았다. 동생은 어머
니의 체질까지 쏙 빼닮은 듯했다. 상체는 열이 많고, 하체는 냉하며
지방도 많은 편이었다. 나이가 들면 더 큰병으로 진행될 위험이 도
사리고 있었다. 다행히 미연 씨는 어머니와 피부나 체형이 닮은 데
가 없었다.

내가 미연 씨는 어머니를 안 닮았다고 하자 미연 씨 어머니가 말했다.

"제 아버지랑 판박이에요. 성질도 그렇고 말투까지, 거기다 별난 식성은 누굴 닮았는지……."

미연 씨가 "천만다행"이라고 하자 어머니는 내쳐 말을 잇는다.

"애들 고모는 위암인데요, 위를 거의 다 잘라냈어요. 그 고모한테 딸이 하나 있는데 걔가 애를 낳은 후로는 안 아픈 데가 없대요. 그러니까 시집에서 은근히 불안해하더랍니다. 친정엄마 닮아서 그렇다구."

말 끝에 미연 씨 어머니는 부모의 병이 자식한테 유전되는 게 아니겠냐고 덧붙였다.

미연 씨 동생은 한동안 먹기만 하면 속이 뒤틀린다며 고통스러워했단다. 체중이 갑자기 줄고 먹어도 살이 찌지 않자 얼씨구나 좋다, 했는데 얼마 지나지 않아 견딜 수 없이 통증이 심해지더란다. 손으로 눌러보면 딱딱한 게 만져진다며 잔뜩 겁먹은 딸에게 어머니가 위로랍시고 해준 말이 느긋하다.

"애야, 걱정마라. 우리 집안엔 암 걸린 사람 없다."

그러나 이 집 둘째는 내시경 검사 결과, 위에 작은 혹이 발견돼 약물치료를 받고 있다. 딸이 암에 걸릴 염려가 없다고 호언한 어머니는 협심증으로 장기간 종합병원에서 치료받은 이력이 있다. 오래 전부터 소화기와 기관지 질환을 앓아 동네 병원의 단골손님이다. 그러면서도 그이는 "이만하면 남들보다 건강한 편"이라며 자신한다. 아마도 암 환자에 빗댄 자기 위안일 것이다.

사람들은 암이 유전되는 질환이라고 믿는다. 그러나 실상 그렇지만도 않다. 다른 병도 마찬가지다. 암이 유전되는 게 아니라 암을 유발하는 환경이 유전된다고 보는 것이 더 옳다. 그 가운데서도 특히 그릇된 식습관이 대물림되는 탓이 크다. 한 집안에서 어떤 질병이나 습관이 유전되는 경우, 주된 원인은 대부분 음식 때문이라고 볼 수 있다.

같은 환경에서 같은 음식을 먹고 생활하면 식습관은 물론 성격까지 닮는다. 다 그런 건 아니지만 모녀나 부자가 비슷한 병에 시달리는 경우를 흔히 보는데 바로 이 때문이다. 그릇된 식습관을 자랑처럼 말하는 이들에게 식습관을 바로잡으면 질병 없이 살 수 있다고 충고해도 "어차피 대물림되는 거 아니냐"며 곡해하기 일쑤다. 건강을 잃고 나서야 후회한들 소용없는 노릇이니 안타까울 따름이다.

나는 한여름엔 새벽 네 시, 한겨울에도 여섯 시 전에는 옥종에 있는 집에서 연구원이 있는 별학섬으로 향한다. 작은 논이며 다양한 밭작물과 과실류를 살피면서 아침을 시작한다. 식사는 커피 한 잔이면 족하다. 아침밥을 생략하고 점심과 저녁에 한 공기가 못 되게 밥을 먹는다. 섬 곳곳에서 자라는 채소에 손수 만든 된장과 젓갈을 곁들이니 포만감도 적당하고 그만한 만찬이 따로 없다.

육식을 즐기지 않아서인지 몸이 더부룩하거나 무겁지도 않다. 하루 네댓 시간 이상 자지 않아도 여간해선 피로를 모른다. 주변에선 내 식사량이며 수면 시간을 보고 그러다 쓰러지지 않느냐고 의아해하지만 한 사람이 살아가는 데 그리 많은 양의 음식과 잠이 필요하지 않다. 마음속에 생각이 적고, 입 속에 말이 적고, 뱃속에 밥이 적어야 한다는 옛 말이 빈말은 아닐 게다.

　건강한 삶을 위해선 몸에 필요 없는 것, 먹지 말아야 할 것을 삼가야 한다. 그러나 자기 몸에 대한 관찰이나 먹을거리에 대한 분별이 없는 이에겐 쉽지 않은 일이다. 같은 양을 먹고도 몸 밖으로 내보내는 양과 몸속에 불필요하게 축적되는 양이 다르고, 많이 먹어도 살이 안 찌거나 비만이지만 소화 기능이 거뜬한 사람도 있다.

　특히 폭식과 과식을 삼가야 한다. 매일 폭식과 과식을 되풀이하면 대개 위가 늘어나 위하수나 위무력증이 생기기도 한다. 위의 기능이 살아 있으면 적당한 양 이상의 음식을 받아들이지 않는다. 그런데 폭식과 과식이 일상화된 사람들은 조금만 적게 먹어도 허기가 져서 견디지 못하고, 위벽이 맞닿아 속 쓰림을 호소하기도 한다. 나중엔 위암과 대장암을 일으킬 확률도 높아지고, 나이가 들면 식사량이 줄면서 허리가 굽어지기도 쉽다.

　뼈나 관절이 잘못된 줄 알고 병원을 찾아가보지만 잘못된 식습관이 이유인 줄은 모른다. 그러니 아무 음식이나 많이 먹어도 소화가 잘 된다는 사람을 부러워할 게 못 된다.

　이론적으로 건강을 거론하는 이들은, 특정 음식을 먹고 싶은 충동은 그 음식의 성분이 몸에 부족하기 때문이라고 주장한다. 하지만 내 생각은 다르다. 이미 자각 능력이 마비된 몸은 판단 기준이 흐려진 상태다. 몸에서 필요한 물질은 몸속에서 만드는 것이지 특정 음식을 먹는다고 얻어지는 게 아니다.

　과하게 먹으면 탈이 나게 마련이고, 소화 기관에 이상이 생기는 게 순서일 것 같지만, 병이 반드시 그 순서대로 진행되진 않는다.

음식에 몸이 적당히 길들여지다 보니 소화 기관이 무력해지거나 이상 징후가 발생해도 몸에서 신호를 보내지 않는다.

인스턴트 음식이나 피자, 햄버거, 아이스크림처럼 가공 음식을 입에 달고 살면 체지방이 쌓이기 시작하고, 입에 당기는 음식도 지방화하기 좋은 것들이다. 소화가 안 될수록 식탐은 더해지고, 이럴 때 계속 과식하면 당뇨나 고혈압 같은 성인병을 추가로 얻는다. 위암과 당뇨는 전혀 낯선 관계가 아니다. 너무 잘 먹어서 생긴 병이라 '부자 병'이란 말까지 나올 정도로 당뇨는 못 먹고 못 살던 시절에는 없던 병이다. 당뇨병 환자는 식탐이 강하거나 그릇된 식습관에 젖어 있는 경우가 대부분이다.

내 지인은 위암 선고를 받고 위를 삼분의 이가량 들어냈다. 위가 작으니 이가 위의 역할을 대신해야 한다. 그는 밥을 한 숟가락 입에 넣고는 일부터 백까지 숫자를 센다. 대충 씹어서 넘기면 위에 부담이 되고 몸에도 흡수가 안 되기 때문이다. 여기에 쌀눈이 살아 있는 쌀로 밥을 지어 먹으면 적게 먹어도 든든해서 식습관을 바로잡는 데 도움이 된다. 입 안에서는 씹는 즐거움이 있고 포만감도 쉽게 느낄 수 있어서 적게 먹어도 배가 부르다.

그는 다행히 만 삼 년 만에 위장 크기가 정상으로 돌아왔고, 위벽이 어린아이의 위처럼 깨끗하다는 진단을 받았다. 비결이 따로 있는 게 아니다. 오래 씹는 것뿐.

누구나 알듯이, 침이 충분히 만들어지면 소화도 잘 되고 음식 맛도 깊이 느낄 수 있다. 꼭꼭 천천히 씹을수록 어금니가 움직이면서 귀 밑 침샘을 자극해 침이 만들어지고, 이렇게 소화액을 충분히 타서 음식물을 흘려보내면 위에서는 다시 위액이 보태져 소장과 대장에서 흡수되기 쉬운 상태가 된다. 적게 먹어도 확실하게 흡수가 되므로 밥에 있는 영양분이 몸 안에서 살아난다. 다음 식사 때까지 공복 상태의 편안함을 느낄 수 있고, 그 상태에서 우리 몸은 진정한 휴식을 취한다. 먹을거리를 바로 알고 먹으면 즐거움이 배가 되고 비만과 질병의 두려움도 사라진다.

옛 어르신들은 밥상에 둘러앉은 아이들에게 꼭꼭 씹어서 천천히 넘기라고 당부하기를 잊지 않았다. 밥이 부족해도 이렇게 먹으면 배가 부르고 과식할 염려도 적다는 것을 조상들은 알았던 게다. 돌이켜보니 그것은 생명을 살린 식습관이었다.

내 몸을 빌려 세상에 나온 내 아이를 떠올려보자. 부모의 잘못된 식습관으로 생긴 병을 자식에게까지 물려줘서야 되겠는가. 아내든 남편이든 한 가정의 밥상을 책임지는 이의 각성이 절실하고 한 사람 한 사람의 의식도 깨어나야 한다.

올바른 식생활은 나를 바꾸고, 가족을 살리고, 세상을 변화시키는 위대한 습관이다. 우리가 다음 세대에 물려주어야 할 유산은 물질적인 다른 무엇이 아니라 건강하고 바르게 사는 바로 나 자신인 이유가 여기에 있다.

'한 방'에 낫는 약 🍃

겨울 추위가 매섭던 정월이었다. 삼십대 중반의 부부가 옥종에 있는 우리 집으로 찾아왔다. 내 가까이에서 살고 싶다고 해서 빈 컨테이너가 있는 태평골을 안내해 주었다. 부부는 돌아가자마자 짐을 꾸려 보름 만에 이사를 왔다. 옥종 법대리에 있는 태평골엔 몇 년 전까지 볍씨도 뿌리고 커피나무도 심었다. 그곳은 우리 자연환경에 맞는 농사법을 실험한 고방연구원의 모태가 된 곳이다.

태평골에 둥지를 튼 그 집 각시가 때 아닌 엄살을 떤다.

"이곳은 남쪽이라 따뜻할 줄 알았어요. 전에 살던 춘천보다 눈만 적게 내리지 방한화 없인 한 발자국도 못나겠는걸요."

꼭 엄살만은 아닌 것이 태평골은 지리산을 코앞에 둔 데다 덕천강을 끼고 있다. 한겨울 온도도 낮지만 바람 또한 만만치 않다. '따뜻한 남쪽나라'라고만 생각하고 왔다면 강원도보다 더 춥게 느껴졌을지도 모른다.

태평골 부부는 벚꽃이 한창일 때 처음으로 별학섬을 찾았다. 겨울바다는 여행 삼아 나섰겠지만 배를 타고 하는 섬 유람은 매서운 바닷바람에 언감생심 엄두를 내지 못했다.

초여름 모감주나무 아래 그늘이 짙을 무렵, 우리 식구는 태평골 부부와 점심을 먹고 나무 그늘에 앉아 한담을 나누었다. 한참 건강에 관한 이야기가 오가다 얌전히 듣던 태평골 각시가 고개를 갸우뚱한다. 그러더니 손톱을 내민다. 너무 흐물흐물해서 작은 충격에도 뒤집어지거나 저절로 찢어진다고. 손톱을 만져보니 종잇장도 아니고 두부조각 같기만 했다. 안타까운 마음에 내가 한마디 했다.

"매운 거 안 먹죠? 그러니 손톱이 이렇게 안 건강하지."

그녀는 휘둥그레진 눈으로 대뜸 무슨 말인가 하는 표정을 짓는다. 몸은 시원찮아도 손톱이 하도 잘 자라서 손톱만은 건강한 줄 알았다나.

식물은 빛이 부족하거나 지나치게 물을 주면 멀대같이 키만 크고 만다. 그것도 어느 순간까지고 시간이 지나면 생명력이 없어진다. 이런 식물은 자생력도 없고 다 자라도 열매를 보기가 힘들다. 그녀의 손톱도 마찬가지였다. 물살 찐다는 말처럼 영양이 부실하니 겉은 멀대같이 자라고 속은 망가진 꼴이다. 일찍이 쌀눈이 살아 있는 건강한 쌀로 지은 밥을 먹었다면 태평골 각시에게 이런 불상사는 없었겠다.

그녀는 어릴 적부터 밥을 먹지 않았단다. 밥상엔 붉은 빛 나는 반찬도 금물이었다. 집에 마늘이 아예 없고 남편이 먹는 김치에도 마늘을 넣지 않았단다. 두 내외가 마주한 밥상에 남편은 한식을, 아내는 국적도 없고 족보도 없는 음식을 차려놓고 식사를 했다고 한다.

그래도 부부 사이가 화목하고 편안했을지 걱정스러울 지경이었다.

그녀가 어려서부터 매운 음식을 멀리했던 건 아니다. 갈수록 밥맛이 없어졌단다. 백미는 맛이 없는 게 당연하다. 전분 덩어리인 백미가 입에 당기는 건 달고 느끼하고 물컹한 패스트푸드에 길들여진 것만큼이나 자연의 맛을 구분하지 못하기 때문이다.

밥을 멀리하면서 단순히 밥만 멀어진 게 아니다. 식재료나 양념처럼 몸에 꼭 필요한 여러 가지 음식과도 멀어졌다. 그녀는 밥 대신 반찬 위주로 식사를 하다보니 맵지 않고 덜 짠 음식을 찾았고, 간편하기론 밀가루가 주재료인 빵이 최고였다.

서구식 식성인 각시와는 정반대로 신랑은 된장냄새 풀풀 나는 전형적인 한국인이었다. 밥 얻어먹기 고달팠을 신랑에게 한마디 했다.

"어떻게 데리고 살았어요. 아프단 소리 입에 달고 살았을 텐데."

태평골 각시는 혈액순환 장애가 있었다. 위 기능이 무뎌진 건 말할 것도 없다. 부부를 앉혀 놓고 각시에겐 약이다 생각하고 매운 맛 나는 음식을 먹도록 타일렀다. 신랑에겐 족도리풀을 구해주라고 했다. 한방에선 '세신'이라고 하는 족도리풀의 뿌리는 매운 맛이 강해 혈액순환에 빠른 효과를 볼 수 있다.

멀리 있는 남도 아니고 한식구나 다름없다고 생각했는데 이런 지경이 되도록 몰랐다니, 순간 미안한 마음이 들면서도 왜 진작 말을 안 했을까 싶었다. 하긴 나를 농사 전문가로만 생각하고 있었을지도 모르겠다.

그해 여름은 십 년 만의 더위라는 말이 나올 정도로 유난히 더웠다. 추위를 못 견디는 사람이 더위는 잘 견딜까. 태평골 각시에게

어지간히 시달렸는지 남편은 아내를 앞세우고 텐트를 챙겨들고 섬으로 들어왔다. 부부는 배 만드는 일을 거들며 자연 그대로 자란 채소와 과일을 먹고 자연스럽게 햇빛과 가까워지면서 생기가 넘쳐보였다. 그것도 잠시, 집으로 돌아가면 군것질을 하던 그 댁 각시는 섬에 오면 소화가 안 되네, 변비가 심하네 여간 죽을상이 아니었다.

음식으로 난 병은 음식으로 고쳐진다. 치료 방법이 따로 있는 게 아니다. 약 따로, 음식 따로 먹어봐야 소용없다. 흙에 묻혀 있던 고구마를 캐서 날것으로 먹고, 곧 햇밤이 나올 때라 생밤을 꾸준히 먹으라고 일러 주었다.

그래도 쉽지 않은 게 여럿이 어울리면 억지로라도 밥을 먹지만 혼자 있을 땐 스트레스가 쌓이면 달콤한 빵을 찾는다. 한 번 입에서 당기면 단념이 안 되는 모양이었다. 이럴 땐 참기보단 조금씩 먹어주면서 점차 끊는 것이 좋다. 화학농법에 길들여진 땅에 태평농법으로 농사를 지을 때도 처음부터 무리하게 도입하기보다는 비료를 조금씩 주면서 바꿔가야 하는 것처럼.

한번은 가을에 심고 남은 종자용 마늘을 반찬에 넣어 보라고 건네주었다. 그걸로 음식을 만들어 먹어보더니 신기하다는 듯이 그녀가 말했다.

"마늘 맛이 이런 거였어요? 감자볶음에 넣었더니 감자 맛보다 마늘 향이 훨씬 좋은데요."

그렇게 반찬으로 몇 번 먹더니 그녀는 마늘을 먹을 수 있게 되었고, 섬에서 키우는 재래종 고추 맛을 보고는 속이 화끈거리지 않고 편안하다고 했다. 재래종 고추와는 달리 시중에 나오는 고추는 내가 먹어도 얼굴에 열이 오르고 먹고 난 후 뒤끝이 불쾌하다.

이쯤 되면 다 좋아졌나보다 여기기 쉽다. 그러나 오랜 세월에 걸쳐 고장 난 몸이 이 정도로 회복되진 않는다. 병은 대부분 어느 한 순간에 생기는 게 아니라 수년, 수십 년에 걸쳐 서서히 진행된다. 걷잡을 수 없이 병을 키워 놓고는 한 번에 나을 거라고 믿는 기대부터가 과한 욕심이다. '한 방'에 낫는 약은 없다. 물론 부분적으로는 잘 나을 수도 있겠지만 당장에 증세가 호전되더라도 또 다른 부분에 새로운 병을 만들게 마련이다. 듣기 좋은 말로 부작용이라고 하지만 내 몸에 맞는 자연스러운 먹을거리는 조금 과해도 탈이 나지 않는다.

태평골 각시에게도 반응이 나타났다. 좋아지는 것 같다가 어느 순간 몸이 무겁게 느껴지더란다. 예전 같은 증상이 나타나면 "이런데도 좋아지는 거냐?"고 "아직도 멀었냐?"며 투덜대곤 했다. 비정상인 몸이 정상으로 바뀌는 과정에서 생기는 '명현현상'으로 받아들이라고 해도 느긋하게 처신할 수 없는 모양이다.

그러던 어느 날, 노랗게 물든 은행나무 잎이 하나둘 떨어질 무렵, 태평골 각시가 하얗게 질린 얼굴로 엉거주춤 걸어오며 말했다.

"발가락 두 개가 감각이 없어요."

차 안에서야 추웠을 리 없고, 별학섬까지 배 타고 건너오는 시간이라고 해봐야 십 분이면 족한데 그새 발이 어떻게 되었다는 말일까. 서둘러 살펴보니 그녀의 발가락엔 피가 돌지 않았다. 손톱으로 꼬집어도 하얗게 굳어 있었다. 급한 대로 손에 잡힌 나무주걱을 들어 발가락 밑을 두들겨 주었다. 굳은 발가락에 피가 돌게끔 하는데

진땀이 날 지경이었다. 자기 몸을 이렇게까지 방치했나 싶은 마음에 나도 모르게 그만 큰소리를 내고 말았다.

"이 정도 날씨에 이게 뭐야? 혈액순환이 안 좋은 줄은 알았지만 이렇게 심할 줄은 몰랐네. 이대로 가다간 어떻게 되는 줄 알아? 당뇨 합병증이 찾아오면 발이 어떻게 되는지 아냐고? 자를 수도 있다고!"

그러자 그녀는 변명하듯 말했다.

"그동안 먹는 거 많이 달라졌잖아요."

"겨우 그걸로? 몇 십 년에 걸쳐 망가져온 게 한순간에 고쳐지나. 근데 이 사람은 뭐 하느라고 아직도 족도리풀을 못 찾았대."

내가 그녀의 남편까지 타박을 하자 그제야 그녀는 우리와 어울려 밥 먹는 게 거의 고문에 가까웠다며 이실직고 했다. 식재료가 알맞게, 양념이 적절하게 들어간 우리집 반찬을 먹으면 멀미가 나는 것 같아 몰래 빵을 한 입씩 먹었단다. 그러고 나면 머리가 맑아지는 것 같았다니, 식습관이란 게 얼마나 무섭고 질긴지 스스로가 느꼈으리라.

겨우겨우 발에 핏기를 돌게 했는데 다시 재발할 것 같아서 우선 춥지 않게 지내도록 하고 섬 나들이는 따뜻해진 뒤로 미루었다. 봄이 되면 한파를 이겨낸 생명력 강한 야생초들이 보약이 되어줄 테니까.

그 뒤 삼 개월쯤 지났을까. 그녀를 다시 만났을 땐 전에 없이 편해보였다. 이상하게도 늘 입던 옷이 불편하다며 헐렁한 생활한복 차림이었다. 많이 달라졌다고 하자 그녀가 말했다.

"선생님 말씀대로 침대도 치웠어요."

웃음이 절로 나왔다. 침대 매트리스는 허리를 보호해주는 게 아니라고 해도 들은 척도 안 하더니 발가락에 놀라고 나서야 "어이쿠" 했나보다.

요즘 여성들은 몸에 밀착되는 신축성 강한 옷을 많이 입는다. 몸매를 멋지게 드러내고 싶겠지만 피부에 산소 공급을 방해하는 그런 옷은 순환 장애가 있는 경우 몸을 망친다. 편리하자고 택한 의식주가 실은 내 안에 병을 만드는 셈이다. 몸은 아랑곳하지 않고 입만 행복한 음식을 먹고, 눈만 즐거운 옷을 입고도 마땅히 느껴야 할 불편을 모르고 산다. 사람들이 대부분 그렇다. 그런 일상생활에서 몸의 각 기능은 서서히 퇴화되고 병 들어가는 걸 마치 면역성이 강한 것으로 생각한다.

그렇게 사 년의 시간이 흘렀다. 태평골 각시는 우울해 있다가도 보글보글 끓는 현미밥 냄새를 맡으면 온몸이 이완되는 것 같단다. 최고의 향기요법이 우리 밥상에 있다고 동네방네 자랑이다. 갈등 없이 밥을 먹고 그 맛을 알아간 것은 우리 현미를 먹은 지 일 년이 훨씬 지나서였으니 짧지 않은 시간이었다.

'한 방'에 낫는 약에 기대었거나 '한 방'에 낫지 않는다고 포기했다면 아직도 그녀에게 행복은 멀었을 것이다. 밥이 맛있으니 반찬도 다양하게 먹고, 맵고 짠 것에 자신이 생기니까 음식 솜씨가 좋아지고 요리가 즐겁게 마련이다. 그러다보니 건강은 물론 사람 성격까지 달라진다.

"선생님이 옳았어요."

그녀가 입버릇처럼 내게 하는 말이다. 그 집 신랑한테 듣는 인사야 말할 것도 없고 그 댁 부모님이 찾아와선 사람 하나 살렸다며 그 비결이 뭐냐고 묻는데, 그저 웃음으로나 대답할 뿐. 딸애는 저 싫으면 그만이었는데 암만 봐도 우리 딸 같질 않다고 해서 둘러앉은 사람들끼리 하하 호호 웃기도 했다. 모두 자연의 힘이요, 자연이 차려 준 밥상의 힘이다!

금쌀을 주랴 은쌀을 주랴 🐞

별학섬의 여름밤이 이야기꽃으로 무르익는다. 여름 한복판인 칠월, 전국에 있는 태평농 회원들이 별학섬에 모였다. 봄 수련회 때와는 사뭇 다른 풍경이 펼쳐진다. 한정된 장소에서 시간표대로 이루어지는 게 아니라 훨씬 자유로운 분위기에서 다양한 주제로 토론과 질문이 오간다. 연구원에서 관리하는 작물들의 생태를 직접 볼 수 있어 학습 효과도 배가된다. 거기다 작고 아늑한 섬은 어른, 아이 모두에게 좋은 놀이마당이 되어준다.

숙식은 회원들 각자가 준비한다. 먹을거리는 물론 텐트까지 챙겨온다. 군 제대 후 처음 밥을 해봤다는 머리 희끗한 칠순 남성 회원에서부터 갓 스물을 넘은 청초한 여성 회원도 있다. 임시 숙소에 밥 짓는 냄새가 흘러나오고 어느 막사엔 누룽지 긁는 소리도 들린다. 저녁이면 온 가족이 비좁은 텐트에서 자느라 들썩거리기도 한다. 도시와는 비교할 수 없는 풍경에 처음 만나는 얼굴이어도 낯설지가 않다.

밥을 따로 해도 먹을 때는 함께 둘러앉아 먹는다. 그럴 때면 다양한 솜씨가 펼쳐진다. 초보 농군이라도 웬만한 텃밭 농사 정도는 하는 데다 가공식품을 선호하지 않아 반찬은 그런 대로 자연식을 따른다. 그런데 먹는 밥을 보면 각양각색이다. 그걸 보고 있노라면 건강도 대략 손에 잡힌다.

회원들이 어떤 밥을 먹는지 궁금해서 휘익 돌아보면 색다른 반찬은 선보여도 여간해서 밥은 내놓지 않는다. 정성껏 만들어서 솜씨를 자랑하고 싶을 텐데 오히려 내 쪽에서 준비한 밥을 궁금해 하고 한 숟갈이라도 맛 좀 보자고 서로 끌어당긴다. 내 밥에 금가루라도 섞여 있는 줄 아는 걸까. 아니면 진주라도 박혀 있는지 확인하고 싶은 걸까.

내가 먹는 밥은 그저 살아 있는 쌀로 지은 자연 그대로의 밥이다. 수련회 때 지어내는 밥을 보면 신입회원인지 고참회원인지 단박에 알 수 있다. 한여름인데도 찹쌀이 듬뿍 들어간 밥을 짓는다면 십중팔구 신입회원이다. 더러는 현미를 섞지만 대부분 하얀 쌀밥이다. 쌀의 주요 영양분인 씨눈까지 깎아낸 전분덩어리 밥이다.

섬을 방문하는 횟수가 늘어나면 자연스럽게 백미는 사라지고, 흰밥을 고수하던 회원들도 점차 현미를 선호하게 된다. 그동안 맛도 없는 흰밥을 어떻게 먹었는지 모르겠다며 겸연쩍게 웃는다. 조금이라도 빨리 바꾸면 속 편하고, 맘 편하고, 세상만사 편안해지거늘. 가족 단위의 회원들이 참가하는 여름 수련회 때마다 꼭 해주는 말이 있다.

"씨눈이 살아 있는 현미밥은 건강하고 탄력 있는 몸매의 근본입니다. 변비나 비만은 전혀 걱정할 필요가 없으니 맘 놓고 현미를 드세요."

쌀은 쌀눈이 붙어 있어야 쌀 본래의 구실을 다한다. 쌀눈을 깎아내면 쌀이 지닌 영양분이나 기능은 없어진다고 봐야 한다. 매가리 없는 전분덩어리에 불과하다. 콩은 전체를 먹으면서 씨눈 없는 쌀은 왜 이상하다고 생각지 않는 건지 모르겠다.

쌀눈을 깎아내야 한다는 그럴 듯한 주장도 모르는 바는 아니다. 화학농법으로 농사를 짓다보면 비료나 농약 사용량이 가장 많은 곳이 벼논이다. 면적지도 대규모고 생산량도 대량이다. 그러다 보니 농약 사용량 또한 다른 작물에 비해 월등히 많다. 소비자들은 이삭에 남은 잔류 농약 때문에 쌀눈을 깎아낸다는 말을 철썩 같이 믿고, 농약을 쓰는 것에 비교적 관대하다. 하지만 모르는 소리다. 요즘 농약은 침투성이라 쌀눈이 아닌 배유 부분에 더 많이 남는다. 쌀눈은 살리고 알맹이를 버려야 맞다.

여기에 한약재를 코팅하고 몸에 좋다는 물질을 첨가해 기능성 쌀을 만들어낸다. 그러나 이런 쌀눈 없는 쌀에 금테를 두르고 은칠을 한다고 해서 쌀이 금이 되고 은이 될까. 변비에 좋은 쌀, 당뇨에 좋은 쌀, 비만 예방에 좋은 쌀…… . 참 답답한 노릇이다. 이 모든 기능이 쌀눈에 들어 있거늘. 아무리 좋은 물질을 첨가한다 해도 쌀은 자연농법으로 생산된 현미, 그보다 좋을 수 없다.

지금은 좀 시들해졌지만 브랜드 쌀이 세간에 화제가 된 적이 있다. 브랜드라는 게 무엇인가. 특성을 따서 남들이 쉽게 기억하도록 붙인 이름이다. 그 자체가 상품인 브랜드 쌀이 어느 날부터 우후죽

순처럼 등장했다. 나오는 쌀마다 하나씩 새 이름을 달고 나온다. 밥은 단순히 배를 채우는 물질이 아니라 문화이고 삶이며 자연과 사람과의 관계를 구성한다. 브랜드는 그 이름부터가 우리 정서에 맞지 않는다.

그러더니 이번엔 코팅 쌀이 대세다. 현미는 코팅이 잘 안 되기 때문에 쌀눈을 깎아내고 백미에다 코팅을 한다. 이미 쌀이라고 보기 어려운 것에 코팅 물질만 바꿔가며 신상품을 선보인다. 기능성 쌀이 건강식품으로 둔갑하고, 코팅 쌀이 고급으로 인식되니 이에 질세라 소비자는 브랜드에 눈 먼 장님이 된다.

그런가 하면 심심찮게 듣는 말이 있다. 색깔이 특이한 쌀이면 무조건 좋은 쌀이란다. 적색 쌀이 한때 고가로 판매됐고, 지금도 이런 쌀로 부자 되길 꿈꾸는 농가가 있다. 적미든 흑미든 그나마 현미라면 다행이지만 쌀눈을 깎아내면 하얀 백미가 되어버린다. 자연농법에 가깝게 농사지었을 리 만무하고, 씨앗 구실을 못하는 생명력 없는 쌀이니 몸에 이로울 게 하나도 없다.

근본으로 돌아가자. 쌀눈이 살아 있는 쌀은 그 자체만으로 우리 몸에 필요한 활력과 영양을 준다. 흙을 갈아엎고, 농약을 살포하고, 백미로 도정한 영양가 없는 쌀을 왜 계속해서 팔고 있는가. 영양가 없다고 또 인위적인 물질을 발라서 쌀 본래 성질에서 더 멀어진 쌀을 왜 식탁에 올리는가. 그것도 모자라 브랜드를 이용해 왜 과대광고로 포장하는가.

이 모든 놀음에 놀아나는 우리는 누구에게 좋은 일을 하는 것일까. 소비자는 건강해서 좋고, 생산자는 비싼 값에 팔아서 좋다고?

농민이 부자 되고 소비자는 건강해졌을 리 없는데, 이런 가짜 쌀을 기획하고 판매하는 경제력 있는 기업들만 살찌워준 건 아닐까. 자연농법으로 지은 쌀은 잔류농약을 두려워하지 않아도 된다. 과일을 껍질째 먹어야 좋은 것처럼 쌀도 통째로 먹어야 자연의 맛이 살아난다. 눈이 살아 있는 쌀을 먹으면, 농민이나 소비자나 다 같이 건강하고 행복해진다.

갈지 않은 땅에서 스스로 움튼 씨앗들과 화학비료 없이 자연의 힘으로 자란 작물들은 그 안에 사람에게 필요한 물질을 한 아름 담고 있다. 인공 재료를 첨가하는 건 자연을 무시하는 상술일 뿐이다. 농업과 농민을 위한 연구 개발이라는 명분만 그럴싸할 뿐 보약인지 독약인지도 구별 못하는 악습을 반복하고 있다. 쌀에다 무엇을 넣고 빼고 하지 말고 부디 쌀농사부터 제대로 한번 지어보자.

자연 치유력 회복하기 🍃

시골에서 주유소를 운영하며 솜씨 좋게 정원을 꾸며놓은 노부부가 있는데 그 댁엔 서울서 온 손녀가 하나 있다. 귀밑머리가 희끗한 노부부와 마주앉아 식물 생태에 대한 얘기를 나누다가도 그 댁 손녀의 재롱떠는 모습에 시간가는 걸 잊곤 했다. 노부부는 손녀가 제 손으로 입고, 먹고, 움직일 만하게 자라자 부모 밑에서 크는 게 낫지 싶어 서울로 보냈다. 든 자리는 몰라도 난 자리는 안다고, 오죽이나 눈에 밟혔는지 노부부는 한동안 참 쓸쓸해했다.

그러던 어느 날, 노부인은 집안 잔치가 있어 손녀도 볼 겸 서울나들이를 나섰다. 그런데 아파트 현관문에서 "할머니~"하고 달려오는 아일 보고는 대성통곡하고 말았단다. 이야기를 듣자니, 보름 만에 만난 손녀는 감기에 옴팡 걸려 있더란다. 연신 코를 훌쩍거리며 콧물을 줄줄 흘리고, 낭랑하던 목소리는 코맹맹이가 돼 있더란다.

부인이 처음에 아이를 데리고 내려온 데는 이유가 있었다. 백일도 되지 않은 아이를 감기에 걸리게 만들고 생후 한 달 만에 놀이방에 맡기는 맞벌이 며느리가 미덥지 않았던 것이다. 손녀를 직접 키우면서는 감기약 한 번 먹여본 일이 없었다는데 콧물범벅인 채로 "할머니!"하고 반기는 손녀의 꼴을 보니 왈칵 눈물이 쏟아질 만도 했겠다.

아이는 감기만이 아니었다. 서울 올라간 지 며칠 만에 가렵다며 벌건 손톱자국이 나도록 온몸을 긁어대더라는 것이다. 아이 엄마는 소아과에 갔다가 더 난감해졌다. 아이가 선천적인 아토피에다 기관지도 약한데 그동안 이상이 없었다는 게 도리어 이상하더라나. 노부인은 줄곧 내 손에서 애지중지 키운 손녀가 아토피라니 믿을 수 없다고 했다.

아토피는 우리에겐 없던 병이다. '있는 그대로'의 자연에 맡기면 나을 수 있다. 아토피를 선천적이라고 단정 지을 일은 더더욱 아니다. 이 댁 손녀만 해도 시골에서 자라는 동안은 별 탈이 없었다. 요즘 부모들처럼 아이가 조금만 열이 나도 병원으로 쪼르르 달려가질 않으니 병원에서도 갸우뚱할 정도의 건강을 유지했는지 모른다. 병원에 가야만 치료할 수 있는 병이 있고, 가지 않아도 되는 병이 있다는 걸 구분하면 좋으련만. 생전 듣지도 못한 약을 처방받아서 삼시세끼 꼬박 약을 먹으니 몸은 스스로 싸워 이겨낼 자생력을 점점 잃고 만다.

그 댁 손녀도 감기며 고열에 시달린 적도 있었다. 그럴 때면 노부부는 의사나 약사가 아닌 내게 전화를 주었다. 그럼 나는 오가는 길에 들러 아일 봐주고 그때그때 적절한 방법을 일러주곤 했다. 내가 내린 처방은 특별히 무슨 노력과 시간을 들인 게 아니다. 쾌적한 주거환경에서 자연과 어울려 뛰놀게 해주라는 것뿐이었다. 만일 노부부가 아들네에게 한소리 듣는 걸 겁냈다면 무조건 병원으로 달려가 아이와 함께 병을 키웠을 것이다.

아토피는 태열이 남아 있어 나타나는 증상이다. 예전에 집에서 아일 낳을 때도 골반이 벌어지지 않아 시간이 지체되면 아이에게 태열이 남아 있긴 했다. 그러나 주거환경이나 식습관에 의해 자연스럽게 정상으로 돌아왔고 아토피라는 걸 모르고 살았다.

엄마 뱃속에 있는 태아에게 필요한 모든 영양은 태반이 알아서 조절한다. 출산이 임박하면 태반은 운동을 멈추고 아이는 코로 숨을 쉬면서 나온다. 이때 시간이 지체되면 아기는 양수에 갇혀버리는 꼴이 된다. 태열은 이런 과정에서 생겨난 것이라 태어났을 때 기관지와 피부에 장애가 남긴 하지만 선천적으로 타고나는 병은 아니다.

요즘에 아토피가 이렇게 유행하게 된 것은 잘못된 출산문화 때문이다. 동물들의 출산 장면을 보면 어미가 척추와 다리의 각을 최소로 줄이고 척추를 구부릴 때 새끼가 나온다. 사람도 예외가 아니다. 예전엔 밭에서 김을 매다가 별 산고도 없이 쑥 빠지듯 아이를 낳기도 했다는 말을 들어봤을 것이다. 그렇게 앉은 자세로 아이를 낳으면 산모도 크게 힘들지 않고 아이도 양수에 빠질 염려가 없다.

이렇게 아이가 제 시간에 나오면 복식호흡이 시작되는 첫 울음소리를 내게 된다. 그러나 요즘 병원에서 태어나는 아기들은 양수에 빠져 질식 상태로 나오기 때문에 나오자마자 거꾸로 들고 기도에 든 양수를 빼내주어야 겨우 호흡을 한다.

태어나자마자 뭘 먹이려 드는 것도 삼가야 한다. 산모의 젖은 삼일 정도 지나야 나오듯 아기도 생후 약 삼 일간은 아무것도 먹이지말고 입술만 적셔줘야 한다. 그 후 엄마의 초유를 먹고 면역력이 강한 사람으로 성장하는 것이다. 하지만 요즘의 출산은 어떠한가. 양수를 먹고 사경을 헤매다 겨우 세상에 나온 신생아에게 엉덩이를 때려 억지 호흡을 시키고 곧 우유를 먹인다. 이는 아이에게나 산모에게나 고통이자 폭력이다.

많이 나아지긴 했지만 아직도 산부인과 분만실에서는 산모에게 척추를 바닥에 붙이고 가랑이만 벌리게 해서 분만을 유도한다. 이런 자세로는 골반이 넓어지지 않는다. 용변 볼 때의 자세를 생각해보면 쉽다. 제정신인 사람이 누운 자세로 힘준다고 배설이 될까. 시간이 경과될 수밖에 없고, 그러다보니 아기는 태어나면서부터 아토피 증세가 나타나는 것이다.

노부인의 며느리도 자연분만을 시도했다가 산통은 길어지는데 아이는 나올 기미가 없자 죽을 고생은 다 해놓고 결국엔 수술로 아이를 꺼냈다고 한다. 그 손녀의 아토피 증세가 선천적이라는 의사의 진단은 여기에 기인한 것일 게다.

노부부는 결국 손녀를 시골로 데려오진 못했다. 아이가 엄마와 떨어지려 하질 않았기 때문이다. 할머니가 아무리 잘해준들 엄마품만 하겠는가. 대신 노부인은 먹을거리를 정성껏 챙겨 아들네로 보내고 있다. 손녀의 먹을거리라도 시골밥상 그대로 차려주고 싶은 마음에서다.

서울의 아들 내외는 내가 실내 유리문을 창호지문으로 바꾸는 게 좋다고 권했더니 다행히도 거실, 안방, 아이 방에 있는 유리창을 한 장씩 창호지로 바꿨다고 한다. 젊은 부부가 금방 알아듣고 실천에 옮겨 준 게 기특하고 고맙다.

우리 속담에 제비가 집을 안으로 들여 지으면 장마 지고, 장마 때 거미가 집을 지으면 날 든다는 말이 있다. 폭풍우 조짐이 있으면 쥐가 먼저 알고 배에서 내린다. 그러나 오랫동안 사람 손에 갇혀 사육되는 동물들은 본능적인 감각을 상실하고 자생력이나 치유력도 현저하게 떨어진다. 보잘 것 없어 보이는 미물일지라도 생존을 위한 진화는 사람이 말하는 과학이나 진보와는 참 다르다. 그 이유가 아무도 보호해주지 않기 때문이라면, 우리는 누군가 자신을 지켜 주리라고 생각해서 타고난 감각을 잃어가는 것일까.

날로 발전하는 것처럼 보이는 의술만 믿고 살 수 있다면 편할지도 모른다. 그러나 병원보다 더 빠르게 늘어나는 건 환자고, 의술보다 더 앞서가는 건 현대인의 질병이다. 몸이 본래 갖고 있는 치유력이 녹슬지 않고, 더는 퇴화하지 않도록 우리 안에 있는 자생력을 이제라도 꽃피워보자.

소금을 위한 변명

'짭짤하다'라는 재미있는 말이 있다. 간간하게 간이 잘 배 감칠맛이 있다는 건데, 이는 야무지고 실속 있다는 뜻으로도 쓰인다. 하지만 '그 사람 참 짜다'고 하면 제 잇속만 차리는 얌통머리 없는 사람이 돼버린다. 소금과 연관된 재미있는 말이 많은 이유는 그만큼 우리네 음식문화에서 소금이 차지하는 비중이 크기 때문이다.

그러나 이젠 옛날에 먹던 소금과 멀어지면서 그에 따른 우리말도 빛을 잃어가고 있다. 정제된 인스턴트 소금을 사람이 짠 것에 비유할 수 없을 테고, 짠맛의 영양학적인 가치는 제쳐두고 싱겁고 적게 먹어야 한다는 목소리만 거세지고 있다.

우리나라 사람들에게 위장 장애가 많은 건 사실이나 그 원인을 소금 섭취량에서 찾는 건 무리가 있다. 문제는 소금 섭취량이 아니라 소금 자체에 있다. 일은 많이 하면서 그에 비해 먹을거리는 턱없이 부족했던 시절은 과식과 포식이 일상화될 수밖에 없었다. 그릇된 식습관으로 위가 늘어나 위무력증이 생긴 게지 짜게 먹어서 병이 증폭된 건 아니다.

게다가 예전의 먹을거리는 가공된 소금처럼 단순하게 짜지만은 않았다. 그건 본래의 소금 맛이 아니다. 한 세대 전만 해도 밥상에 올라오는 반찬은 지금보다 훨씬 짰다. 가장 많이 사용하는 양념인 된장, 간장, 고추장도 소금이 기본으로 들어갔다. 천일염으로 담근 장아찌를 한꺼번에 많이 못 먹는 이유는 몸이 적절한 염분 섭취량을 알아서 조절하기 때문이다.

인스턴트 음식은 한번에 입맛을 자극해서 끌어들이려니 정제된 소금으로 간을 맞추고 엉터리 짠 맛을 보완하기 위해 설탕까지 동원한다. 이렇게 먹는 인스턴트 화학염이 문제지 천일염은 보약과도 같다. 옛날 소금은 바닷물을 염전으로 끌어와 바람과 햇빛으로 유해 성분을 증발시켜 만들었다. 이것이 가공하지 않은 천일염이다.

설탕이 산화의 기능을 한다면 소금은 보존의 기능이 있는데, 소금의 짠 성분은 단단해지는 것을 부드럽게도 한다. 장수의 상징이면서 갑옷을 입고 사는 거북이의 몸속에도 염류가 많다. 3~10퍼센트의 염분은 제초제를 대신할 수 있고, 3퍼센트 미만의 소금물은 사람이나 식물의 영양공급원이 되어준다. 따라서 작물에게도 염분은 절대적으로 필요하다.

토양도 예외는 아니다. 흙에 소금을 뿌려주면 보습 효과가 있어서 미생물이 분포하기에 좋고, 겨울철에 땅이 얼어붙지 않으며, 식물의 영양 섭취를 활성화시킨다. 소금에 이런 효과가 있은들 사람도 맛소금을 먹는 요즘 세상에 작물에 천연염을 뿌려줄 이 누가 있을까. 염분이 필요한 줄은 알아서 비료라는 이름으로 만들어놓은 화학염을 쏟아 부을 뿐이다.

포장되어 나오는 구이 김이 아무리 질 좋은 김에 신선한 기름을 사용했다고 자랑해도 거기에 쓰인 소금은 자연염이 아닌 맛소금이다. 식재료가 좋아도 같이 먹는 양념에 문제가 있다면 몸에 이로울 리 없다. 더구나 김은 기름이나 소금과는 궁합이 맞지 않는다. 기름을 발라 구운 김은 기름 때문에 빨리 산패된다. 불에 바로 김을 구워서 즉시 먹는 것이 가장 좋은 방법이다. 이렇게 구운 김은 피를 맑게 해준다. 영양소는 먹는 방법에 따라 독소가 되기도 한다.

혹시 옛날 국수를 기억한다면 짭짤한 맛을 떠올려볼 수 있을 것이다. 국수를 좋아하는 이들이 첫손에 꼽는 맛은, 면이 다 끓었는지 가늠해보기 위해 한 젓가락 꺼내 살짝 물에 헹궈 후루룩 먹을 때다. 충분한 소금이 들어간 반죽에서 뽑아낸 면발은 쫄깃하고 찰지다.

두부를 만들 때 중요한 것도 소금이다. 두부는 콩이 주재료지만 간수를 적절하게 쓰는 것이 중요하다. 화학적으로 만든 간수가 값이 저렴하고 완성품을 만들면서 실패율이 적다는 이유로 애용되고 있지만 몸에 좋을 리 없다.

소금은 밀가루 반죽이 끈기를 형성하는 '글루텐'에도 영향을 준다. 빵이나 과자 같은 밀가루 제품은 수입 밀을 기준으로 한 제조법이고, 우리의 입맛도 달고 부드러운 것에 길들여져 밀의 참 맛을 제대로 모른다. 특히 우리 밀은 수입 밀에 비해 끈기가 덜한 편이라 제품 성형이 쉽지 않고 부드럽지 않다는 이유로 외면해버리기 일쑤다. 원재료의 자연성을 회복하고 보급하는 건 뒷전이고 갈수록 각종 첨가제만 발달하니 안타까운 노릇이다.

과자나 빵, 사탕에 들어가는 첨가제는 대개 처음 만들어진 모양새를 유지하도록 인위적인 힘을 가해 놓은 젤라틴을 쓴다. 한천을 사용해야 할 먹을거리에 인체에 유해한 첨가제를 쓰는 게 더 이상 놀랄 일도 아니다. 방부제나 보존 기능이 있는 첨가물은 몸속에 그대로 남는다. 몸 안에서 연소되고 흡수돼야 할 음식물이 분해되지 않으면 배불리 먹어도 헛헛하고 입은 잠시 즐거울지 모르나 긴 시간 몸이 고달파지게 된다.

그러면 어떤 소금이 좋은 소금일까. 소금의 결정체는 바람의 세기에 따라, 맛은 일조량에 따라 차이가 난다. 바람이 적고 햇볕이 강한 날, 굵고 짠맛이 강한 소금을 얻을 수 있다. 소금이 만들어지는 과정에서 수분을 천천히 증발시키는 게 좋으니 여름보다 가을소금이 좋다고 하는 것이다. 여름에 만들어지는 소금은 강한 볕으로 시간을 단축할 순 있으나 질 좋은 소금을 얻긴 힘들다.

'맛소금'이라고 부르는 정제염은 말할 게 못 되고, 볶은 소금이나 죽염 등 고열을 이용해 만든 소금도 자연염의 맛과 영양분을 그대로 살려내진 못한다. 소금은 가열되면서 나오는 독소가 강해 소금을 볶다보면 눈이나 코가 고통스러울 정도다. 열을 가하고 태우는 동안 소금에 함유된 이로운 물질은 사라지고 단지 짠맛만 남게 되면 몸에 필요한 영양분 구실을 하지 못한다.

질 좋은 소금을 구하기 위해선 별도의 공을 들여야 한다. 섬에 들어온 후로 작물을 돌보느라 일과가 빠듯하다 보니, 천일염을 만들어 보려 했지만 아직까지 머릿속에만 그리고 있다. 언젠가는 섬이라는 지역적인 특성을 이용해 내 손으로 천일염을 만들어볼 생각이다. 말로 듣는 것보다는 눈으로 보는 게 낫고, 눈으로 보는 것보다는 먹어보고 직접 체험해보는 게 나을 테니까. 자연이 주는 맛을 내 몸이 기억하도록 언젠가 꼭 만들어보리라.

물맛 나는 세상이 살맛 나는 세상

하늘에서 내리는 비는 식물에게 제일 좋은 생명수다. 그래서 자연 농법으로 짓는 농사는 가급적이면 인위적인 물주기를 하지 않는다. 아무리 산소와 미네랄이 풍부한 물이라 할지라도 자연스럽게 내려주는 비만 못하다. 우리 눈엔 그저 물로만 보여도 그 안에 담긴 물질은 단순한 물이 아니다.

만일 식물에게 증류수만 준다면 생명을 싹틔울 수 있을까. 그래도 식물은 성장할까. 물에 들어 있는 다양한 물질을 여과기로 걸러낸 증류수만을 먹고 자란 식물은 어떻게 될까.

증류수에서 수분은 충족시키지만 필요한 물질을 섭취하진 못한다. 물의 성질로 볼 때 순수할지는 모르나 이는 화학 실험용이지 생명을 키우는 물이 아니다.

사람이나 식물이나 단순히 수분만 보충해선 제대로 살 수 없다. 얼마 못 가 성장이 부실해진다. 살긴 살아도 근근이 생명만 유지하고 있을 뿐 결실을 맺을 정도로 성장하질 못한다. 생명을 가진 몸에 필요한 물은 '물기'가 아니라 물질을 함유한 '자연수'다.

정수기 영업을 하는 이와 얘기를 나눌 기회가 있었다. 짐짓 내게도 하나쯤 팔아볼 심산이었을 게다. 그는 자신이 팔고 있는 정수기에 대한 맹신이 대단했다. 직업적인 상술을 넘어 과할 정도였다. 밖에서 보내는 시간이 많은 그는 자신의 정수기로 걸러낸 물을 항상 가지고 다닌다고 했다. 내 앞에서 물통을 꺼내 벌컥벌컥 마시면서 그가 말했다.

"이 정수기 물로 건강해진 사람도 많고요, 냄새도 역하고 피부가 쉽게 건조해져서 수돗물을 불편해 하던 사람들도 이 정수기 덕에 이젠 물 걱정 안 합니다."

수돗물은 문제가 많지만 정수기가 이를 보완해주진 못한다. 혹 떼려다 혹을 더 붙이는 꼴이 될 수 있다. 사십대 후반쯤 된 그는 복부비만에다 장 기능이 시원치 않아 보이기에 내가 물었다.

"남은 그렇다 치고 본인과 식구들은 건강하십니까?"

"아우, 사업상 술 마실 일이 오죽 많아야 말이죠. 그 놈의 술 때문에……."

살짝 당황하며 그는 말끝을 흐렸다. 물만 잘 마셔도 장수한다던 그 호기는 단박에 사라졌다.

요즘은 어딜 가든 정수기를 흔히 볼 수 있다. 간편하고 손쉽게 정갈한 물을 마시라는 배려일까. 그러나 내가 보기엔 자연을 거스르는 이상한 친절이다. 정수기가 불순물을 걸러낸다면 유해 물질이 여과될까. 중금속 또는 화학약품이 섞이거나 오염된 물도 정수기를 통과하면 식수가 될까. 정수기를 통과해 나온 물은 인위적으로 정제한 가공된 물이다. 소금도 천일염은 보약이지만 정제염은 각종 성인병을 유발한다.

물은 육각수가 좋다고들 하는데 전기나 전자를 이용해 육각수가 만들어지진 않는다. 만들어져도 시간이 지나면 도로 본래 물분자의 형태로 돌아가 버린다. 물은 영하로 내려갔을 때 육각수를 유지한다. 눈도 내릴 때나 그 결정체의 모양이 육각형이지 녹으면 더 이상 그 구조를 유지하지 않는다. 그런데도 미네랄을 만들고 육각수를 만들어낸다고 선전하는 걸 보면 웃음만 나온다.

물에 섞인 물질을 다 걸러내 증류수에 가깝게 만든 정수기물은 영양 가치가 없다. 이런 물은 물고기도 식물도 제대로 살지 못한다. 그러니 사람이 마실 만한 물은 더욱 아니다. 인간이 건강을 위해서 먹는 물이라면 물고기가 살 수 있는 물을 먹어야 한다.

깊은 계곡이나 산골에서 물을 마셔봤다면 자신도 모르게 "아, 달다!"며 입맛을 다시고 탄성을 질러본 경험이 있을 게다. 그 맛은 설탕이나 과일의 단맛과는 다르다. 몸에 필요한 산소와 미네랄이 풍부한 물 본래의 맛이다. 손으로 떠 마셔도 비위생적이거나 불결하다는 생각이 들지 않는다. 위생적으로 한답시고 그런 물을 일부러 끓여 먹거나 정수기에 걸러 먹으면 오히려 더 손해다. 물고기가 헤엄쳐 다닌다고 불순물이라고 생각지 말고, 오히려 물고기가 사는 걸 보고 정말 맑은 물이라는 확신을 얻어야 바른 생각이다.

물고기는 자신에게 필요한 먹이는 물에서 얻고, 물속에 다른 물질이 있다면 그것을 먹고 물을 정화시킨다. 더 필요한 게 있을 리 없다. 걸러 내거나 첨가할 것도 없다. 수족관에 있는 물고기는 산소나 먹이가 필요하겠지만 시냇물이나 계곡에 사는 물고기는 그렇지 않다.

우리 몸 또한 음식을 먹으면 몸에 필요한 물질을 몸 안에서 만들어 낸다. 자연 그대로의 먹을거리를 먹어야 하거늘 멀쩡한 물을 정수기로 걸러 마시는 것은 남이 주는 산소와 먹이를 받아먹으려고 일부러 울타리 안에 갇히길 자청하는 셈이다. 그것도 적지 않은 돈을 들여가면서 애를 쓰니 답답한 노릇이다.

옥종의 내 집에서는 상수도는 빨래나 청소용으로 쓰고 지하수를 식수로 이용한다. 물을 청하는 손님에게 수도꼭지에서 한 바가지 받아 건네주면 순간 당혹스러워 한다. 아니 선생님 댁엔 그 흔한 정수기도 없냐고. 연구원이 있는 섬에서도 수도꼭지에서 바로 받아 마신다. 그러면 그냥 지나치는 법 없이 대부분 이 물은 어떤 물이냐고 묻는다. 섬에서 물맛을 보고 놀라는 건 아마도 짠맛이 섞여 있지 않아서일 게다.

지하수라고 해서 무턱대고 믿을 건 못 된다. 깊이 우물을 판다고 반드시 좋은 물이 나오거나 섬이라고 해서 바닷물이 지하로 스며드는 건 아니다. 그런가하면 깊은 산을 끼고 있는 곳이라고 산삼 썩은 물이 다 나오는 것 또한 아니다.

약수터를 철석같이 의지하는 경우도 마찬가지다. 수질 판정 합격표 하나면 그만일까. 믿을 건 그것밖에 없어선지 무슨 인증이니 검사 판정표를 달아놓으면 깜빡 잘도 넘어간다. 수질검사 판정 기준은 나쁜 물질만 어느 선 이상 검출되지 않으면 된다. 몸에 해로운 수치를 정해놓고 그걸 넘지만 않으면 합격 판정이라니 생명체에 좋은 물질이 무엇인가는 뒷전이고 나쁜 물질이 얼마인가에만 초점을 맞춘다. 더 나쁘지 않다는 것이지 결코 몸에 유익하다는 의미가 아니다.

우리집 지하수는 상수도보다 양호한 편이라는 게지 최상의 물은 아니다. 그에 비하면 섬에서 사용하는 식수가 훨씬 자연수에 가깝다. 그만큼 오염이 덜 됐다. 그래도 끓여서 마시면 좀 더 위생적일 거라는 이들이 아직도 많다. 현대인들은 무엇이든 가공해야 안심하는 이상한 습성에 빠져 있다. 정수기물이 가공된 물이라면 끓인 물은 이미 죽은 물이다.

물은 생명이다. 식물에게, 동물에게, 사람에게 절대적으로 필요하다. 그런 생명수를 정수기나 약수터에 맡길 수는 없다. 물맛이 좋아야 손맛이 살고 음식 맛도 더불어 살아난다. 물맛 나는 세상이 곧 살맛나는 세상이다.

어떤 음식을 먹을까? 🐞

내 생각과 희망은 변함없이 한 가지다. 무경운, 무농약, 무비료로 농사지어 세상 사람들과 제때 나온 제철 먹을거리를 골고루 나누며 조화롭게 사는 것이다. 하지만 요즘 사람들은 제철에 나온 음식을 먹는 경우가 드물다. 식물을 배양하는 과정에서 성장 촉진 물질을 투입해 기형적으로 성장시켰거나 완숙되기 전의, 성장 과정에 있는 것들을 먹고 있다. 제철 음식이야말로 사람에게 보약이요, 자연이 준 선물인데 구하기가 쉽지 않다. 과학농법이나 온실 재배로 길러 낸 "철 없는" 사계절 농산물이 난무한다. 이것이 병을 만드는 원인이다.

현대인들이 즐겨 먹는 음료 가운데 매실이 있다. 성장 과정의 것을 먹는 대표적인 음식이다. 그러나 익지 않은 매실은 식품이 아니라 이질에 걸렸을 때 먹는 약이다. 제대로 먹으려면 매실이 풋것일 때 따서 밀봉해 두었다가 여기에서 나오는 즙을 받아 여름철 이질에 걸렸을 때 약으로 조금씩 먹어야 한다.

이질이란 식중독을 말한다. 과거에 식중독은 주로 여름철에 흔했지 요즘처럼 계절 구분 없이 유행하지 않았다. 이렇게 변한 이유는 쉽게 짐작할 수 있다.

우리가 먹는 음식물의 원천인 식물은 자라고 결실을 맺는 철이 따로 있다. 그 때에 맞게 거두어 먹는 것이 자연의 이치다. 그러나 하우스재배로 대량 생산되면서 제철을 잊은 지 오래다. 먹을 게 턱없이 부족하다면 그렇게라도 먹고 살아야겠지만 요즘 우리들 사는 형편이 그렇지는 않잖은가. 설사 그렇다 하더라도 밀폐된 채 산소밀도가 떨어지는 비닐하우스에서 자란 작물은 기형일 뿐이다.

게다가 성능 좋은 냉장 시설만 믿고 농산물의 보관 기간이 마냥 늘어나 있다. 가공 조리되어 포장된 음식의 유효 기간도 신선도에 기준을 둔 게 아니라 부패되기까지를 기준으로 삼는 것 같다. 신선도를 보장해주는 건 냉장고가 아니라 자연이다.

요즘처럼 덜 익은 매실을 계절 구분 없이 지속적으로 먹을 경우, 이질 같은 병에 대한 면역성이 약해져 어느 때라도 식중독에 걸릴 확률이 높다. 한번 발병하면 빨리 낫지도 않는다. 이미 면역성이 없어졌으니 식중독에 걸렸다고 매실을 먹어봐야 효과도 없다. 평소 익지 않은 매실을 먹지 않아야 식중독에 걸렸을 때 치료제로 효과를 볼 수 있다.

매실이 무슨 연유로 이질에 약이 되는지는 모르고 남들이 좋다고 하니까 매실 엑기스가 상시 보약이라도 되는 줄 안다. 게다가 몸에 좋다면 남에게 적극 권하는 게 인지상정인지라 병문안을 갈 때나 남의 집을 방문할 때도 매실음료가 빠지지 않는다.

풋매실이나 콩처럼 열매에는 식물 스스로 자신을 보호하기 위한 독소가 들어 있다. 이 미미한 독이 사람에겐 약이 될 수 있다. 인체의 면역기능을 강화시켜 주는 콩은 비린 맛의 독소로 자신을 보호한다. 그래서 우리는 콩을 날로 먹지 않는다. 열을 가하거나 발효 과정을 거쳐 된장을 만들고, 콩나물처럼 싹을 틔워서 먹으면 독소는 없어진다. 앞서 간다는 현대인들은 시도 때도 없이 매실을 먹어 몸을 중독시키고 콩도 날것으로 먹을 수 있게 개발하면서 음식도 약도 모두 독을 만들어 먹고 있는 셈이다.

풋매실을 아무 때나 먹는 것만도 몸에 해로운데 여기에 설탕을 넣어 매실주를 담가 먹는 경우도 흔히 본다. 이건 설탕물이나 다름 없다. 과일이 주재료가 되는 음료는 죄다 설탕물이라고 보면 된다. 풋매실을 딸 때가 되면 설탕 소비량이 얼마나 많은지, 집사람이 설탕을 사러 갔다가 빈손으로 온 적도 있었다. 작은 옥종 읍내가 이런데 전국적으로 소비되는 양이 얼마일지는 짐작이 가고도 남는다.

한번은 전통음식에 조예가 깊다는 분이 자신이 만든 발효음료를 들고 온 적이 있다. 우리가 언제부터 설탕을 먹었느냐고 물었더니 쉽게 대답하지 못했다. 설탕이 절반인 걸 아무 때나 먹는 게 무에 그리 좋을까. 설탕을 넣어 만든 엑기스나 발효음료는 우리 몸에 좋은 음식물이 아니라는 것만은 꼭 기억해 두었으면 한다.

인체는 식물을 먹었을 때 몸에 필요한 원당을 만드는 기능이 있다. 사탕수수나 식물을 먹으면 체내에선 원당을 만들어 포도당으로 변화시키는 생화학적 분해를 한다. 그러나 언제부턴가 우리는 아예 원당 자체를 만들어 먹고 있다. 그러니 자연스럽게 몸에서 원당을 만드는 장치는 녹슬어 퇴화되고 만다. 이 기능이 퇴화될 때 나타나는 병이 바로 당뇨다.

당뇨는 소변으로 당이 빠져 나가는 것, 혈당의 수치가 높은 것이다. 이 병은 식탐이 강하거나 그릇된 식습관에서 비롯되지만 근본적으로는 당을 섭취하는 방법이 잘못되었기 때문이다. 식물의 자연적 당분을 피하거나 또는 줄이거나, 몸속에서 만들어야 할 원당을 인위적으로 만들어 먹는 것이 그 원인이다. 동물성 단백질을 과다하게 섭취해 체내에서 원당을 만드는 기능을 상실했을 때 나타나는 결과이기도 하다.

육식을 과하게 하거나 인위적으로 만들어진 원당을 많이 먹으면 췌장 기능이 저하되면서 인슐린을 만드는 기능도 퇴화되고 췌장암의 발병률이 높아진다. 이때 인슐린을 투입하는 것 역시 해당 기능을 지나치게 쉬게 하는 것이다.

제대로 알고 먹으면 맛있고 영양가도 많은 식물들이 얼마든지 있다. 자연이 주는 특효약을 독으로 만들어 몸속에 집어넣지는 말아야 하는데 먹을거리의 오류는 끝이 없다.

동물이라고 해서 상황이 낫진 않다. 고깃집에 걸린 '남의 말판(차림표)'을 보면 수소 고기는 간데없고 암소 고기만 있다. 그러면 수소는 다 어디로 갔을까.

소는 초식동물로 다양한 야생초를 뜯어먹어야 한다. 그런데 요즘은 축사에 가두어놓고 배합사료를 먹인다. 그뿐인가. 어린 수송아지의 생식기를 거세해 암수 구별을 없앤다. 이렇게 만들어진 중성 상태의 소고기가 상품으로 팔리고 있다. 기형인 것도 경악스러운데 이런 소가 비싸고 고급스러운 고기로 둔갑하고 있다. 품질 좋은 소고기를 먹고 싶다면 소가 들에서 풀을 뜯어먹고 살게 해야 한다.

물고기를 잡으러 가서 그물에 걸린 고기가 등이 구부러져 있거나 흉물스럽게 일그러져 있다면 섬뜩해서라도 얼른 놓아버릴 것이다. 그걸 먹겠다고 요리할 간 큰 사람은 없을 게다. 시장에 내다 팔아도 마찬가지다. 등이 굽은 생선이 어물전에 놓여 있다면 그걸 누가 사갈까. 그러나 토막을 내서 팔면 모르고 사갈 것이고, 바로 조리할 수 있게 포장해 놓으면 더 잘 팔릴 것이다. 지금 우리의 먹을거리는 이렇게 비정상적인 것들이 많다.

먹을거리가 기형적으로 발달하면서 인체 구조도 기형적으로 변한다. 그러니 늘어나는 건 병원뿐이다. 병원은 땅이 부족해서 하늘 높이 올려 지어도 예약하지 않으면 진료실 문턱을 넘기도 쉽지 않다. 평균수명이 늘어났다고 좋아할 일이 아니다. 스스로 주체가 되어 즐기고 가꾸어나가는 삶이 아니라, 약물과 의료기술에 의지해 물리적으로 생존해 있는 시간이 길어졌을 뿐이다.

음식이 곧 몸이라고 했다. 먹는 음식을 보면 사람이 보이는 법이다. 우리의 먹을거리가 얼마나 위험에 처해 있는지 부디 더 늦기 전에 돌아보자.

골다공증과 멸치와 우유

임 선생 부부가 모처럼 섬에 온 건 김장철이라 굴이 한창 좋을 때였다. 교직에 있던 이들 부부는 정년을 앞두고 하동으로 귀농하면서 회원이 된 가족이다. 굴 구이를 해먹기로 하고 임 선생 부인과 내 안식구는 바닷가에서 굴을 줍고, 남자들은 불을 피울 만한 자잘한 나무를 주워 모으며 잠시 나이도 세월도 잊었다.

　이윽고 후끈한 모닥불 앞에 두 부부가 모여 앉았다. 임 선생 부인은 방한복을 입고도 추워서 덜덜 떨고 있었다. 그녀가 내 안식구를 보고 말했다.

"사모님은 좋겠어요. 몇 년 전이나 지금이나 그대로예요. 너무 부러워요. 선생님 같은 남편을 두셨으니 어련히 알아서 잘해주셨을까."

　그러자 임 선생이 발끈해서 대꾸했다.

　"아니, 그럼 난 뭘 잘못해서 당신이 어디 탈이라도 났소?"

　"그건 아니지만……"

　할 말은 있지만 다 하지 못한 듯 임 선생 부인이 말끝을 흐리자 오히려 임 선생이 말을 쏟아냈다.

"글쎄 이렇다니까요. 모든 게 다 제 탓이랍니다. 신혼 초에 긁던 바가지와는 비교가 안 돼요. 자식들까지 합세해서 제 엄마 부려먹지 말라고 하질 않나, 이러다 늘그막에 구박덩이 되는 거 아닌지 모르겠습니다."

그러다 부부싸움 나겠다고 농을 해서 서둘러 말문을 막고는 부인에게 실컷 속내 좀 털어 보도록 얘기마당을 열어주었다.

내 안사람과 동갑인 부인은 귀농해 살면서도 도시에서 살던 습성이 여전했다. 도시로 쇼핑 가길 즐기고 꽃이나 가꾸며 사는 전형적인 아파트형 도시인이었다. 농사에는 전혀 뜻이 없이 억지로 남편을 따라 옮겨오다 보니 귀농한 지 삼 년이 지났는데도 논밭에 널린 일은 죄다 남편 몫이었다. 동네사람들이 불쑥불쑥 찾아오는 것이 못마땅해 이웃과도 담을 쌓고 살다보니 혼자 우두커니 앉았거나 종일 TV 앞에서 시간을 보내기가 십상이었다.

나이에 비해 얼굴이 곱고 애교가 많은 사람이었는데 부쩍 짜증만 늘고 아픈 데는 왜 그리 많은지 어떨 땐 자신도 모르게 눈물이 흘러내린단다. 계모임이다 동창회다 해서 기회만 있으면 도시 나들이로 바빴는데 그럴 때면 친구들로부터 병원 가서 종합검진 받아보란 말 듣기 일쑤였다고 한다. 일전에도 동창들 모임에 다녀온 부인이 병원에 가봐야겠다고 해서 임 선생도 가슴이 철렁 내려앉았단다. 임 선생 부인은 울상을 하고 말했다.

"소화도 안 되고, 온몸이 두들겨 맞은 것처럼 무거워서 손가락 하나 까딱하기도 싫은 거예요. 병원에선 오십견이라는데 제 나이에는 그리 놀랄 일도 아니라네요. 위 내시경 검사는 겁나서 다음에 하겠다고 했죠. 그냥 두면 더 큰병 될지도 모른대요."

"그런데 오십견이 뭐죠? 누구네 개 이름이에요?"

너무 걱정스러워하기에 내가 우스갯말로 받아쳐도 부인은 웃질 않았다. 결국은 딸이 서울에 있는 종합병원에 예약을 하곤 제 엄마를 불렀다고 한다. 병원 출입을 탐탁치 않아 하는 내 앞이라 눈치가 보였던지 임 선생은 하소연하듯이 말했다.

"말리면 무관심하다고 눈을 흘기는데 난들 어쩌겠어요. 결과는 별 이상 없다는데 병원 갔다 오곤 더 심난한 모양입니다. 병원이란 데가 멀쩡한 사람도 중환자 되기 딱 좋아요. 게다가 요즘 티브이 보면요, 온갖 병을 다 폐경기랑 연결시켜놓고 있습니다."

듣고 있는 나도 심난해졌다. 어쩌자고 병을 만들고 있는지. 우리나라 여성들에게는 중년이 되면 들이닥치는 반갑지 않은 손님이 있다. 폐경기, 골다공증, 오십견이 그것이다. 외국이라고 같은 증상이 없을까마는 우리나라에선 특히 이들을 3종 세트로 묶어 각종 매체를 통해 집중 공략하니 본인은 물론 가족들도 무서운 재앙처럼 느낀다.

폐경으로 인한 신체의 변화는 자연스러운 흐름이다. 가임기가 지나면 월경이 없어지는 것이니 전혀 이상할 게 없다. 월경이 끊기는 이 시기는 몸속에서 만들어내는 생산 시설은 계속 가동되고 있는데 배출 기능이 중단되었다고 보면 된다. 즉 재고량은 많아지면서 배출은 안 되는 상황이라 약간의 교란이 일어나는 것뿐이다. 원활하게 분비되지 않고 몸속에 쌓이다보니 몸이 무겁고 자신도 모르는 사이에 불쾌하고 우울해지면서 마음의 병으로 확산되기 쉽다.

어느 날 갑자기, 거울에 비친 모습에서 주름살과 흰머리를 발견하거나 눈이 침침해지면서 잘 보이던 글씨가 부옇게 흐려진다면 누구라도 선뜻 받아들이기 힘들 것이다. 하물며 폐경을 여성으로서의 기능이 상실되어버린 것에만 초점을 맞추면 그 허무함이란 이루 말할 수 없을 것이다. 몸에 일어나는 자연스러운 변화를 병으로 전이시키는 것은 전적으로 정신적인 문제다.

중년여성들이 골다공증을 예방하려고 섭취하는 음식에 대해서도 생각해볼 바가 있다.

"우리 애가 칼슘이랑 비타민을 챙겨 주면서 멸치하고 우유 좀 많이 먹으라네요."

임 선생 부인은 그런 걸 먹으면 정말 좋아질까요, 묻는다. 임 선생 부인뿐 아니라 대개의 사람들이 멸치와 우유를 골다공증에 좋은 식품으로 알고 있을 것이다. 골다공증은 뼈의 문제라기보다는 뼈를 튼튼하게 받쳐줘야 할 근육에 이상이 생긴 탓이다. 뼈가 약해진 것으로 해석하다보니 칼슘이 들어 있는 멸치나 우유를 많이 먹으면 괜찮아지는 줄 안다. 그러나 나이 지긋한 여성들이 날마다 멸치와 우유를 먹는다고 뼈에 난 구멍을 메울 순 없다.

우리 몸속에는 입으로 먹은 칼슘을 뼈로 옮겨주는 장치가 없다. 그래서 칼슘이 함유된 식품이 아니라 몸속에 들어갔을 때 칼슘원이 되는 식품을 먹어야 한다. 그것이 바로 각종 채소들이다. 전 세계적으로 우유와 멸치를 많이 먹는 민족일수록 골다공증 발병률이 더 높다. 우리는 예로부터 이런 음식을 먹지 않았어도 골다공증이란

병은 모르고 살았다.

내친 김에 골다공증뿐 아니라 뼈에 좋다는 이유로 우리가 많이 먹는 곰탕에 대해서도 얘기해보자. 곰탕에 콜레스테롤과 지방이 다량 함유되어 있다는 것은 비교적 많이 알려진 사실이다. 동물 뼛속의 인 성분은 인체에 흡수되는 과정에서 혈액을 탁하게 하는 물질로 바뀌기 때문에 근육이나 뼈를 만드는 데 오히려 장애가 된다. 주변을 둘러보면 나이 든 여성들 대부분이 혈액순환 장애로 고생한다. 이런 데다 곰탕을 권하는 것은 병을 통째로 안기는 꼴이다.

칼슘원이 되는 식품을 적게 섭취하면 칼슘을 만드는 기능이 저하되면서 병이 된다. 몸의 기능이 퇴화되지 않도록 지속적으로 채소를 먹어주는 것이 제일 중요하다. 그렇다고 하우스에서 비료 줘가며 키운 채소는 먹어봐야 소용없다. 자연에서 자란 건강한 채소를 먹어야 한다. 그 대표적인 먹을거리가 야행성 식물로 밤에 하얀 꽃을 피우는 '박'이다. 꽃이며 모양새가 어여쁜 박은 영양식으로도 좋고 먹기에 따라 맛이 일품이다.

박 속의 씨는 사람의 이와 모양이 아주 비슷한데, 치아와 뼈를 건강하게 한다. 사람의 뇌 모양을 닮은 호두가 두뇌 발달에 좋은 것처럼 식물과 사람은 이렇게 통하는 면이 많다. 선인들은 박의 성분이 잘 우러나도록 박을 간장독이나 물독에 늘 띄워 놓고 사용했다. 처녀가 박속을 먹으면 박처럼 속살이 하얘진다고 해서 시집가기 전에 먹었다고도 한다. 이렇게 우리 전통의 먹을거리인 박을 놔두고 정제된 영양제를 찾으니 알 수 없는 노릇이다.

인체에는 몸에 필요한 물질을 만드는 기능이 있다. 그 원재료가 되는 식물을 먹었을 때 자연스럽게 만들어진다. 또한 식물에 들어 있는 성분은 사람이 먹었을 때 몸에서 만들어지는 물질과 다르다. 같은 음식이라도 몸속에 들어가면 사람에 따라 다른 물질로 변한다. 사람마다 다르고, 남성과 여성이 다르고, 같은 여성도 초경 전과 후가 다르다. 몸에 어떤 성분이 필요한지가 다 다르기 때문이다.

여성은 혈액 속에 당을 3퍼센트 정도 저장할 수 있는 능력이 있지만 남성은 여성의 삼분의 일 정도밖에 저장하지 못한다. 지방을 만드는 기능은 여성이 남성보다 월등하다. 같은 조건에서라면 여성의 건강관리가 어렵다. 그러니 물만 먹어도 살이 찐다는 말이 농담이 아니다. 같은 음식을 먹어도 초경을 경험한 여성은 남성이나 초경 전의 여성보다 지방이 약 세 배 더 만들어진다. 이때도 지방을 섭취했기 때문에 지방이 쌓이는 게 아니라 어떤 음식을 먹든지 체내에 필요한 지방을 만들게 되는 것이다.

임 선생 부인은 이듬해 봄에 내게서 가져간 박 씨를 심어 어린 박을 나물로 무쳐먹고, 속을 파낸 껍질로는 바가지를 만들어 우리집에도 몇 개를 가져다주었다. 나 몰라라 하던 텃밭 일에도 재미를 붙였다. 손수 거둔 배추로 김장을 담그고, 아파트에 사는 딸네에 며칠 다녀와서는 겨울에도 아파트가 좋은 줄 모르겠단다.

올봄, 그녀를 섬에서 다시 만났을 땐 얼굴이 아주 좋아보였다. 봄이라곤 해도 섬 날씨는 쌀쌀한데 바닷가에서 조개를 캐고 미역을 따는 그녀는 나이를 잊은 듯 보였다. 아직도 내가 "오십견이 무서우냐?"고 묻자 깔깔 웃더니 한마디 한다.

"그게 누구네 개 이름이에요?"

부인은 일상이 편안해지면서 딸과 며느리의 건강도 알뜰히 챙기게 되더라며 함박 웃는다. 식구들이 모여도 지나친 외식을 삼가고 무엇보다 자신의 모습을 있는 그대로 받아들일 수 있게 됐단다. 조급한 성격도 많이 느긋해졌다.

바쁘고 활기차게 살거나 자아가 확고한 여성에게 갱년기네, 오십견이네 하는 말이 가당키나 할까. 폐경이 찾아오면 당장은 삶이 허무하고 한없이 지루해지는 것 같다. 그러나 이때가 되면 자신도 모르게 내외하지 않게 되면서 훨씬 자신감 있고 대담해지며, 초경 전의 여자처럼 활발해진다. 여성은 폐경기에 이르러 몸과 마음이 완전히 자유로워지게 되는 것이다.

이렇듯 폐경은 자연스러운 몸의 변화이건만 요즘 여성들은 그렇게 받아들이지 못하는 것 같다. 지방과다로 인한 비만과 스트레스로 병을 불러 모으고, 주변에선 너나없이 그것이 질병임을 시시때때로 각인시킨다. 이렇게 되면 몸의 자생력은 완전히 무시된다. 생활과 문화가 많이 달라졌다고는 하나 현대인의 질병은 인간의 욕심이 만들어낸 습관과 관념의 결과물이다.

여성이 진정으로 아름답기 시작할 때는 바로 갱년기 이후부터다. 성별과 나이를 뛰어넘어 한 인간으로서 만개할 수 있는 때다. 자기 몸의 신호를 제대로 읽어내면서 건강하고 자연스럽게 폐경을 맞는 여성들을 보면 잘 익은 수수처럼 탐스럽게 빛이 난다.

병 주고 약 권하는 사회

내 말이라면 팥으로 메주를 쑨다 해도 믿는 동생이 있다. 어려서부터 한 동네서 형제간이나 다름없이 자라선지 친동생이나 진배없다. 여간해서 목소리 높이는 일도 없고 성격이 온순하고 침착하다. 동생은 나를 친형보다 더 따르고, 외아들로 자란 나 역시 그를 친동생처럼 여기며 지낸다.

그 동생이 어느 날인가 저혈압이라며 땅이 꺼져라 한숨을 내쉬었다. 몸 어딘가 이상이 생긴 건 아닌지 모르겠다며 기력이 많이 떨어졌다고 한다. 동생의 나이 마흔. 본인도 문제지만 주변에서 위로한답시고 온갖 쓸데없는 처방을 들이대는 게 더 큰 화근이었다.

단순히 혈압이 낮은 것은 평소 생활에 전혀 불편이나 장애를 주지 않는다. 혈압을 높이기 위해서 일부러 음식이나 운동에 특별한 노력을 기울일 필요가 없다. 오히려 생활하는 데 편리한 조건을 타고난 몸이다.

반대로 고혈압은 금기 식품이 많다. 단백질 함량이 높거나 동물성 식재료들이 그렇다. 맵고 짠 것은 무조건 기피하는데 고추의 매운맛이 고혈압에 상극은 아니다. 우리 고추의 매운맛은 혈액순환을 돕는다. 고혈압에 시달리는 사람들은 일부러라도 고추를 먹을 필요가 있다. 자연스럽게 매운 맛이 나는 음식은 고혈압에 위협적이지 않다.

그러나 매운맛이 지나치게 강하면 정확한 간을 보기 어렵다. 이런 음식은 고혈압이 아니어도 권장할 게 못 된다. 짠맛도 인위적인 짠맛을 내는 인스턴트식 소금이 문제지 천일염은 몸에 필요한 영양분을 만드는 보약이다.

고혈압은 먹을거리뿐만 아니라 주변 생활환경이나 정신적인 것까지 기본적으로 지켜야 할 수칙도 적지 않다. 그런 식으로 섭생이나 환경에 지속적인 관리가 필요하지만 저혈압은 그냥 자연스럽게 평소대로 생활하면 그만이다. 마라톤처럼 지구력과 체력이 필요한 운동을 하거나 높은 산을 오를 때도 평소 혈압이 낮은 사람이 훨씬 더 유리하다. 힘이 덜 드는 셈이다.

마라토너치고 고혈압인 사람은 없을 것이다. 운동선수가 평소 혈압이 높으면 체력 단련에 앞서 고혈압부터 다스려야지 그렇지 않으면 선수생활은 포기해야 할 것이다. 빠르게 혈압이 올라 쉽게 숨이 차고, 더 많은 체력이 소모되며, 심하면 정신을 잃을 수도 있다.

많은 사람들이 여기저기서 조금씩 주워들은 섣부른 건강 상식으로 고혈압과 저혈압을 진단하지만 나는 저혈압은 살아가는 데 아무런 지장이 없다고 본다. 다만 다른 병 때문에 혈압이 내려갈 때는 문제가 될 것이다.

이런저런 설명을 해주자 동생은 옳다 싶었던지 밝은 얼굴로 돌아갔다. 그런데 바로 다음날 그의 안식구에게서 전화가 왔다.

"아주버님! 정말 괜찮은 거예요? 괜히 애 아빠 안심시키느라고 하신 말씀 아니에요? 그냥 뒀다가 나중에 큰일 나면 어쩐대요?"

제수씨의 걱정을 모르는 바는 아니다. 남편에게 이상이 있을 경우 혼자만의 노력으로 건강을 찾기란 쉽지 않다. 대개는 식습관에서 오는 병이기 때문에 밥상을 차려주는 부인이 함께 노력해야 시간도 단축되고 경과도 좋다. 그래서 나는 농담 삼아 말한다. 인명은 '재천'이 아니라 '재처'라고. 다행인 것은 섬을 찾아오는 회원들은 부부나 가족 회원인 경우가 많아서 실천이 빠르다. 한 집안에서 어머니나 아내의 책임이 그만큼 큰 것이다.

동생은 일부러 시간을 내어 안식구를 데리고 왔고, 나는 재차 반복해서 얘길 해주었다. 결혼 전 간호사였던 제수씨는 내 말을 남편의 처지를 위로하기 위한 정도로 받아들이는 눈치였다. 워낙 내가 병원을 멀리하니까 현대의학을 불신해서 하는 말로 들었던 것이다.

그동안 동생네는 병원 가는 일로 부부 사이에 여러 번 작은 다툼이 있었다. 내 살아가는 모습을 누구보다 잘 아는 그로선 아내 말에 귀를 열지 않았고, 감기만 걸려도 냉큼 병원에 가야 직성이 풀리는 제수씨는 남편의 태도를 고집으로밖에 보지 않았다. 남편은 어쩔 수 없이 포기했지만 아이들 일엔 양보하지 않았다.

"아주버님이야 하늘이 내신 분이라 병원 모르고 사시는 거죠. 아무나 무턱대고 따라할 게 아니라고요."

하늘이 내신 분이라니 가당치도 않다. 나라고 해서 아프지 말란

법이 있겠나. 나도 감기몸살이 날 때가 있고, 기계를 자주 다루다보니 크고 작은 외상을 입는다. 재작년 썰물 때 바닷가에서 굴착기가 기울면서 넘어져 가슴과 허리를 치고 발등 위로 덮친 사고가 있었는데 하필 제수씨가 그때 섬에 와 있었다. 병원에 입원해야 한다고 우리 집사람에게 꽤나 성화를 부렸지만 나나 집사람이나 그 정도로 병원을 가진 않았으니 얼마나 놀랐을까.

동생에게 단단히 못을 박아두긴 했는데 제수씨한테 바가지 긁힐 걸 생각하니 안심이 되질 않았다. 그래도 본인 건강이니 잘 처신할 테지, 하고 기다렸다.

그러고는 한동안 만나질 못했다. 나야 늘 섬에 있고 어두워져야 집에 들어가는 데다 이따금 놀러오던 동생네 발길도 뜸했다.

그러던 어느 날, 집안 잔치에 다녀온 집사람이 동생네 안식구를 만났다면서 말을 전해주었다.

"동서가 그러는데예, 난리도 그런 난리가 없었답니다."

건강검진을 하게 되었는데 저혈압은 고혈압보다 훨씬 위험하다는 의사의 얘기를 듣고는 갈팡질팡했단다. 소문을 들은 친구들이며 동네사람들이 왜 가만히 있냐며 의사 처방대로 혈압을 높여야 한다고 하더라나. 순식간에 동생은 환자가 되어버렸고 내심 불안한 마음도 일더라는 것이다. 게다가 제수씨는 바로 이때다 싶어 병원으로 등 떠밀며 채근했을 테고. 내게 말하면 약을 못 먹게 할 테니 나 몰래 동생에게 한 달 동안이나 혈압 높이는 약을 먹인 것이었다.

그 결과, 다시 검진을 받았을 땐 돌이킬 수 없는 상황이 벌어져 있었다. 의사로부터 고혈압이라며 '움직이는 시한폭탄'이란 말까지 들었다나. 제수씨는 다시 혈압을 내리는 약을 먹여야 하는지 내게 물어볼 엄두를 못 내던 차에 집사람을 만나 하소연했던 모양이다.

마침 진주에 볼 일이 있어 나가는 길에 수곡에 있는 동생네에 들렀다. 방 안에 수북한 약봉지가 눈에 들어오길래 마땅찮아 물었다.

"자네가 고혈압 환자인가?"

"아이고, 형님한테 들켜버렸네요. 우짜면 좋겠습니까?"

동생은 약을 먹으면서 혈압이 높아져 있는 데다 나를 보고 당황하자 얼굴이 금방 벌겋게 달아올랐다. 숨이 차서 몇 마디 말도 제대로 잇질 못했다.

"병원에서 어찌나 호통을 치든지. 당장에 혈압 낮추지 않으면 큰일 난다고 해서……."

내가 당장 약봉지를 내다버리라고 하자 제수씨는 그제야 눈물이 그렁그렁해서 말했다.

"진작 아주버님 말씀만 제대로 들었어도 이 고생은 안 했을 텐데……. 죄송해요."

"그게 어디 제수씨 잘못이겠어요? 세상이 그렇게 가르치고 강요하니, 그럴 만도 합니다."

더는 약을 먹지 못하게 제수씨에게도 신신당부하고 아예 건강검진도 받지 말라고 했다. 건강검진을 하지 않을 자유가 있으니 그나마 다행이다. 직장인이면 의무적으로 건강검진을 받아야 할 것이고, 그 처방대로 따르지 않으면 아마 직장 다니기도 힘들지 모른다. 아무 장애가 없는 병명을 입사 결격 사유로 지정해 놓은 곳도 있으

니까.

우리는 지금 병을 만들고 약을 권하는 사회에 살고 있다. 너무도 서글픈 일이지만 현실이다. 동생은 먹던 약을 중지했다. 자연식과 소식을 하며 매운맛이 나는 음식을 꾸준히 먹으면서 평소의 식생활로 돌아갔다. 그러는 동안 고혈압 증세는 없어졌다. 저혈압에 대한 불안도 사라져 이제는 평화롭게 살고 있다.

숯가마 찜질방의 허구

오월 한낮이어도 햇볕이 수월찮이 뜨겁다. 밭일하기가 부담스러울 정도다. 도시 가까운 곳에 사는 여성 회원 두 분이 섬으로 찾아왔다. 도와줄 만한 일이 없냐고 묻기에 그냥 쉬었다 가라고 해도 막무가내로 조른다. 정 그러면 배추밭에 가서 채종할 수 있도록 꼬투리 달린 채로 줄기를 잘라 보라고 했다. 그 사이 나는 넝쿨식물의 지지대를 세워주느라 배추밭에서 무슨 일이 벌어지는지 살필 겨를이 없었다.

한참 일하고 나니 목이 컬컬해 커피 한 잔 생각이 절로 났다. 평상이 있는 곳으로 내려가니 회원들은 그늘에 앉아 쉬고 있었다. 벌써 다 끝냈느냐고 묻자 한 회원이 대답했다.

"우습게 봤는데 채종하는 것도 만만찮은 일이네요."

일도 생각하기에 따라 재미있는 놀이인데 이 분들은 땀이 흥건한 나보다도 더 벌게진 얼굴로 고개를 절레절레 흔든다. 얼굴에 열이 나고 화끈거려 좀 쉬었다 하겠단다. 하긴 도시에 사는 주부들이 크게 땀 흘려가며 할 일이 무에 있으랴. 냉난방 시설 잘 갖춰진 공간에서 살다보니 몸에서 땀을 배출하는 기능은 있으나마나한 무용지물이 됐을 게다. 어쩌다 땀이 날 상황이 되면 기능을 잃어버린 몸은 순간적으로 얼굴이 붉어지거나 혈압이 올라간다. 환경의 변화에 따른 자연스러운 몸의 반응이다.

햇빛과 바람이 적당히 있는 곳에서 흘리는 땀은 노폐물이 빠져나가면서 혈액순환을 좋게 한다. 그렇다면 내가 보약을 준 것이나 다름없는데 줘도 받을 줄 모른다. 오히려 며칠에 한 번씩 찜질방에 가니 그런 걱정은 필요 없다고 딱 잘라 말한다. 어쩌다 바쁜 일이 있어 찜질방엘 못 가면 몸이 무겁고 소화가 안 되는 것 같다가도 한 번 다녀오면 날아갈 듯 가뿐하다나. 갈수록 태산이다.

내가 섬을 오래 비우는 경우는 거의 드물다. 기껏해야 외부에서 교육이나 강연이 있을 때뿐. 오랫동안 불편함을 모르고 섬 생활을 하니 주변에선 참으로 궁금해 한다. 작은 섬이지만 여기서 자급자족이 된다고 하면 짓궂은 분은 사우나 시설도 있느냐고 묻는다. 그게 생필품이라도 되는 걸까. 내가 놀려주느라고 찜질방도 있다고 하면 곧이곧대로 믿는다. 필요하다면 내 손으로 직접 만들고도 남았을 테니 믿는 것도 무리는 아니다.

우리 목욕문화가 몇 년 새 참 많이도 바뀌었다. 갈 곳 없으면 찜질방에 가서 수다나 떨자는 말을 쉽게 하니 어느새 생활 깊숙이 자리 잡은 듯하다. 그러나 건강을 염두에 두고 찜질방을 따져보면 불합리한 점이 한둘이 아니다. 성공적인 수익사업일진 몰라도 찜질방의 성업은 질병의 증가로 이어질 게 불 보듯 훤하다. 무조건 더운 공기 속에서 땀을 빼는 게 건강에 좋다면 열대지방 사람들은 자연 속에서 날마다 찜질방 효과를 볼 수 있을까. 우리나라는 사시사철 자연 태양 볕을 흔히 쬘 수 있다. 햇빛 아래 땀 흘려 일하고 씻는 간편한 건강법을 외면하고 돈 들이고 시간 들여가며 찜질방이라니.

태양 빛이나 자연에서 태워지면서 내는 열은 인위적인 공간에서 나오는 열기와는 다르다. 자연 빛은 살균, 살충력이 있고 우리가 아직 알아내지 못한 다양한 물질을 만들어 낸다. 음식으로 섭취할 수 없는 비타민 D는 자연 빛에서 얻어야 한다. 또한 자연 빛으로 발생한 열은 산소가 풍부하지만 인위적인 빛과 열에는 산소가 거의 없다. 있더라도 사람이 누릴 만한 게 못 된다.

거기다 찜질방의 밀폐된 실내는 탁한 공기로 가득하고 산소 밀도도 떨어진다. 온도가 높지 않아도 산소가 적은 공간에서 피부로 호흡하면 모공이 열리지만, 이때는 산소 호흡을 해야 하는 피부가 억지로 모공을 열어 호흡한다. 노폐물을 배출하기 위해서 모공이 열리는데 산소가 부족해서 열린 모공은 배출하기보다는 흡수한다. 찜질방이나 사우나에서는 땀을 흘려도 노폐물이 배출되기보다 수분이 빠져나간다고 봐야 할 것이다.

인체는 산소가 절대 부족한 상황에 직면하면 항문이 열린다. 죽음 직전에 도달한 여성은 자궁이 열려 혈흔이 보이기도 한다. 그렇게까지는 아니더라도 저산소 상태에 지속적으로 피부를 노출시키는 건 노화를 재촉하는 셈이다. 혈액순환 장애가 심한 사람이 찜질방에서 돌연사 하는 예가 있듯 우리 몸은 끊임없이 산소가 필요하다. 이렇게 몸을 혹사시키는 목욕문화를 온 가족이 시간 내어가며 즐기니 알다가도 모를 일이다.

내 얘기를 한참 듣던 그녀들은 일리가 있다면서도 참숯을 쓰는 숯가마 찜질방은 다르지 않겠느냔다. 숯가마 찜질방에 다녀오면 혈액순환이 좋아지는 걸 확연히 느낀다며.

숯가마 찜찔방에서 혈액순환이 좋아지는 것처럼 느껴지는 이유는 따로 있다. 숯의 효능 때문이 아니라 열로 인해 혈관이 일시적으로 확장되면서 나타나는 반응일 뿐이다. 인위적으로 온도를 높인 공간에서 배출되는 물질에 도리어 오염될 수도 있다. 숯이 아니라 더 좋은 걸 태워도 마찬가지다. 일반적으로 열이나 고온에서 나오는 빛의 색깔은 자연 빛과 차원이 다르다.

숯에 대한 맹신도 털어내야 한다. 숯이 탈취 작용을 하고 전자파를 막아주고, 강장 작용에도 탁월하다고 하자 수요를 충족시키기 위해 대량으로 숯을 만들어 내는 공장이 생겨났다. 나무를 통째로 집어넣고 엄청난 열을 가해 만들어 내는 숯이 무슨 소용이 있겠는가. 갑작스러운 열로 재빨리 구워내면 목탄이 돼서 그 강도가 통나무처럼 딱딱하다. 우리 조상들이 사용했던 숯은 아궁이 속에 넣고 오래오래 높은 열을 가해 유해 성분이 천천히, 그러면서도 완전하게 빠져 나가도록 만들었다.

냉난방 기기가 대량 보급되었다고는 하지만 자연 속에서 더불어 산다면 계절의 변화를 온몸으로 받는다. 처음엔 보호되지 못한 몸이 건강을 잃은 듯 보여도 조금씩 견디다 보면 차츰 만물의 변화에 동참해서 물 흐르듯 나를 자연에 맡길 수 있게 된다. 사람은 인공적으로 만들어진 물건이 아니라 자연에서 살아가도록 창조되었다. 빛도 당연히 자연 빛을 받아야 하는 것이다. 없는 것도 부족한 것도 아니고 주변에 흔한 게 자연 빛과 열인데 어째서 숯가마를 찾아 간단 말인가.

숯가마 안에 일산화탄소가 많고, 불을 쬐며 바라보는 불꽃이 시력을 손상시킨다는 얘기가 나돈다. 그래도 찜질방을 건강 도우미로 여기니 애 터질 일이다. 찜질방에 드나들지 않아도 마음까지 건강해지고 여가를 즐기면서 경제적으로 사는 방법이 있는데 시간 들이고 돈 들여가며 몸을 고달프게 만들 일이 무언가.

더욱이 숯가마 찜질방은 아무리 위생 관리를 철저하게 해도 세균이 잠식할 수 있어서 환경적인 측면에서도 지적하지 않을 수 없다. 찜질방에서 삼삼오오 떼 지어 시간을 소비하는 게 진정한 휴식과 재충전을 위한 방편이라고 보기는 어렵겠다. 몸을 움직여 일을 하는 게 훨씬 건강에 좋다. 밭일이든 동네일이든 자원봉사든 세상에 일 손 부족한 곳이 어디 한 둘인가. 자연 빛을 받고 흙을 접하며 움직이면 온몸의 신진대사가 좋아질 테고, 작물을 보살펴 주니 작물이 좋아할 테고, 일손 거들어 주니 누구라도 나를 좋아할 게 아닌가.

자연에서 흘리는 땀이야말로 가장 아름다운 땀이다.

4장
자연과 기계가
함께 여는 미래

우리는 기계 문명을 거부할 수 없는 시대에 살고 있다.

이제부터 설계하는 미래도 기계와 동행하는 수밖에 없다.

나는 기계와 자연이 함께 걷는 길을 모색하고 싶다.

자연에 가까운 농법을 개발했듯이

자연과 친한 기계를 만들지 못하랴!

일본 농기계에 저당 잡힌 우리 땅 🌾

94년 9월 23일, 구름 한 점 없이 맑게 갠 청명한 가을 하늘이 산자락을 휘감고 도는 하동군 옥종면 들판에는 농기계 업체 관계자, 농대 교수, 농업지도 기관 관계자, 농민, 언론사 기자 등 수십 명의 사람들이 모여 있었다. 그날은 내가 발명한 '무경운 건답 직파 파종기'를 첫 시험 운행하는 날이었다.

실로 십 년 만에 이룬 일이었다. 그동안 생태적 농법으로 농사를 지으면서, 한편으로는 농기계 개발 연구에 몰두하면서 몇 번의 실패를 딛고 드디어 우리 선조들의 농법에 맞춘 파종기 개발에 성공했다. 내가 만든 파종기의 성능에 대해서는 자신을 하고 있었지만, 막상 예상보다 많은 사람들이 모여들자 내심 무척 긴장되었다.

그동안 우리 농촌에서 써왔던 파종기는 사료 작물을 파종할 때나 쓰던 일제 파종기를 그대로 수입하여 쓰거나 모방해서 만든 것이었다. 이 파종기는 논을 너무 깊이 갈아엎어서 토양 생태계를 파괴시켜 왔다. 그뿐만 아니라, 벼를 수확한 이후에 파종기를 다시 콤바인에 부착해서 쓰는 번거로움이 있으면서도 가격은 당시 삼백만 원대에 이를 정도로 비싼 기계여서 농업 생산비를 높이는 원인이 되어 왔다.

현재 우리 쌀농사는 우리 농법으로 짓고 있는 것일까? 우리 선조들의 영농 지혜는 얼마나 발전해 왔을까? 대자연의 법칙에 맞게 농사를 짓고 있는 것일까?

오천 년 우리 농업 역사를 되돌아보면 현재 농법은 우리 것이 아니다. 예로부터 우리 선조들의 쌀농사 기술은 선진 기술 수준이 부럽지 않을 만큼 과학적인 것이었다. 영토가 넓은 중국에서 밭벼를 재배할 때 우리의 선조들은 무논 재배로 수량을 높이는 농사를 지었다. 그리고 논에 물을 채움으로써 자생초 발생이 억제된다는 것도 알았다.

이 무논 재배 기술이 중국과 교류를 하면서 중국으로 전해졌다. 선조들의 지혜가 담긴 농법이 지금은 재래농법이라고 무시되고 있지만, 사실은 이를 과학농법이라고 불러야 마땅하다.

현재의 농법은 과학농법이라고는 하지만, 사실은 화학농법이라고 해야 옳을 정도다. 왜 이렇게 되었을까? 우리 고유의 농법을 버리고 우리와는 토질, 기후부터 다른 일본 농법을 그대로 답습했기 때문이다. 농기계 또한 농사에 맞게 개발된 것이 아니라 일본 농기계에 우리 농사를 맞춘 것이다.

내가 발명한 파종기는 콤바인에 간단하게 부착해서 벼를 탈곡하면서 동시에 보리나 밀을 파종하도록 되어 있다. 탈곡한 볏짚도 보리나 밀 씨 위에 그대로 덮여서 자생초가 생기지 않는 온도를 유지해 주고, 냉해에도 보온과 수분 유지를 해주는 역할을 한다. 가격도 원래 파종기의 십분의 일 정도밖에 안 되는 삼십만 원 선이면 일반인들에게 보급이 가능하리라는 판단이 들었다.

그러나 실용화되지 못한 것이 못내 아쉽다. 고가의 수입 기계를 팔면 그만큼 이익도 많을 테니 값싼 국산 기계에 누구도 선뜻 손을 대지 않았다.

콤바인에 기대어, 잔잔하게 불어오는 바람에 수줍은 처녀의 치마처럼 일렁이는 벼 물결을 바라보고 있으니 그동안 쏟아온 땀과 눈물이 떠오르면서 뭉클한 감회가 밀려왔다.

처음에는 우리 토양에 맞는 농기계를 만들어보겠다고 겁 없이 팔을 걷어붙이면서 시험 삼아 지게를 만들었다. 내 딴에는 이 궁리 저 궁리를 하면서 열심히 만들어서, 드디어 완성된 지게를 가지고 신바람을 내면서 농사 경험이 많은 마을 어른에게 달려갔다. 그리고 감수를 부탁했다.

"어르신! 제가 지게를 만들었는데예, 예전에 어르신이 쓰시던 지게랑 비슷한지 좀 봐주이소."

그 어른은 내가 만든 지게를 유심히 살펴보더니, 당장에 이렇게 말씀하시는 거였다.

"에이! 이걸 지게라고 만들었어. 불합격이야."

내 딴에는 '잘 만들었다'는 말을 들을 줄 알고 자신 있게 달려갔는데, 쓸모가 하나도 없다는 말을 들으니 얼굴이 벌게졌다.

'선조들은 도면 하나 없이도 지게를 만들었는데 나는 첨단 농기계를 수리한다는 사람이 이까짓 지게 하나 제대로 못 만들면서 어

떻게 우리 토양에 맞는 농기계를 만들겠다는 것인지.'

생각할수록 창피하고 또 내 자신이 한심하기만 했다.

내가 만든 지게가 불합격한 이유는 이랬다. 우선은 지게가 등에 착 달라붙지 않았기 때문이었다. 그리고 경사 각도가 정확하게 맞지 않아서 무거운 짐을 지고 일어서기가 불편하고, 무엇보다도 지게는 튼튼한 게 생명인데 내가 만든 것은 보기에도 너무 허술해 보인다는 게 이유였다.

비록 지게 만들기에는 실패해서 실망을 했지만, 이렇게 간단한 농기구에도 과학적인 계산이 들어 있다는 것을 알고는 더욱 선조들의 지혜에 경외감을 갖게 되었다. 그 이후로 한층 사명감을 가지고 농기계 개발에 몰두했다. 또한 당시에는 논을 갈지 않은 상태에서 바로 씨앗을 뿌리는 무경운 건답 직파 농사가 이 년째 좋은 결실을 맺고 있어서 어느 정도 자신감도 회복하게 되었다.

논이나 밭에 돌려심기를 할 때, 앞선 작물을 수확하기 전에 파종을 하면 훨씬 효과가 크다는 것을 알게 되었다. 그런데 문제는 벼를 수확하기 전에 밀을 파종하면 수확한 벼에 기껏 뿌려놓은 밀이 많이 섞여 들어온다는 데 있었다. 이렇게 혼합되는 것을 방지하기 위한 방법을 궁리하다가 파종기를 만들어서 콤바인에 달면 어떨까 하는 생각을 하게 되었다. 여러 번 시행착오를 겪으면서 드디어 파종기를 완성했다.

어떤 사람들은 간혹 나에게 이렇게 물어온다.

"왜 당신은 쉽게 다른 사람들이 하는 대로 농사를 짓지 않고 굳이 비웃음을 감수하면서도 자연농법을 고집합니까?"

내가 하는 대답은 항상 같다.

"제일 큰 이유는 먼저 내가 살기 위해서고, 내 가족이 살 수 있도록 하기 위해서입니다. 지금 이대로 환경이 파괴되는 것을 방치한다면 몇 년 안에 나도, 내 가족도 살 수 없는 세상이 되어버릴 겁니더. 그걸 조금이나마 막아보자는 거지예. 농사짓는 곡식 하나하나가 모두 내 입으로 들어갈 거고, 내 자식들 먹일 거라는 생각을 가진다믄 함부로 독약 같은 농약 쳐서 키우겠습니꺼?"

농사를 짓다 보면 환경에 관심을 가질 수밖에 없다. 농약을 치는 농부들도 그게 땅을 오염시키고 있다는 것은 다 알고 있다. 알면서도 벼멸구니 매미충이니 하는 해충들을 없애기 위해서 할 수 없이 약을 치게 되는 것이다. 혹은 정부에서 '잔류되지 않는 농약이니 상관없다'는 말로 약칠 것을 적극적으로 권장하기도 하니, 농정을 지도하는 당국에서 하는 말을 믿고 그대로 따를 수밖에 없는 것이다.

농기계가 지금처럼 대규모로 보급되기 전에는 벼멸구 피해가 요즘처럼 극심하지 않았고, 자생초도 훨씬 적게 나왔다는 것을 떠올려 보면 결국 지금 우리 농사를 농약에 찌들게 하고, 땅심을 잃게 한 원죄는 일본 농기계에 있다.

일일이 사람의 손으로 씨 뿌리고 수확하는 것보다는 기계를 사용하면 훨씬 시간이 단축된다는 것은 당시의 농부들에게는 경이로운 경험이었다. 기계를 사용하면 수확량이 몇 배나 증가한다는 농업지도 기관 등 농정 당국의 얘기도 솔깃하게 들릴 수밖에 없었다. 처음엔 실제로 수확량이 눈에 띄게 늘어나기도 했으니 너도 나도 쟁기, 호미, 쇠스랑, 지게를 내던지고 허겁지겁 농기계를 향해서 달렸다.

잘못을 반성하지 않으면 더 큰 잘못을 낳는 법이다. 일제 농기계가 헤집어놓은 땅에서 무성하게 자생초가 자라나기 시작하자 생산성이 떨어지고, 떨어진 생산성을 높이기 위해 농약 사용이 일반화되는 비극을 낳아버렸다. 생산성을 높이려고 농약을 치기 시작했는데, 지력을 잃고 황폐해진 이 땅에서는 다시 수확량이 줄고 있으니, 근원을 따지고 올라가면 처음부터 우리 농사는 일본 농기계에 저당 잡혀버린 꼴이다.

이 악연의 고리를 이제는 풀어야 할 때다. 그러기 위해서는 화학 농법을 부추기는 농기계들을 과감히 버려야 한다. 하나하나 근원을 따져서 정말 우리의 농법, 우리 땅을 살리고 민족을 살리는 농법을 다시 만들어나가야 한다.

농기계 개발에서 자연농으로

가난 때문에 중학교 이학년까지 마치고 결국 학교를 그만둘 수밖에 없었다. 공부를 계속할 수 없는 현실은 어린 마음에 너무나 치명적인 상처가 되었다. 어떻게 해서든지 공부를 하고 싶은 심정에 무작정 서울로 올라왔다. 조그만 가게에서 사환으로 일하면서 돈이 모이면 야간학교라도 다녀볼 작정이었다.

몇 푼 안 되는 월급에서 학비라도 모으려면 최대한 생활비를 줄여야 했다. 잠은 가게에 있는 뒷방에서 자고, 밥은 주로 건빵으로 때웠다. 그때 건빵이 한 봉지에 십 원이었는데, 백 원을 내면 열한 봉지를 주었다. 이 건빵 몇 개를 우물우물 씹고 물 한 컵 마시는 걸로 식사를 대신하다 보니 건강이 형편없이 망가져버렸다.

외로운 서울생활은 너무나 고되고 힘들었다. 가뜩이나 여위고 약한 몸이 시름시름 아파오기 시작했고, 아침마다 눈물이 찔끔 나올 만큼 헛구역질을 하다 보면 노란 위액이 그대로 넘어왔다. 일 년을 채 넘기지 못하고 망가질 대로 망가진 몸을 이끌고 다시 고향으로 내려왔다. 그래도 농사를 짓고 싶은 생각은 없었다. 하긴 농사를 지으려고 해도 지을 만한 땅 한 뙈기 없었다.

하는 일 없이 빈둥거리고만 있을 수 없어서 궁리를 하던 참에, 경전선 철도 개통 공사가 시작되었다. 그때 내 나이 열일곱 살이었다. 일자리를 얻어 보려고 찾아갔는데, 나이가 어리고 몸이 약해 보인다고 퇴짜를 맞았다.

상심하고 돌아서 나오는데, 마침 건설 현장에서 쓰이는 중요한 장비가 고장이 나서 기술자가 도착할 때까지 발만 동동 구르고 있는 모습이 보였다. 기술자는 내일이나 되어야 올 수 있다고 해서 현장 소장이 난감해 하고 있었다. 그 자리에서 내가 나서서 고쳐 보겠다고 했다. 한 시간쯤 걸려서 말끔히 수리를 해놓자, 현장 소장이 앞으로는 매일 나와 달라고 했다. 즉석에서 현장 장비 수리공으로 취직이 된 것이다.

노후한 장비는 거의 매일 이런저런 잔 고장을 일으켰기 때문에 나는 하루 종일 쉴 틈도 없이 넓은 공사 현장을 뛰어다니며 기계를 손봐야 했다. 덕분에 돈을 좀 벌 수 있었다. 하루 종일 무거운 철근을 지고 나르는 인부들이 일당 칠천 원에서 많으면 만삼천 원까지 받았는데, 나는 기계 한 번 수리할 때마다 이삼만 원을 받았다. 일 년 반 정도 일하고 나니까 공사가 끝났다.

현장 소장은 나를 다른 현장으로 데리고 가고 싶어 했지만, 그 즈음에 내 관심은 서서히 기계로 향하고 있었기에 마다하고 그냥 고향에 남아 있었다.

그때부터 마을마다 돌아다니면서 농기계 고쳐주는 일을 했다. 경운기가 국내에 들어온 지 얼마 되지 않았을 땐데, 한창 농사일이 바쁜 철에 우뚝 서버리는 기계가 많았다. 경운기보다 먼저 나온 게 발동기라는 일종의 탈곡기였는데, 특히 여름철에 보리타작을 할 때 고장이 많이 났다.

기계들이 대부분 일본에서 들여온 것이라 부품 구하기도 힘들었고, 가격도 무척 비쌌다. 농가에서는 큰맘 먹고 빚을 내서 들여온 기계들이 허구한 날 말썽을 부리니 손해가 이만저만이 아닐 뿐더러, 자칫 기계만 믿고 있다가 제때 땅도 못 갈고 탈곡도 못해서 낭패를 보기가 다반사였다.

'신흥 공업국가로 발돋움해야 한다고 만날 외치는 우리나라에서 이까짓 농기계 하나 우리 기술로 만들지 못하고 외국 것을 수입하다니 말이 되는가.'

이런 안타까운 생각에 낮에는 농기계를 고치러 뛰어다니고, 밤만 되면 헛간에 차려놓은 작업실에서 농기계 개발에 몰두했다. 내가 농기계를 잘 고친다는 소문이 나자 농기계 개선 조합에서는 개선위원이라는 직책도 주었다. 73년에는 하동군 옥종면에 조그만 농기계 수리소를 냈다.

제대로 된 농기계를 만들기 위해서는 기계를 많이 아는 것도 중요하지만, 이 기계들이 농사에 얼마만큼 쓰임새가 있는지도 알아야 했다. 이런 생각으로 옥종면 대곡리에서 논 구백 평을 빌려 농사를 짓기 시작했다.

농기계를 고치러 여러 곳을 돌아다니다 보니 화학비료를 지나치게 많이 사용하고 있다는 것을 실감할 수 있었다. 어느새 이 땅의 농사는 화학비료에 의존하지 않고는 낟알 한 알 생산하지 못하게 된 것이다. 수확량을 높여준다, 자생초 없는 깨끗한 논을 만들어준 다는 이유로 비싼 화학비료를 대느라 허리가 휠 지경이면서도 농민들은 끊임없이 화학비료를 사다 대량 살포하고 있었다. 이런 화학 성분은 농기계를 더 빨리 부식시켜 심각한 농가 부채를 양산한다. 어느새 논두렁에서는 개구리 울음소리가 사라졌고, 그 흔하던 미꾸라지도 점차 찾아볼 수 없게 되었다.

농가의 지붕은 누덕누덕한 초가에서 알록달록하고 깨끗한 슬레이트 지붕으로 바뀌었고, 마을 앞길도 아스팔트 도로가 되어 외관상으로 보이는 풍경들은 날로 좋아지고 있을지 모르겠지만, 보이지 않는 곳은 이미 깊은 병에 시름시름 앓고 있었다. 어머니의 젖가슴처럼 한없이 보드라웠던 논흙은 북풍한설에 터지고 갈라진 사내아이의 손등마냥 거칠게 변해갔다.

나는 내심 결심했다. 나만이라도 농약과 화학비료를 쓰지 말자. 꼭 필요한 경우 아주 소량만 사용하자. 내가 살고, 내 아이들이 살아갈 땅이 죽어가고 있다는 자각에 이르면서 내 인생은 중요한 전환점을 맞이하게 되었다.

81년에 기계로 써레질을 할 때와 소가 끄는 쟁기로 써레질을 할 때의 땅의 깊이를 비교해 보았다. 우리 옛 농사법에 가까운 농기계를 만들기 위해서 했던 실험이었다. 처음에 기계로 땅을 갈아서 이앙을 했는데 모 심은 깊이가 2.5센티미터, 흙 위로 드러난 모의 크기가 18.5센티미터였다. 이앙하고 삼 일 후에 다시 재보았더니 모 심은 깊이가 무려 4센티미터나 되었다.

반면에 우리 옛 농법으로 써레질을 한 뒤 모를 심은 깊이를 재보았더니 처음에는 똑같이 2.5센티미터였는데, 다시 삼일 후에 재보았을 때는 2.1센티미터로 오히려 4밀리미터가 더 올라와 있었다. 그 이유를 곰곰이 따져보니 써레질을 할 때 패었던 흙이 서서히 가라앉으면서 모를 올려놓은 것 같았다.

시간이 지나면서 모가 자라는 과정을 죽 관찰해 보니 기계로 땅을 갈고 심은 모는 모 심은 깊이가 너무 깊어서 성장에 문제가 많았지만, 우리 농법으로 경운 정지한 모는 흙 속에 산소가 충분히 공급될 수 있어서 작물이 건강하게 자라고 수량성도 높다는 것을 알 수 있었다.

몇 해를 거듭하며 실험적으로 농사를 지으면서 나는 우리 옛 농법의 우수성을 확신할 수 있었다. 외국에서 들여온 농기계들은 우리 토양이나 작물이 자라는 환경에 잘 맞지 않기 때문에 오히려 농사를 망치는 주범이 되어 왔던 것이다. 논을 너무 깊게 써레질해서 물이 잘 빠지지 않고 흙 속을 자유롭게 휘젓고 다녀야 할 산소의 흐름이 차단되는 결과를 가져오게 되었다.

그뿐 아니라, 흙보다 가벼운 자생초 씨앗은 발아하기 좋게 흙 표면에 가라앉고 마디풀과는 잘게 잘라 꺾꽂이를 해놓는 격이니 논이 온통 자생초 밭이 될 수밖에 없었다. 그 자생초를 없애겠다고 날로 더욱 독성이 강한 제초제를 뿌려야 하는 악순환이 되풀이된 것이다. 이런 결론을 얻으면서 한편으로 분노가 치솟았고, 또 한편으로는 가슴이 설렐 정도로 기뻤다. 어두운 바다에서 길을 잃고 떠돌다가 희미하게나마 구원의 등대 불빛을 발견한 것 같았다.

이 실험 결과를 정리해서 한 농기계 업체를 찾아갔다. 옛 농사법에서 해온 대로 알맞은 깊이만큼 써레질을 할 수 있는 기계 써레를 개발해 보자는 제안을 했다. 그러나 '제초제를 뿌리지 않아도 자생초를 제거할 수 있다는 얘기를 믿을 수가 없다. 그리고 일단 만든다고 해도 수지가 맞을지 확신할 수 없다'는 이유로 거절당했다. 나 혼자서는 농기계를 대량으로 만들어내고 보급할 도리가 없었다. 할 수 없이 내가 사용하는 기계를 일부 개조해서 다시 나 혼자만의 농사 연구에 몰두했다.

83년에, 모판을 만들어서 옮겨 심은 지 오십칠 일 만에 갑자기 이삭이 나왔다. 우리 논뿐만 아니라 그 일대의 논에서 조금씩 그런 현상이 일어났는데 우리 논이 특히 심했다. 다른 논에서는 오월 초순에 모내기를 했는데, 나는 그보다 훨씬 늦은 오월 하순에 모내기를 했으니 다른 논보다도 훨씬 일찍, 그리고 더 많은 양이 조기 출수를 해버린 셈이다.

농업 교과서에는 통상적으로 벼는 파종일로부터 백이십 일 정도가 지나야 이삭이 나온다고 되어 있었고 모두들 그렇게 알고 있었다. 그렇다면 이삭이 나와서는 안 될 시기에 나와 버린 것이다.

그 해에는 장마가 일찍 와서 초반에 일조량이 무척 부족했다. 일찍 출수가 되어버리니 당연히 알곡이 충분히 영글지 못해서 부실한 나락투성이였다. 올해 농사는 몽땅 망쳤다고 모두들 땅이 꺼지게 한숨을 쉬었다.

나 역시 실망이 컸지만, 우선 왜 이런 일이 일어났는지 원인을 알고 싶었다. 농과대학 박사님들, 농업지도 기관의 연구원 등 전문가에게 문의해 보았지만 시원한 답이 나오지 않았다. 매양 벼 품종을 육종하는 과정에 문제가 있었던 게 아니냐, 비료를 쓰지 않았으므로 토양 탓인 것 같다는 등의 애매한 답변만 돌아왔다.

원인을 규명하지 못해 답답해하던 중에도 뭔가 모를 희열에 가슴이 설레는 것을 느꼈다. 파종일로부터 오십칠 일 만에 이삭이 나왔다면, 잘만 하면 여러 가지 조건을 잘 맞춰주어서 조금만 더 늦게 출아하게 한다면, 일 년에 서너 번도 수확할 수 있는 가능성이 있다는 얘기가 되는 것이다.

그래서 이번에는 모를 한 평 정도 베어내고 그 자리에 같은 종류의 마른 씨앗을 다시 심었다. 이때는 다시 논을 갈 수가 없어서 그냥 무경운 상태에서 씨앗을 뿌렸다. 벼를 심은 지 오십칠 일 만에 이삭이 나고, 그 원인을 알아보려고 동분서주하느라 시간을 보내고 나서였으니 일반적인 모내기 시기보다 무려 칠십 일 정도 늦게 벼를 심은 셈이다.

그러나 수확할 즈음이 되니까 처음에 모판을 만들어서 옮겨 심었던 벼나, 경운 정지를 하지 않고 마른 씨앗을 뿌린 벼나 똑같이 출수하고 풍성한 알곡을 맺었다. 수확도 함께 했는데 일찍 심은 벼와 비교해서 결코 빈약하지 않은 수량이었다.

이 뜻하지 않은 결과에서 나는 다시 중요한 깨달음을 얻게 되었다. 농업 교과서에는 분명 벼의 생육 일수가 150~180일 정도라고 나와 있다. 이는 누구나 믿는 사실로 되어 있다. 그래서 모내기 시기를 놓치지 않으려고 안간힘을 쓰며 일손을 끌어 모은다. 그러나 보라. 150~180일에 턱없이 모자라도 충분히 벼를 수확할 수 있지 않은가.

이제까지 우리는 자연의 순리에 순응하며 땅의 소리에 귀 기울이며 농사를 지었던 것이 아니라, 자연을 인간들이 만들어놓은 상식의 틀에 억지로 꿰맞춰 온 것이다. 더구나 땅을 갈지 않았으니 무경운 상태였고, 마른 종자를 뿌렸으니 굳이 모판을 만들어서 옮겨 심을 필요가 없다는 결론을 얻을 수밖에 없었다.

여태껏 내가 우리 옛 농사법에 맞는 써레 기계를 개발하겠다고 동분서주한 것도 다 어리석은 일이었다는 것을 깨달았다. 써레질을 잘하는 것이 문제가 아니었다. 전혀 써레질을 할 필요가 없었다. 흙 속에서 살아 있는 온갖 미생물들이 먹고 배설하고 움직이며 끊임없이 써레질을 하고 있는 것이다.

온돌에서 엿보는 선인들의 지혜 🌿

이십대 초반에 세상을 헤집고 다닌 적이 있다. 자연 생태를 하나씩 깨우치며 자연과 더불어 살아가는 길을 찾기 위한 여정이었다. 어느 날 경남 하동을 지나다 저녁 어스름에 한 마을에 도착했다. 마을을 감싼 저녁연기는 내 마음까지 포근히 감싸주었고, 보리쌀 삶는 냄새가 코끝으로 달려와 나를 반겼다.

구수한 냄새에 이끌려 골목길을 거닐다 고개를 갸웃거리게 하는 집 한 채를 발견했다. 굴뚝의 위치가 다른 집과 달랐다. 통상 굴뚝은 아궁이보다 높고 집 뒤에 있는데, 이 집 굴뚝은 앞 축담 아래에서 연기가 모락모락 피어오르고 있었다. 그렇다면 굴뚝이 아궁이보다 낮다는 얘긴데 어떻게 아궁이에 불이 들어갈 수 있는지 의문스러웠다. 굴뚝을 보면서 걸음을 옮기다가 어느새 마당 한가운데까지 들어가고 말았다.

한참 넋 놓고 있다 보니 어디선가 인기척이 들렸다. 사랑채 아궁이에 소죽을 끓이고 있던 노인이 웬 놈인가 하고 나를 뚫어지게 바라보고 있었다. 아차, 그제야 주인 승낙도 없이 불쑥 들어왔다는 걸 깨닫고 공손히 인사를 올렸다.

"자연에서 자연을 배우러 다니고 있십니더. 집 앞을 지나다 굴뚝이 이상해보여서 지도 모르게 들어왔는데예, 승낙도 없이 들어온 것 용서하이소. 지는 이영문이라고 합니더."

노인은 나를 물끄러미 쳐다보더니 물었다.

"뭐하는 사람인교?"

"농기계 수리를 하고 개발도 합니더. 개발한 기계로 땅을 갈고 써레질해서 심어본께 소가 끄는 쟁기로 갈고 써레질한 흙보다 농사가 잘 안 됩디더."

그 이유를 자연에서 찾아 배우기 위해 다닌다고 하니 노인은 고개를 끄덕였다. 그제야 그의 목소리가 부드러워졌다.

"큰방 정지(부엌)서 불을 때면 큰방을 거쳐 대청을 지나 작은방까지 따십니더."

네 칸 겹집인 이 집은 아궁이의 깊이가 얼마나 되기에 열기가 대청마루 밑을 지나 건넛방까지 들어가서 난방이 되는 걸까. 도무지 수수께끼가 풀리지 않았다. 노인도 답답했던지 막대기를 들어 마당에다 집 구조를 그려놓고선 방구들 놓은 방식이며 원리를 설명해주었다. 내가 여전히 고개를 갸웃거리자 이번엔 작은방을 열어놓고, 깔아놓은 이불을 반쯤 걷어 방바닥을 만져보도록 해주었다. 온기가 느껴졌다.

대개 열은 위로 올라가고, 연소된 연기도 수소라 위로 올라가니 굴뚝이 높아야 한다. 이 원리를 이용해 구들을 놓고 방을 고루 따뜻하게 만든 것이 우리의 온돌이다. 그런데 이 집의 구조는 열전도와 보존 기술이 탁월했다. 아궁이 입구보다 구들이 높아 가벼워진 열기는 큰 기압 차로 구들 쪽으로 잘 흘러가고, 연기가 나가야 할 굴뚝은 열기가 거의 식어 밀려 나가니 굴뚝이 낮아도 된다. 또 굴뚝이 낮아야 아궁이에 불이 없을 때 공기의 흐름이 없다. 방이 쉬 식지 않고 고르게 따뜻해진다. 자연의 이치를 적절히 이용한 시골 촌부의 지혜로움에 머리가 숙여졌다.

이야기는 길어졌고 어느덧 사방이 어두워졌다. 위채에서 저녁밥 드시라는 소리가 들렸다. 초면에 밥까지 얻어먹을 수 없어서 인사를 하고 일어서려는데 노인장이 손을 부여잡고 놔주질 않았다. 잡는 손을 뿌리칠 수 없어서 안방에서 가족과 밥을 먹었다. 밥값은 해야겠다 싶던 중에 마루에 있는 벽시계를 보니 바늘이 움직이지 않고 멈춰 있었다. 노인장은 "하루에 두 번은 딱 맞는다"며 너스레를 떨었다.

나는 식사를 끝내고 고장 난 시계를 내려놓고 분해하기 시작했다. 다섯 식구는 암 덩어리라도 나올 것처럼 시계에서 눈을 떼지 않았다. 삼십 분쯤 지나 부속을 다시 맞추었다. 추를 달지 않고 나사를 조이니 시계가 움직였다. 식구들이 좋아하는 모습을 보니 밥값을 한 것 같아 마음이 좋았다.

"저녁 잘 먹었습니다, 복 많이 지으시소."

나는 서둘러 길을 나섰다. 밖은 이미 칠흑처럼 어두웠다. 남쪽으로 차를 몰았다. 한참을 달리다 보니 하동 칠불암 입구로 들어가는 안내판이 보였다. 그 길 어귀 한 민박집에서 여장을 풀고 몸을 녹였다.

다음 날 새벽 세 시쯤 눈을 떴다. 세상 모든 만물이 고요했다. 안내판을 따라 칠불암으로 향했다. 암자로 가는 길에 절터가 하나 있는데 산 능선을 피해 아늑한 곳에 자리했다. 사찰은 대개 건물과 먼 곳에 굴뚝이 있다. 단층이 연기에 그을릴 수 있기 때문이기는 한데 그 속엔 또 다른 알뜰한 비밀이 숨어 있다.

사찰의 굴뚝은 구들보다 낮은 마당을 지나 담장에 붙어 있다. 아궁이로 들어간 불이 직접 구들을 달구는 게 아니다. 구들 아래에 열기가 위까지 꽉 찰 때 더운 공기는 위로, 차가운 공기는 아래로 내려간다. 방바닥 전체가 고르게 따뜻해진다. 방이 넓으니 아궁이와 구들 높이도 차이가 나고 열기가 차는 공간도 많다. 굴뚝이 구들에서 되도록 멀리 있어야 불필요한 열 손실을 막을 수 있다. 물을 이용한 난방 방식보다 온돌의 원리를 이용해 구들을 데워 공기를 뜨겁게 만드는 게 훨씬 효율적인 난방이란 걸 깨우쳤다.

일 년을 비렁뱅이처럼 떠돌다 제주도에 간 적이 있다. 한 농기계 회사에서 자전거를 빌려 일주를 시작했다. 마주 오는 바람에 자전거가 뒤로 밀려 더 이상 나아갈 수 없는 날도 많았다. 페달을 굴리며 해안가에 있는 오래된 집을 눈에 담았다. 하나같이 굴뚝이 없고 지붕이 낮았다. 아궁이는 여러 개지만 굴뚝은 하나도 없으니 매캐한 연기가 죄다 어디로 흐른단 말인가. 더군다나 소금기 많은 바다가 인접한 집에 어찌 목조건물을 짓고 살 수 있을까. 나는 그 비밀을 제주민속촌에 도착해서야 알 수 있었다.

불을 지피면 팽창된 공기는 가벼워지면서 위로 올라간다. 아궁이의 불은 안으로 들게 되고 구들 속에서 열기가 식은 연기는 뜨거운 공기에 밀려 아궁이로 되돌아 나와 집안에 가득 찬다. 아까운 연기가 빨리 나가 버릴까봐 지붕의 처마는 낮고 기다랗다. 여기에 처마를 들고 내릴 수 있는 장치를 추가했다. 고온다습한 제주도의 특성상 집의 목재를 보존하기 위한 한 방편이었다.

또한 아궁이 구조는 물질을 하는 제주도 아낙들이 연기를 마주 쐬며 살균할 수 있도록 고안되었다. 물이 마를 겨를도 없이 물속을 드나드는 해녀들은 상대적으로 습도가 많은 섬에서 살아가니 세균에 감염될 위험이 높다. 아궁이에 쭈그리고 앉은 여성들은 군불에서 나오는 원적외선을 쐬며 여성병을 예방했고, 부엌에 오래 머무는 연기를 흡수하며 젖은 몸을 자연스럽게 소독했다.

집안 구석구석에 머물다가 퍼진 연기는 다습한 기후, 낮은 기압에 낮게 깔려 주변에 있는 농작물의 살균까지 도왔다. 선인들은 집 하나를 지어도 과학적이고 의학적으로 두루 활용하고, 나아가 자연을 해롭게 하지 않으면서 농작물을 키우는 바른 농법을 지키며 살아온 것이다.

나는 선인들의 지혜가 듬뿍 담긴 난방 구조를 연구원 침상에 활용하고 있다. 원리는 간단하다. 컨테이너에 있는 합판 침상은 직사각형 모양이다. 성인 한 사람이 누우면 꽉 찬다. 침상 바닥에 휴대용 가스버너를 놓았다. 아궁이의 군불을 대신한다. 버너 위에 한 뼘 정도 공간을 띄워 지름이 30센티미터 정도인 철판을 달았다. 이 철판은 구들을 대신한다. 이동식이지만 침상 바닥 중앙에 놓고 사용한다. 가스를 켜면 채 오 분이 지나지 않아 침상 아래 공기는 따뜻해지고, 훈훈한 열기는 자연스럽게 순환하면서 합판 침상을 뜨끈하게 데운다. 불은 가장 낮춰 사용한다. 그런데도 방석이나 홑이불을 깔아야 할 정도로 엉덩이가 뜨겁다.

침상 측면 한편엔 바깥 공기가 안으로 들어올 수 있도록 숨구멍을 터놓고, 다른 편엔 파이프로 만든 굴뚝을 세워 가스가 연소하며 나오는 유해물질을 밖으로 내보내고 있다. 굴뚝은 역풍을 고려해 적당한 높이로 세웠다. 하지만 굴뚝 길이가 50센티미터를 넘지 않는다.

온돌의 원리를 적용한 이 합판 침상으로 겨울엔 온수를 데울 수 있다. 가스버너 위에 구들 기능을 하는 철판의 크기를 좀 더 넓히고, 그 위에 동파이프를 깔면 된다. 나머진 현재 보일러의 난방 방식과 비슷하다. 물탱크에 있는 찬물이 동파이프를 거치면서 자연스럽게 뜨거워진다.

온돌의 지혜를 응용해 열을 오래 보존할 수 있는 방법도 다양하다. 방구들을 놓을 때 빈 병을 거꾸로 세워 방바닥 바로 아래에 깔면 된다. 병이 온기를 저장하는 훌륭한 저장고가 되는 셈이다. 굵은 파이프와 가는 파이프, 스테인리스강 파이프를 격자 형태로 놓아 열 공급원으로 사용하고, 굴뚝을 구들 아래 입구 쪽에 만들어 그 열기가 빠져 나가지 않도록 아래로 낮추어 설치한다면 열 낭비를 최대한 줄일 수 있다.

요즘은 구들을 놓으려 해도 구들용 돌이 귀하다. 그 대신 합판 침상처럼 부식되지 않는 철관, 즉 파이프로 구들의 원리를 응용하면 적은 땔감으로 큰 난방 효과를 얻을 수 있다. 이보다 경제적이고 건강에 좋은 난방이 없겠다.

물을 이용한 난방 방식은 효율이 낮아도 이만저만 낮은 게 아니다. 열 순환 체계도 전기를 이용하지 말고 온도 차를 이용하거나 열전도율이 높은 물질을 이용하는 것이 합리적이다. 제주도의 굴뚝 없는 집이나 하동 칠불암의 아亞자형 방처럼 선인들의 온돌의 지혜를 현실에 접목시켜야 한다.

한겨울 강원도 횡성 오일장에서였다. 메밀전병을 파는 할머니가 의자 대용으로 페인트 통을 엎어놓고 깔고 앉아 계셨다. 통 속엔 초하나가 타고 있었다. 그 온기가 철판을 뜨끈하게 데워주었다. 시장 한복판에서 할머니는 '촛불 하나'로 한겨울을 버틴 것이다. 그 속엔 온돌의 원리가 오롯이 담겨 있다.

바다와 바람에서 전기를 얻다 🐞

내가 태평농법과 한 몸처럼 된 건 우리 땅에 맞는 농기계를 개발하면서부터다. 우리 환경에 적합한 농기계를 실험하다보니 자연스럽게 농사를 짓게 되었고, 지속 가능한 농법을 찾다가 우리 고유의 자연농법이 사람과 자연 모두가 사는 길임을 발견했다. 그 해답을 태평농법이라 여기며 지금껏 삼십오 년을 한길로 매진하고 있다.

자연생태를 연구하기 위해 별학섬에 들어온 지 육 년째. 나는 육지에서 농작물을 키우면서 농기계에 자연의 이치를 접목시킨 것처럼, 섬에 들어와 바다를 삶의 터전에 포함시키고 자연과 조화를 이루며 사는 길을 모색하고 있다.

별학섬이 발치에 보이는 비토리 선착장은 조그만 통통배가 수시로 드나든다. 고기잡이배에 탄 어부는 비릿한 바다냄새보다 더 비릿한 삶을 살아간다. 하루벌이가 거기서 거기이거늘 어부가 끌고나가는 저 어선들이 바다를 죽이는 살상무기인줄 아느냐고 따지면 그네들의 마음에 생채기를 내는 걸까.

일본 수입품이 많은 소형 어선은 수상 스포츠용으로 만들어진 선외기다. 고가의 휘발유를 사용하고 연료 소모가 많다. 이 배들은 배기가스를 내보내는 파이프가 바다를 향해 있다. 자동차 매연은 공기 중에서 흩어지기라도 하지만 어선은 바다 속에 유독물질을 그대로 내보낸다. 바람을 이용해 엔진을 냉각시키는 자동차에 비해 선박은 바닷물을 이용해 냉각한다. 냉각 후 뜨거워진 물 또한 그대로 바다에 흘려보낸다. 수온이 상승하는 것은 물론 환경까지 오염되는 것이다.

연구원에는 별학섬에 오고자 하는 이들을 태우는 운송선이 한 척 있다. 어선의 구조를 마음대로 변경할 순 없으니 나는 그 배를 움직일 때마다 범죄를 저지르고 있다는 생각을 지울 수 없다. 특히 면세유 혜택을 받는 어민은 경제적인 손실을 따지는 데 둔감하고 환경 문제에는 관심도 없다. 바다를 죽여 가며 배를 움직이지만 어획량이 줄어드는 것에만 울상을 지을 뿐이다.

나는 섬 생활을 하면서 선체만 구해와 배를 직접 만들기도 한다. 용도 폐기 직전인 콤바인 엔진을 배에 달아 삼십 마력 디젤엔진으로 사용한 적도 있다. 배 밑바닥에서 끌어올리는 물을 압축해서 뒤로 내보내 구동하는 방식이다.

실험용 배는 선체도 직접 만들었다. 물에 닿는 부력 판은 좌우 양쪽으로 배치하고 선상은 직사각형으로 길다. 선외기를 올려놓아서 배처럼 보일 뿐 다른 배와 모양새나 구조가 다르다. 엔진은 선체 앞으로 얹어서 바람이 심해도 조정하기 쉽다. 부력이 좋아 속도감도 경비정 못지않다. 휘발유를 사용하지만 연료 소모가 적고 동력 손실도 적어 경제적이다. 또한 사용하기 편리하고 환경오염도 줄일

별학섬에서 만든 실험용 배. 휘발유를 사용하지만 연료 소모가 적고 동력 손실도 적어 경제적이며 환경오염도 줄일 수 있다.

수 있다.

날로 심각해지는 환경 문제를 생각할 때 친환경 기계의 개발과 더불어 대체 에너지의 발굴도 시급하다. 가장 매력적인 대체 에너지는 파력과 조력이다. 한반도를 둘러싼 바다는 고여 있는 물이 아니다. 하루 중 스물세 시간을 흐른다고 해도 과언이 아니다. 흐르는 물은 인체의 맥박 수만큼 물결이 있고 항상 불규칙한 파도가 있다. 이 점을 이용하면 동력을 쉽게 얻을 수 있다.

남서해안의 섬과 섬, 육지와 섬 사이는 유속이 5노트 이상이다. 남해 사천과 창선 사이는 7노트 정도로 한 시간이면 13킬로미터를 갈 수 있다. 이곳에 물레방아를 걸어두기만 해도 상당히 빨리 돌 것이다. 해안에서 발생하는 파도의 힘을 빌려 큰 시설 없이 파력 발전 장치를 고안할 수 있다는 말이다.

나는 파력 발전 장치에 대한 특허, 실용신안등록을 냈다. 이 장치는 연속적으로 발전해서 효율을 높일 수 있고 구조도 아주 단순하다. 부력이 있는 큰 물체에 3미터의 축을 세운다. 클러치베어링 두 개를 하나의 축에 연결하고, 이를 기준으로 경첩을 이용해 부력 판을 설치한다. 두 부력 판은 파도의 높낮이로 인해 왕복운동을 시작한다. 여기에 발전 장치를 연결하면 무한 에너지를 얻을 수 있다.

전기는 회전을 해야만 발생하는 게 아니다. 왕복운동으로도 전기를 얻을 수 있다. 자전거 페달을 앞으로 밟으면 바퀴는 앞으로 돌지만 뒤로 밟으면 바퀴는 헛돌고 페달만 뒤로 빙빙 돈다. 내가 말하는 두 개의 클러치베어링을 이용한 방법은 뒤로 밟아도 바퀴는 앞으로, 한 방향으로 돌게 하는 것이다.

나는 섬에 들어온 이후로 필요한 전기는 파력 발전기를 만들어 사용했다. 발전기를 여러 번 만들고 고치면서 몸체를 세우고 덮개를 씌웠다. 경첩으로 이어준 부분이 허술했던지 한 번은 발전기 덮개가 세찬 바람에 날아가 비토리 선착장까지 흘러간 적도 있다.

내 땀과 열정이 담긴 이 파력 발전기는 현재 별학섬에 없다. 모 대학에서 연구용으로 가져가고 남아 있지 않다. 현재 별학섬은 파력보다 태양열을 이용한 전기량이 많고, 이것만으로도 섬에 필요한 전력을 충당하고도 남는다.

조력 발전기는 조수간만의 차를 이용한다. 흘러가는 물에 회전판을 이용하면 동력을 얻을 수 있다. 경제적이지 못하고 에너지 효율성이 떨어지는 아쉬움도 있지만 환경을 파괴하지 않으면서 비용도 절감할 수 있다는 것이 장점이다. 우리나라는 삼면이 바다라 조력자원은 풍부하지만 환경과 경제가 상충하면서 저마다 자신의 입장만 내세우니 아무런 발전이 없다.

올해 부쩍 일기예보가 잘 맞지 않는다고 원성이 자자했다. '수퍼컴퓨터'를 사온들 무엇 하리오. 우리나라의, 날씨 예보 데이터를 수퍼컴퓨터로 산출하는 컴퓨터 프로그램(수치예보모델)은 십칠 년 전 일본에서 들여온 것이라고 한다. 기온이나 바람, 습도 같은 각종 기상 관측 자료가 있어도 엉뚱한 예측이 나올 수밖에 없는 조건이다.

이곳 별학섬은 지리적인 조건으로 날씨가 변화무쌍하다. 특히 남해안은 해류의 움직임이 빠르고 활발해서 날씨와 온도가 아침, 낮, 저녁이 모두 다르다. 별학섬의 바람은 수시로 바뀐다. 남풍이 초속 몇 미터로 분다고 해도 바람 속에 있으면 일이 초 단위로 바람이 세졌다가 약해진다. 바람이 이어진 듯 부는 줄 착각하지만 바람은 분절의 연속이다. 한국의 바람은 파장이 많다. 순간적으로 동에서 불다가 서쪽으로 방향이 바뀌기도 한다. 물 한 방울을 유리 위로 떨어뜨리면 물방울은 좌우로 흔들리면서 아래로 떨어지는 것을 볼 수 있는데, 우리나라 바람의 이런 특징 때문이다.

우리나라는 높은 곳에 바람이 많지 않다. 오히려 산이 많은 지역이나 수시로 바람의 방향이 바뀌는 곳에 바람이 많다. 특히 지면 가까이 부는 골바람을 이용하는 것이 에너지 효율을 높일 수 있다. 바람이 없을 때도 온도가 높아지면 상승기류를 타고 바람이 만들어진다. 공중 높은 곳이라고 해서 항상 바람이 많다고 믿는 건 착각이다. 큰 파도나 해일이 칠 때 바다 속으로 깊이 내려갈수록 움직임이 거의 없는 것과 같은 이치다.

현재 우리나라에서는 바람이 많다고 해서 대관령 고개 너머나 제주도 같은 곳에 풍력발전기를 설치해두고 있는데 제대로 성능을 발휘하기나 하는지 의심스럽다. 그 소음은 또 어쩌란 말인가. 우리나라의 특징적인 자연 조건에 대한 고려 없이 유럽형 풍력발전기를 가져와봤자 무용지물이다. 우리 여건에 맞지도 않는 외국의 기술과 장비를 도입하는 어리석음을 더 이상 반복해선 안 될 것이다.

바람의 파장을 느껴보는 방법은 간단하다. 고속도로를 시속 100킬로미터로 달리면서 창밖으로 손을 내밀어 보면 안다. 이때 손가락을 붙인 채 바람을 맞아보고, 손가락을 펴서 또 한번 맞아보라. 손가락을 적당히 폈을 때 저항을 많이 받는다. 물도 그냥 흘러가고 바람도 그냥 흘러간다고 생각하기 쉽지만, 자연적으로 발생하는 우리의 강과 하천은 무수한 에너지를 지니며 굽이쳐 흐르고 있다.

몇 년 전 태풍 매미가 별학섬 일대에 불어 어촌의 수많은 배가 파손된 일이 있었다. 선착장 일대는 쑥대밭이 됐지만 연구원을 드나드는 배는 안전했다. 뱃머리에 닻을 매달아 바다에 띄워두고 뱃머리가 바람을 바로 받도록 했더니 피해가 없었다. 농사나 일상생활이나 모두 자연에 순응하고 따르는 것이 가장 지혜롭다. 얄팍한 지식으로 자연을 바로 알긴 어렵다. 환경과 사람이 함께 사는 길은 어느 한 쪽이 파괴되거나 희생당하지 않는 것이다.

오늘도 바람과 파도는 별학섬을 쉼 없이 드나든다. 나는 그 바람을 잡을 수도, 파도를 멈출 수도 없다. 혼자 힘으로 할라치면 끝이 없지만 나는 자연이 준 선물을 이용해 섬 생활에 필요한 전력을 끌어오려고 연구하고 실험한다. 파력, 조력, 풍력 발전기가 전기에너지로 바뀌고, 그 힘으로 자체 개발한 '비토선'이 선착장을 오가며, 섬에 있는 가로등이 환하게 불을 밝힐 때 나의 가슴은 벅차오른다. 자연의 힘을 이용한 대체 에너지 개발은 사람과 자연, 생태계를 두루 살리는 거룩한 길임을 알기에.

전기는 아끼고 자연은 살리고 🍃

1970년대 초반 새마을 운동이 한창이었다. 큰 도시를 벗어나면 라디오조차 흔치 않았다. 지금처럼 무선라디오는 꿈도 꾸지 못했다. 별 달리 즐길 거리가 없는 마을에서 가족이 모여 라디오 방송을 듣는 건 큰 즐거움이었다. 면사무소에 있는 중앙 라디오에서 선을 따와 집집마다 스피커를 연결했다. 선은 몇 십 리까지 이어졌고, 도중에 끊어지거나 훼손되는 일이 잦았다.

고장이 나면 동네 아이, 어른 할 것 없이 연속극 듣게 해달라며 아우성이었다. 개인 송출자도 없는 시골 면사무소에서 전기 기술자가 따로 있을 리 없었다. 면사무소 직원은 어찌할 바를 몰라 했고, 그러던 차에 내가 자청해서 해결해준 적이 있다.

스피커에 연결된 선은 두 개다. 하지만 한 선만 연결해도 소리가 들린다. 대신 한 선을 땅에 묻어 접지시킨다. 보통 접지는 번개를 맞거나 돌발적으로 전류가 유입될 때 기기를 보호하고 전류가 스피커 표면에 흐르는 걸 방지한다. 나머지 한 선에 적당한 저항을 매달아 스피커에 연결하면 잡음도 줄고 깨끗한 소리를 들을 수 있다. 스피커 리드선이 두 개여야 한다는 고정관념을 깨뜨리니 문제가 간단하게 해결되었다. 이 방법은 훗날 전국에 보급되었다.

전기용품은 대체로 에너지 소모가 많다. 설비 측면에서도 낭비가 심하고 기기가 복잡하다. 환경을 훼손하고 건강을 해치기도 한다. 전자파가 인체에 해롭다는 건 누구나 알지만 꼭 구입해야 하는 사람에겐 달리 어쩔 방법이 없다.

전기장판처럼 난방 효과가 있는 침구류는 열선을 이용한다. 전기선을 장판에 넣어 배열하고 전기를 흘려보내 열선에서 발생하는 열로 난방한다. 열선은 전자파가 방출되고 만만치 않은 전기가 필요하다는 단점이 있다. 이는 열선을 바꿔주면 보완된다. 카본 열선은 전자파를 줄여주고 기존 열선에 비해 삼분의 일 정도의 절전 효과가 있다. 하지만 전기장판의 입력 전압을 파장의 사이클이 일정한 직류로 바꿔주는 것만으로도 전자파를 해결할 수 있다. 여기에 기계식 온도조절기를 제작해서 달면 더 안전하고 실용적으로 전기장판을 이용할 수 있다.

전자 제품이나 전기 기기의 회로도를 살펴보면 전혀 쓰임이 없는 부품이 눈에 들어오는데, 이런 부품은 단지 에너지만 소모하고 소비 전력만 높일 뿐이다. 태양전지를 봐도 그렇다. 소형 태양전지판을 이용한 가로등이나 정원등은 태양전지판과 맞먹을 정도로 고가인 컨트롤러가 회로에 포함되어 있다.

컨트롤러는 전압을 제어하는 가변 저항기로 보면 된다. 10와트를 생산하는 전지판의 능력이 5암페어 축전지를 과충전(충전되고 남는 것)시키지 못하는데도 과충전 방지 장치를 달아놓은 것이다. 제품에 장치 하나가 더 붙을수록 전력 소비량만 늘어난다.

태양광 발전기의 원리는 간단하다. 태양전지에 모인 빛으로 전기를 만드는 게 태양광 발전이다. 빛이 태양전지 내부에 닿으면 자유롭게 움직이는 자유전자가 된다. 이 자유전자는 각각 '+'와 '−' 전극으로 이동해 전기를 만들어 낸다. 빛 에너지가 전기 에너지로 바뀌는 순간이다. 태양전지에서 만들어진 전기는 축전지에 저장되어 공급된다.

우리나라에서는 태양광 발전기를 남향으로 설치해야 한다는 고정관념이 있다. 실제 우리나라의 위도를 기준으로 빛이 제일 많이 드는 곳은 남향이 아니라 남서향이다. 오히려 남향은 비바람의 피해가 많다. 전지판을 남서향으로 놓았을 때 전기 생산량이 가장 많다.

태양광 발전도 한국적인 것을 만들어야 한다. 일조량이 부족한 한반도는 태양 전지판을 이용해 전기를 생산하는 시간이 연간 2000~2500시간이다. 태양 전지판이 실용화된 지역은 태양빛이 많은 나라다. 우리나라는 겨울엔 빛이 적고 여름엔 장마가 끼어 채광양이 적다. 지리적인 특성과 기후를 고려하지 않고 외국산 태양광 발전기를 권장하지는 말아야겠다.

태양광 발전기의 문제점도 많다. 효율이 세계 평균에도 못 미치는 제품이 독점적으로 시판되고 있다. 가격은 터무니없이 비싸다. 태양광 전지는 완제품만 팔지, 셀 자체를 낱개로 판매하지 않는다. 태양 전지를 생활 곳곳에 무한 활용할 수 있는 사람이 많은데 말이다. 아파트 베란다는 빛이 많이 들어온다. 이곳에 블라인드 대신 셀을 전면에 도배하듯 붙이면 얼마나 많은 전기에너지를 얻을 수 있겠는가. 하지만 구입한 태양전지판은 원래 용도 외에 다르게 사용할 수 없도록 되어 있다.

별학섬에도 태양광 발전으로 구동하는 배가 한 척 있다. 선체 뱃머리에 차양처럼 지붕을 덮어 그 위에 태양전지판을 얹어놓았다. 축전지에 저장된 전기는 구동장치나 조정장치의 전원으로 연결되어 있다. 모든 조정은 디지털 패널을 통해 가능하다. 이 배에는 다른 선박에서는 찾아볼 수 없는 후진 기능도 있다. 모터의 고속회전자를 시계방향에서, 다시 반대방향으로 회전할 수 있도록 설계했기 때문이다. 방향 전환을 위한 토글스위치 하나만 까딱이면 전·후진이 가능하다. 이 태양광 선박은 한 번 충전된 양으로 별학섬을 끼고 세 바퀴를 선회할 수 있었다.

태양전지판을 더 달면 그에 비례하는 전기에너지를 얻을 수 있겠지만 연구 목적으로 개발한 실험용 배다 보니 이것으로 충분하다. 이를 상용화하면 이삼백만 원에 제작이 가능하겠지만 하나의 제품을 완성하고 다시 뜯어내고 수리하는 데 천만 원 가까운 돈이 들어갔다.

자동차에 들어 있는 발전기는 벨트로 연결되어 동력을 전달받는다. 이것도 크랭크축의 벨트풀리에 자석을 부착하는 방식의 발전기를 제작하면 에너지 손실을 모아 손쉽게 자동차용 전기를 얻을 수있다. 도로 위를 달리는 자동차의 진동을 전기에너지로 전환시킬수도 있을 것이다. 이것은 거의 무한 에너지에 가깝고 자연을 보호하는 측면도 있다.

생활에 필요한 전기에너지를 친환경적으로 만드는 건 그다지 어려운 일이 아니다. 농사도, 일상생활도 우리 스스로 자연에서 배우고 얻어 쓸 수가 있다. 그런 연유로 태평농 회원들에게 에너지를 적게 소모하는 LED(발광다이오드, Light Emitting Diode)를 이용해 조명등을 만드는 방법을 가르친다.

LED는 성탄목에 다는 꼬마전구와 엇비슷하다. 전원이 들어오면 열이 발생하고, 열의 온도차에 따라 색깔이 달라지며 일정한 빛을 낸다. 미세한 전압에도 영향을 받는 반도체가 아니라면 LED는 일정한 정격전압이 필요치 않다. 입력 전압에 따라 빛의 강도를 높였다 줄일 수 있으니 오히려 장점이겠다.

LED 한 개의 입력 전압은 2볼트다. 이 전구 여섯 개를 직렬로 연결해 불을 밝히기 위해선 12볼트가 필요하다. 여섯 개씩 묶어 한 세트를 직렬로 조립한 뒤, 병렬로 배치하면 100~200세트까지 연결할 수 있다. 두 세트 이상을 조립해서 바둑판 모양으로 +, - 에 맞게 연결하면 불의 밝기나 수명이 길어진다. LED를 가지고 등을 만들 때는 부속 부품을 최소화하면 더욱 실용적인 작품이 나온다.

내가 연구원 친환경에너지팀과 함께 만드는 것이 바로 저항이 없는 조립법이다. 소형 태양전지판을 이용한 가로등은 컨트롤러 같은 장치가 있을수록 전기 충전 능력은 약해지고 소모량은 많아지는 문제점이 있다. 태양전지판에 직접 역류 방지를 위한 다이오드를 달아주면 이차 안전을 위해 더욱 저렴하고 효율적인 가로등을 만들어 낼 수 있다. 이론으로 그치는 게 아니라 가로등이나 조명등을 직접 만들어 가정에서 사용할 수 있다. 물론 별학섬은 이런 방식으로 만든 가로등으로 불을 밝히고 있다. 식물에게 해가 될 수 있기 때문에 너무 밝아도 좋지 않다. 태양전지 가로등과 LED 조명은 은은한 불빛을 발산하니 자연에 더욱 안성맞춤이다.

이 모든 건 지나치기 쉬운 사소한 의문에서 출발했고, 실생활에 유용하면서 환경을 해치지 않는 방법을 모색한 결과다. 일반 조명 하나만 봐도 하늘에서 땅 아래로 불을 밝히는 게 맞을 터인데, 요즘 조명은 전등갓도 없이 빛을 하늘로 분산시킨다. 전기에너지를 이용해 빛을 얻는 것은 인간에겐 편리하지만 자연의 입장에선 있어도 그만, 없어도 그만인 거추장스러운 일이 아닐까.

그러니 새로운 기기를 더 만들어내는 것보다 지금 세상에 나와 있는 제품을 개선하고 응용하는 쪽으로 나아가야 옳다. 뭇 사람들의 개발이야 특허를 내고 돈과 결부지어 하나라도 더 판매하려 들겠지만, 나는 돈을 축적하는 어리석음 대신 우리의 자연을 살리려는 목적으로 오늘도 연구원의 불을 밝히고 있다.

고방연구원에 설치된 태양광 집광판. 별학섬에서 쓰는 전기는 모두 이렇게 곳곳에 설치된 집광판에 의한 것이다.

자연과 기계가 함께 여는 미래

나는 자연을 무척 사랑한다. 그리고 자연의 질서에 맞춰서 짓는 농사를 사랑한다. 내가 하도 자연과 자연농의 필요성을 주장하다 보니 어떤 이들은 나를 일체의 문명을 반대하는 사람이라고 오해하는 경우도 없지 않다. 하지만 대세를 거스르고 싶은 마음은 추호도 없다. 문명도 마찬가지다. 모든 문명의 이기를 거부하고 원시로 돌아가자고 주장하고 싶지도 않다. 기계를 이용해서 짓는 농사를 좋아하지는 않지만 그 편리함까지 부정하지는 않는다.

어쩌면 나는 오히려 기계를 사랑하는 사람인지도 모른다. 나는 어려서부터 유난히 기계를 좋아했고 잘 만졌다. 덕분에 젊은 시절에는 농기계를 판매하고 수리하는 일을 하기도 했다. 그때 대다수 농기계가 우리 실정에 맞지 않는다는 사실을 알고 결국 농사 쪽으로 선회하게 됐지만 말이다. 태평농법을 연구하고 시작한 지 이제 한 삼십 년쯤 됐다. 그 사이 기계는 내게서 잊혀졌었다. 그런데 태평농법이 자리를 잡고부터는 다시 기계에 마음이 쓰이기 시작했다.

어차피 우리는 기계 문명을 거부할 수 없는 시대를 살아간다. 그렇다면 이제부터 설계하는 미래도 기계와 동행하는 길일 수밖에 없다. 거기에 생각이 미치자 나는 기계와 자연이 행복하게 함께 걷는 길을 모색해보고 싶었다. 자연에 가까운 농법을 개발했듯이 자연에 가까운 기계도 노력하면 만들어낼 수 있을 것 같았다.

그래서 오래 전부터 우리 농업에 맞는 우리 기계를 만드는 데 힘을 쏟았다. 그 첫 작품은 파종기였다. 볍씨와 보리 씨, 밀 씨를 일정한 간격으로 뿌려주는 기계였는데 기능은 좋은 편이었다. 그런데 대량 생산을 할 수 없다는 점이 안타까웠고 날이 갈수록 그 기계의 부족한 점들이 발견돼 성에 차지 않았다.

그래서 다시 연구를 거듭해 2000년 하반기에는 특허출원을 하기에 이르렀다. 그 기계의 특징을 꼽으라면 나는 주저 없이 말할 것이다. 후손에게까지 물려줄 수 있는 견고한 기계라고. 그것은 기계 설계를 되풀이하면서 내가 가장 염두에 둔 부분이기도 했다. 걸핏하면 고장이 나거나 비싼 부품을 사서 고치느라 농민들의 바쁜 시간을 앗아가는 허술한 기계 설계는 애초부터 시작하기도 싫었다.

석유 에너지를 절감하고 생산비를 대폭 줄이는 데도 많은 노력을 기울였다. 기계 하나로 농작업 전체를 다 소화할 수 있는 다목적 기능과 경제성도 갖추었다. 파종 기능은 기본적으로 포함하고 있고, 사료 작물 수확, 콩 수확, 운반, 탈곡까지 할 수 있다. 운전석도 일제와 달리 왼쪽에 있고 좌·우 회전과 후진을 자유자재로 할 수 있도록 만들었다. 기계를 만든 목적은 오로지 우리 농민들에게 싸고 편리한 도구를 제공하고 싶은 마음이었기 때문에 판매 가격도 수입

기계보다 싸게 책정할 예정이었다. 기계를 팔아서 장사를 하고 싶은 마음은 털끝만큼도 없었다.

다행히 한국 농기계의 맹점을 잘 아는 자본가의 투자로 대량 생산도 가능할 전망이어서 2001년 하반기에는 세계적으로 경쟁력 있는 농기계의 시제품이 나올 것으로 기대하고 개발 특허를 냈지만 실용화할 만한 업체가 나서질 않고 있다.

나는 농기계 말고 자동차에도 관심이 많다. 농촌에서도 웬만하면 가구당 한 대씩은 갖고 있으니 자동차도 필수품이 된 세상이다. 그런데 자동차는 배기가스나 연료 소비 측면에서 역기능이 만만치 않다. 그래서 나는 어떻게 하면 에너지를 더 적게 들이면서 환경에 해를 끼치지 않는 자동차를 만들 수 있을까 궁리했다.

자동차를 직접 분해하고 조립해보며 연구를 거듭한 끝에 나는 당장이라도 선진국에서 개발하느라 안간힘을 쓰고 있는 전기 자동차를 만들 자신이 생겼다. 하지만 국제적으로 복잡하게 얽힌 경제 구조와 제도 때문에 개인이 도전하기는 불가능한 것이 자동차 분야의 현실이다. 기존의 불합리한 구조가 바뀌고 정부와 자동차 업계가 지원해준다면 미력하나마 힘을 보태서 세계 시장을 누빌 수 있는 자동차를 생산해낼 자신이 있지만 아직은 현실이 그렇지 못하다.

따라서 개인 자격으로 내가 할 수 있는 일은 틈새시장을 노리는 것이었다. 전기 자동차로 곧바로 출발하지 않고 기존의 석유 에너지 자동차에 전기 시스템을 첨부하여 연료 소비량을 줄인 것이 내가 노린 틈새시장이었다.

사실, 자동차의 전기 부분은 우리가 투망질을 하면서 강을 거스르는 동안 미처 보지 못하고 놓친 큰 고기라고 할 수 있다. 그 고기가 우연히 내 눈에 들어온 것이다. 간단히 소개하자면 다음과 같다.

자동차를 이루는 주요 부품 가운데 이른바 '쇼바'라는 충격 완충 장치가 있다. 그 장치가 없으면 자동차는 조그만 충격에도 걷잡을 수 없이 흔들리고 덜커덕거리게 된다. 지금과 같은 승차감은 기대할 수조차 없다. 그런데 그 완충 장치를 작동시키기 위해서는 각종 오일을 비롯한 정밀 부품이 들어가는 것은 말할 것도 없고 에너지 소비도 상당히 크다.

내가 개발한 대체 완충 방식은 아주 간단한다. 장치 내에서 일어나는 왕복 운동 구조를 회전 운동 구조로 바꾼 것이다. 곧, 회전 운동을 통해 자체적으로 전기 에너지를 생산하게 만들었다. 기존 장치에는 석유 에너지가 필요한 데 반해 나는 무한 동력에서 전기 에너지를 생산하도록 함으로써 에너지 문제를 해결한 것이다. 석유 에너지를 받아먹고 일하던 기계가 스스로 일하여 제가 먹을 양식을 마련하는 셈이다. 자체 생산한 에너지는 자동차의 완충 작용을 수행하는 동시에 남는 열량으로 에어컨을 비롯한 다른 부분을 작동하는 데 쓸 수도 있다.

여기서 그 장치의 구조와 기능을 일일이 설명할 필요는 없겠다. 하지만 종전 기술은 손상시키지 않으면서 새로운 에너지를 만들어내는 셈이니 우선은 이런저런 시비나 규제에 시달릴 염려는 없다.

내가 개발한 장치는 일종의 소모품이라고 할 수 있다. 일정한 주행 거리에 도달하면 엔진 오일을 갈아주듯 필요할 때 교체하는 부품 개념인 것이다. 곧, 뒤에 있는 쇼바가 마모되어 교체할 때 기존

제품 대신 이 장치를 끼워주면 현재의 자동차 발전기는 필요가 없어진다. 부품 교체와 함께 자동차는 자동적으로 연비가 좋아진다. 다시 말하면 기존의 석유 에너지 백을 들여서 오십이라는 이동 능력을 얻었다면 부품 교환 뒤에는 백이라는 똑같은 에너지로 칠팔십 정도의 이동 능력을 갖게 된다는 뜻이다.

그것이 자동차 전반에 걸친 자체 개발을 가로막는 현실에서 내가 고안해낸 틈새시장용 부품의 특징과 성격이다. 이 또한 국제 특허 출원을 내놓기는 했지만 거기서도 나는 큰 것을 바라지는 않는다. 다만 내가 개발한 기술이 에너지 절감에 조금이라도 도움이 된다면 보람으로 알 것이다. 그와 함께 심각하게 오염된 우리 환경이 숨을 고를 수 있게 된다면 더 좋겠다.

비록 지금은 틈새밖에 노릴 수 없지만 언젠가 이와 비슷한 생각을 가진 사람들이 함께 힘을 합쳐 점점 그 틈을 넓히다보면 제아무리 콧대 높은 외국 업계라도 손을 들고 말 날이 오리라 믿는다.

우리는 앞으로도 살려야 할 것이 너무나 많다. 땅을 살려야 하고, 환경을 살려야 하고, 올바른 생각을 살려야 한다. 그와 함께 기계도 살려야 한다. 지금까지 나는 내가 좋아하는 땅을 살리는 데 힘써 왔다. 그리고 지금은 내가 좋아하는 또 하나의 친구, 기계를 살리기 위해서도 많은 시간을 투자하고 있다. 어차피 자연과 기계 중 어느 하나를 포기할 수 없다면 함께 아울러 가야 한다. 두 마리 말이 각기 다른 방향으로 끌고 가려는 마차는 위험하다. 둘 사이를 사이좋게 만들지 않으면 마부의 목숨이 위태로워지는 것이다. 나는 자연과 기계가 나란히 같은 방향으로 달리는 쌍두마차를 타고 싶다.

닫는 글

가을이 깊어지면 하늘에서 천연제초제인 서리가 내린다. 그럴 때면 별학섬 고방연구원은 오색찬란한 풍요의 계절을 맞이한다. 연구원에 파종한, 식물자원팀에서 관리하는 17종, 내가 관리하는 19종의 벼는 한껏 다양한 자태를 뽐낸다. 검정색의 긴 이삭도 있고 검붉거나 붉은색 수염을 가진 이삭 등 이삭의 모양도 각기 다채롭다. 정원에 관상용으로 심어도 손색없을 만큼 여느 가을꽃 못지않다.

가을들녘이 황금빛이란 건 이젠 옛날 얘기가 되어간다. 푸른빛이 채 가시기도 전에 서둘러 거두어들이기 때문이다. 학계의 주장대로라면 우리 연구원에서 자란 벼는 서리 내릴 때가 되어도 새파랗고 뻣뻣하게 고개를 들고 있어야 한다. 밭작물과 같은 조건에서, 물기도 없는 마른 땅에 늦게 심었고, 비료나 농약도 주질 않았으니 정상적인 성장은 어림도 없을 거라는 것이다.

그러나 그들의 주장과는 상관없이 연구원의 벼들은 탐스럽게 영글었다. 이삭을 거두는 팀원들도 마냥 놀랍고 흐뭇한 표정들이다.

결코 경이로울 것도 신기할 것도 없는, 너무도 당연한 자연의 흐름이다.

그러면서도 마음 한편으론 애가 탄다. 올해도 메밀을 비롯한 수백 종의 씨를 자연에 맡겨두고 보고만 있어야 했다. 워낙 많은 품과 시간이 드는 과정이라 어쩔 수가 없었다. 작물 채종은 꼭 맨손으로 한다. 그래야 잘 떨어지는 녀석인지 거친 녀석인지도 알게 된다. 19종의 벼를 손으로 훑어내고 나면 손끝에서는 피가 나고 쓰려온다. 앉았다 섰다를 반복하다가 결국엔 무릎을 꿇고 채종을 한다. 문득 '내가 왜 이래야 하나' 하는 서글픔에 나도 모르게 눈시울이 뜨거워지기도 한다.

모름지기 농사를 잘 지으려면 식물을 관찰할 수 있는 정확한 눈이 있어야 한다. 자생력이 강한 식물은 잠깐의 외풍에 쓰러지지 않는다. 태풍이 불 때 가로수나 논밭의 작물들만 살펴봐도 쉽게 알 수 있다. 비료나 농약 없이는 농사지을 엄두조차 못 내는 이 땅의 농사꾼들은 우리의 전통 농업이 얼마나 자연친화적이고 미래지향적인 농법인지 하루빨리 깨달아야 한다. 자연의 순리를 따를 때 자연도 인간도 건강할 수 있다.

당장 한순간에 모든 생활환경을 바꿀 수는 없다. 남이 개선되길 바라기에 앞서 한 사람 한 사람 스스로가 눈을 떠야 한다. 누군가 이끌어주고 모범을 보여야 한다면 그건 바로 자기 자신이다. 소비자는 농산물의 품질을 검증할 수 있어야 한다. 그러자면 자연생태와 자연농업에 대해 지속적으로 배우고 이해해야 한다.

나는 평생 흙과 함께 살아오면서 그 초석을 다지는 일을 해왔다.

이 발판을 토대로 기둥을 세우고 지붕을 얹어 보금자리를 만들기 위해서는 적지 않은 관심과 참여가 필요하다. 그 부분은 태평농 회원을 비롯한 이 글을 읽는 독자들의 몫으로 남겨두고자 한다. 더 이상 망설이지 말고 자연 속으로, 자연과 함께하는 삶 속으로 성큼 들어와 주길 바란다. 한 사람의 힘은 미약하나 '우리' 가 되어 뜻을 모은다면 우리농업의 미래는 분명히 희망적이다. 그것이 우리가 살 길이다!

사람이 주인이라고 누가 그래요?

1판 1쇄 발행 2007(단기 4340)년 12월 7일
1판 4쇄 발행 2018(단기 4351)년 3월 27일

지은이 · 이영문
펴낸이 · 심정숙
펴낸곳 · (주)한문화멀티미디어
등록 · 1990. 11. 28. 제 21-209호
주소 · 서울시 강남구 봉은사로 317 논현빌딩 6층 (06103)
전화 · 영업부 2016-3500 편집부 2016-3507
http://www.hanmunhwa.com

편집 · 이미향 강정화 최연실 진정근
디자인 제작 · 이정희 목수정
마케팅 · 강윤정 권은주 I 홍보 · 박진양 조애리
영업 · 윤정호 조동희 I 물류 · 박경수

─────────
만든 사람들
책임편집 · 강정화 I 디자인 · 인수정 I 사진 · 김명순 강미진

ⓒ이영문, 2007.
ISBN 978-89-5699-332-4 03800

새벽은 새벽에 눈뜬 자만이 볼 수 있다

김수덕 지음

우주와 인간 그리고 깨달음의 세계에 대한 에세이. 진정한
자신을 위해 가져야 할 삶의 태도는 무엇인가? 세상을 살
아가는 진정한 목적은 무엇인가? 모든 이들의 가슴 속에
존재하는 잔잔한 호수를 발견하게 한다.

달리기와 존재하기

조지 쉬언 지음 | 김연수 옮김

출간되자마자 〈뉴욕 타임즈〉 베스트셀러에 14주 동안 오르
는 등 전 세계 러너들을 매료시켜 온 화제의 책. 지은이 조
지 쉬언은 달리기를 통해, '땀을 넘어선 또 다른 세계'가 존
재한다는 것을 알게 되었다고 고백한다. 육체적, 정신적, 그
리고 영적 경험으로서의 달리기를 말해 주는 희귀한 책.

생활 속의 명상

곽노순 외 지음

일상을 명상으로 만드는 16가지 특별한 지혜를 만난다! 이
책은 우리에게 너무나 지겹고 지루해져버린 일상의 행위들
을 명상의 관점에서 재조명한다. 산책, 교류, 소리, 향, 차,
침묵, 산행, 습관, 잠 등 일상의 행위들을 새삼스레 관찰하
고, 그 생생한 감동을 재발견하라고 제안한다.

에니어그램의 지혜

돈 리차드 리소 · 러스 허드슨 지음 | 주혜명 옮김

'2천 년간 검증 받은 직관의 인간학!' 나와 세상을 이해하는 아홉 가지 성격 유형을 통해 진정한 자신의 모습을 발견하고 스스로를 최고로 발전시킬 수 있는 방법을 배운다. 미국 제너럴모터즈, AT&T 등 세계적인 기업에서 인재 등용과 조직관리의 핵심 매뉴얼로 사용하는 에니어그램의 고전!

완전한 삶

디팩 초프라 지음 | 구승준 옮김

완전한 삶은 근원에 도달한 일원성의 삶, 즉 실체의 삶이다. 심신상관의학의 창시자이자 세계적인 구루인 디팩 초프라는 특유의 지혜와 통찰을 통해 우리 삶에 내재된, 근원으로 이끌어주는 15가지 비밀을 드러내 보인다. 초개인 심리학의 대표 학자인 켄 윌버로부터 "초프라의 저작 가운데 가장 세련되고 심오하다"는 찬사를 받았다.

행복한 생각

루이스L. 헤이 지음 | 구승준 옮김

자신을 응원하고 격려하는 115가지 지혜의 메시지. 행복한 혁명을 시작하라고 나지막히 조언하며 건강, 가족, 사랑, 돈 등 모든 것을 새로운 관점으로 바라보고 이해할 것을 촉구한다. 그 목소리는 차분하지만 울림은 강력하며 긴 여운을 남긴다.

깨달음 이후 빨랫감

잭 콘필드 지음 | 이균형 옮김

'정신세계' 분야의 유명 저자인 잭 콘필드가 영적 황홀경과 일상의 빨랫감, 이 양쪽을 모두 포용하는 지혜의 세계로 우리를 안내한다. 수행과 일상을 어떻게 바라보고 조화시킬 수 있는지에 대한 명석하고 지혜로운 대답들을 간직한 드문 책. 아마존 뉴에이지 분야 스테디셀러.

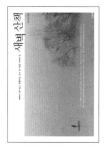

새벽산책

김수덕 지음

새벽에 길어올린 샘물처럼 맑고 깨끗한 영혼의 에세이. 일상 속에서 삶의 진정한 가치를 발견해 가는 과정을 철학자의 눈과 시인의 언어로 풀어낸 에세이 모음집. 여태껏 느껴보지 못한 평화와 깊은 명상의 상태로 이끌어 준다.

뼛속까지 내려가서 써라

나탈리 골드버그 지음 | 권진욱 옮김

미국에서 백만 부가 넘게 팔렸으며, 전 세계 9개 국어로 번역된 혁명적인 글쓰기 방법론! 글을 쓰고자 하는 이들만이 아니라 창조적인 삶을 원하는 이들에게 자기가 진정으로 원하는 것을 할 수 있도록 일깨워주는 최고의 글쓰기 안내서다.